btb
Aus Freude am Lesen

btb

Buch

Jeden Tag steht der Polizeibeamte Marcel Blanc auf dem verkehrsreichen Hauptplatz seiner kleinen Stadt und regelt den Verkehr. Er führt ein beschauliches Dasein, ist befreundet mit dem Betreiber des Tabakladens und der Bar am Platz, der das Herzstück seines kleinen Kosmos ist. Es ist ein heißer Sommer, und manchmal träumt Marcel von einem aufregenderen Leben, vor allem seit er und seine Frau sich gründlich auseinander gelebt haben.
Da wird seine Routine eines Tages brutal erschüttert. Er entdeckt unter einem Haufen Abfall eine grotesk zugerichtete Leiche. Doch es bleibt nicht bei diesem Fund, in rascher Folge sind weitere Opfer zu verzeichnen – und sie alle tragen die schockierende Handschrift desselben Mörders. Als Marcels Vorgesetzter Jeanneaux an seinem Geburtstag auch noch eine Leiche samt makaberer Widmung in seinem ordungsgemäß verschlossenen Wagen vorfindet, wird allen klar, mit welch gefährlichem Gegner man es hier zu tun hat. Doch so sehr sich Jeanneaux' Leute und Marcel auch bemühen, tappen sie weiter im Dunkeln. Und sie wissen – es ist nur eine Frage der Zeit, bis der Wahnsinnige sein nächstes Opfer im Visier hat.

Autorin

Brigitte Aubert, 1956 geboren, zählt zu den profiliertesten Krimiautorinnen Frankreichs. Sie schreibt neben Romanen auch Drehbücher und ist Produzentin der erfolgreichen »Serie noire«, einer Koproduktion von Gallimard und dem Französischen Fernsehen TF1. 1996 wurde sie für »Im Dunkel der Wälder« mit dem französischen Krimipreis ausgezeichnet. Brigitte Aubert lebt heute in Cannes.

Außerdem von Brigitte Aubert bei btb

Im Dunkel der Wälder. Roman (72163)
Die vier Söhne des Doktor March. Roman (72240)
Marthas Geheimnis. Roman (72341)
Karibisches Requiem. Roman (72310)
Tod im Schnee. Roman (72780)

Brigitte Aubert

Der Puppendoktor

Roman

Aus dem Französischen von
Eliane Hagedorn und Bettina Runge

btb

Die Originalausgabe erschien unter dem Titel
»Le Couturier de la Mort« bei Éditions du Seuil, Paris

Die Übersetzerinnen sind Mitglied des
Kollektivs DruckReif

btb Taschenbücher erscheinen im Goldmann Verlag,
einem Unternehmen der Verlagsgruppe Random House GmbH.

1. Auflage
Deutsche Erstveröffentlichung Januar 2002

Umschlaggestaltung: Design Team München
Umschlagfoto: All Over/Schreiber
Satz: IBV Satz- und Datentechnik GmbH, Berlin
CN · Herstellung: Augustin Wiesbeck
Made in Germany
ISBN 3-442-72802-9
www.btb-verlag.de

Es war einmal ein kleiner Mann,
Klarinette, Pirouette,
Es war einmal ein kleiner Mann
In einer hübschen Maisonette.
Der Postmann wollte rasch hinein,
Verlor dabei sein linkes Bein.

KAPITEL 1

Der heiße Wind schob den dichten Regen in Wirbeln vor sich her. Die Menschen rannten in alle Richtungen, die leichte Sommerkleidung klebte ihnen am Körper. Der Himmel hatte sich urplötzlich verfinstert – tiefe, schwarze Wolken, fernes Donnerdröhnen. Kinder in phosphoreszierenden Plastiksandalen hüpften in das ehrwürdige Becken in der Mitte des Platzes. Der vom Gewitter überraschte Eisverkäufer räumte eilig sein Zubehör zusammen.

Es regnet, hat mit einem Schlag angefangen, das ist so angenehm wie eine kühle Hand auf dem Gesicht. Ich warte auf den Bus. Beide Füße fest auf dem Boden, verlagere ich mein Gewicht mal nach rechts, mal nach links; sie gehören mir, sie gehorchen. Meine Finger, fest um den Griff der Plastiktüte geschlossen, meine Finger, getreue Soldaten, lasst die Tüte lässig schwingen, und ihr, meine Lippen mit der fügsamen Doppelzüngigkeit, trällert munter das Marschlied der Fremdenlegion, während ihr, meine Raubtieraugen, auf den Idioten in Uniform geheftet bleibt, der mitten im Stau steht, gleichgültig gegen den Regen.

Der Polizeibeamte, Marcel Blanc, war müde. Erschöpft. Er sah die Autos kreisen wie ein endloses Karussell, sah kreischende Scharen von Fußgängern vorüberziehen, und immer wieder stieß er gedehnte Seufzer aus. Er hatte großen Durst, ihm war heiß, seine Füße brannten wie Feuer, er musste pinkeln. Er hatte Madeleine gesagt, dass er abends gegen acht Uhr nach Hause käme. Sie würde ihn schimpfend erwarten, die Kinder hätten sicher schon ihre Ohrfeigen eingesteckt, der Fernseher würde plärren … Noch drei Monate bis zur Scheidung, seufzte er im Stillen und strich über seinen Schnauzbart, der so rot war wie sein kurz geschnittenes Kraushaar.

Triefnass vom lauwarmen Sommerregen träumte der Polizeibeamte Marcel Blanc und nahm dabei doch unbewusst das Kommen und Gehen der Leute wahr – die kleine Buchhändlerin mit dem allzu schrillen Lachen, die gerade zwei junge gepiercte Deutsche in löchrigen Jeans bediente, der Besitzer des benachbarten Kinos im Gespräch mit der Geschäftsführerin des Dessous-Geschäfts – er träumte, dass er mit der hübschen Brünetten aus dem »Rois du Charolais« auf die Bahamas floh und sich auf den einsamen, sauberen Stränden mit ihr im lauwarmen Sand wälzte.

Endlich traf der Bus ein, blieb mitten in einer Pfütze stehen. Er spuckte seine Fahrgäste aus, die, mit Paketen beladen, davoneilten. Eine junge Frau mit üppigen braunen Locken, auf der Stirn eine blassblaue Tätowierung, stieg nun ihrerseits aus, an der Hand einen fünf- oder sechsjährigen Jungen mit Lockenkopf und schelmischem Lächeln. Sie trug einen schwarzen Rock und einen schwarzen Pullunder, dazu einen schweren, mit Nägeln besetzten Gürtel, der ihre Taille und ihre festen Brüste zur Geltung brachte.

Die schwarzen Augen der jungen Frau trafen zufällig auf die grauen von Marcel, bevor sie zu dem Jungen hinabsah. Marcels Blick folgte ihr unwillkürlich. Irgendetwas an ihren markanten und stolzen Zügen, an ihrem geschmeidigen Gang zog ihn an. Sein Blick streifte den kleinen Mann, der seine Plastiktüte hin und her schwenkte, ohne auf ihm zu verweilen. Die Frau faszinierte ihn allzu sehr. Er sah sie jeden Tag vorübergehen. Die blassblaue Tätowierung auf der Stirn ließ an Nordafrika denken, an den Wüstenwind … »Ja, aber die Mädchen der Wüste sind nichts für die kleinen Weißen«, würde Jean-Mi, der Kellner des »Claridge«, sagen.

Gezeter riss ihn aus seinen Tagträumen. Eine Frau im Chanel-Kostüm beschimpfte einen jungen Mann, der sie mit der Tür seines Kombis zu Fall gebracht hatte. Marcel sah sich gezwungen einzugreifen. Die Frau schüttelte ihren eindrucksvollen grauen Haarknoten, murmelte etwas von diesen »Jammerlappen von Polizisten«, entfernte sich und zog dabei mit der Spitze ihres Designerschirms eine Schramme in die Karosserie des Kombis.

Marcel seufzte. Noch ein Jahr, und er konnte sich für die Prüfung zum Lieutenant anmelden. Bis dahin würde er mangels Diplomen (»Diplome sind für die Nichtstuer«, pflegte sein Vater zwischen zwei Litern Rotwein zu lallen) täglich acht Stunden über die öffentliche Ordnung wachen, da in der Hochsaison nicht ausreichend Personal dafür verfügbar war.

Der kleine Mann zog etwas aus seiner Plastiktüte und hob es flüchtig an den Mund.

Marcel sah auf die Uhr und sagte sich, dass er bald vor Hunger sterben würde.

Der kleine Mann beobachtete Marcel, der ihn nicht wahrnahm. Er lächelte still vor sich hin und entblößte dabei seine hässlichen spitzen Zähne, gelb vom vielen Rauchen und seltenen Putzen. Er verabscheute den Kontakt mit Leitungswasser und die Vorstellung vom gebändigten Wasser der Dusche, von dem seifigen Geschmack der Zahnpasta und der cremigen Beschaffenheit der Seife, die den angenehmen Geruch der Haut überdeckte. Er konzentrierte sich auf den Bissen in seinem Mund.

Es ist gut für die Zähne, rohes Fleisch zu kauen. Kau nur kräftig, Kiefer. Entlocke ihm seinen Geschmack. Lass seinen Saft fließen. Zermalme seine köstlichen Fasern vor der Nase des armen alten Marcel!

Das Walkie-Talkie von Marcel fing plötzlich an zu knistern.

»Sofortiger Einsatz, ich wiederhole, sofortig, Impasse de la Pompe, an der Ecke Saint-Louis/Joffre.«

»Schon unterwegs!«

Mit kleinen athletischen Schritten bog der Polizeibeamte Marcel Blanc in die Sackgasse ein und überholte dabei die junge Frau mit der Tätowierung. Er sandte ihr – zwei Finger am Käppi – einen kleinen Gruß zu, ohne dabei das Tempo zu verlangsamen. Deshalb sah er auch den Laternenpfahl nicht, gegen den er mit voller Wucht stieß. Der Aufprall hallte bis in seine Hacken wider. Aber die Pflicht rief, und er eilte, die Nase verächtlich rümpfend, weiter, während sich auf seiner Stirn eine imposante Beule zu wölben begann.

Es war dunkel in der engen Gasse. Der Regen hatte so plötzlich aufgehört, wie er begonnen hatte. Durch die geöffneten Fenster hörte er die Fernseher laut plärren, sah, wie sich die Familien zu Tisch setzten. Ein Kind fing sich eine Ohrfeige ein, ein alter Mann holte eilig die Wäsche herein, ein Bettgestell quietschte in sportlichem Rhythmus. Marcel ließ den Blick über die mit Abfällen übersäte Straße wandern und blieb stehen. Am Ende der Sackgasse winselte ein kleiner Yorkshire-Terrier.

Die Hand am Revolver, ging Marcel langsam auf den

Hund zu. Der hob den Kopf, schüttelte die rote Schleife, die ihn zierte, und winselte noch erbärmlicher. Marcel machte einen weiteren Schritt.

Der leblose Körper lag am Boden und steckte zur Hälfte in einer umgekippten Mülltonne. An der Mauer gegenüber stand eine Dame von gut sechzig Jahren, die Handtasche an die Brust gepresst, ein Taschentuch vor dem Mund, der ganze Körper von Schluchzern geschüttelt. Marcel rang nach Luft, trat auf sie zu und stellte fest, dass sie nach Erbrochenem stank. Er atmete lang aus und deutete auf den ausgestreckten Körper.

»Was ist passiert? Ist dem Herrn schlecht geworden?«

Der Geruch nach Blut, frischem Blut, stieg ihm plötzlich in die Nase. Die alte Dame schien nicht verletzt. Also ... Bilder von Mafia-Abrechnungen und Dealer-Kriegen schossen ihm durch den Kopf.

Der Yorkshire-Terrier jaulte immer lauter. Marcel trat vorsichtig zu dem ausgestreckten, leblosen Körper, von dem nur die Beine aus dem Abfall herausschauten und vernahm das Heulen der näher kommenden Sirenen.

»Haben Sie gesehen, was passiert ist?«, fragte er und zögerte so den Augenblick hinaus, da er sich vorbeugen und sich selbst vergewissern musste.

Die Dame schluchzte nur, das Gesicht noch immer in ihrem Taschentuch vergraben.

Schockzustand, diagnostizierte Marcel, alte Damen haben schwache Nerven. Gut, dann also ran an den Feind. Er kniete neben dem Mann zwischen den Müllsäcken nieder, wollte ihm schon die Hand auf die Schulter legen, als er mit weit aufgerissenen Augen innehielt.

Zunächst, weil der betroffene Mann ohne jeden Zweifel tot war. Dann, weil es sich nicht wirklich um einen Mann handelte. Das Problem war, dass es sich auch nicht wirklich um eine Frau handelte. Denn obwohl der Körper in einer Hose steckte, deren geöffneter Schlitz keinen Zweifel an seiner männlichen Anatomie zuließ, war der halb unter Gemüseabfällen steckende Kopf der einer hübschen blauäugigen Blondine.

Diese anatomische Widersprüchlichkeit hatte weder mit Transvestitentum noch mit Hermaphrodismus zu tun, sondern schlicht und einfach mit dem Schneiderhandwerk. Denn der sauber abgetrennte Kopf der Frau war mit schwarzem Zwirn und großen Stichen am Hals des Mannes festgenäht worden. Man erkannte sie deutlich – eine Linie schwarzer Stiche auf der Höhe der Halsschlagader. Und außerdem, dachte Marcel, während er ausgiebig auf seine Schuhe kotzte, waren auch die Arme angenäht worden, alte faltige, fleckige Arme, und es fehlte, ja, es fehlte eine Hand, das Stück einer Hand, wie … abgebissen …

Er wurde von einem erneuten Brechreiz geschüttelt, den er nicht niederzukämpfen vermochte, während seine Kollegen in die Gasse strömten.

»Na, Blanc, das Kantinenessen bekommt dir wohl nicht?«

Capitaine Jeanneaux, Jean-Jean genannt, von der Kriminalpolizei maß den sich übergebenden Marcel mit einem ironischen Blick. Marcel richtete sich sogleich kerzengerade auf.

»'tschuldigung, Kommiss … mon Capitaine!«

Er konnte sich nicht an die neue Amtsbezeichnung gewöhnen und wusste nie, ob man »Capitaine« oder »mon Capitaine« sagen musste.

Unterdessen nahm Capitaine Jeanneaux die Leiche in Augenschein und wandte sich schließlich ab, ohne dass ein Muskel seines fein geschnittenen gebräunten Gesichts zuckte.

»Die Schweinereien, die man heutzutage zu sehen kriegt!«, bemerkte er angewidert.

Undurchdringlich, zynisch und knallhart, so gab sich Jean-Jean, seitdem er die Abteilung übernommen hatte. Er hatte seine Jugend damit verbracht, harte Kinohelden nachzuahmen, und als Ermittler fühlte er sich Malko Linge näher als Jules Maigret.

»Costello, halt mir bitte diese Schwachköpfe fern und jag die Köter weg«, sagte er, an seinen Assistenten gewandt, der mit seinem schütteren, schwarz gefärbten, streng zurückgekämmten Haar und seinem dünnen Schnauzbart an einen neapolitanischen Zuhälter erinnerte, ein Metier, dem sein Vater sein Leben lang nachgegangen war.

Nachdem seine Frau der Syphilis zum Opfer gefallen war, hatte Costello senior seinen Sohn nach Frankreich zu seiner Schwester, einer bigotten Witwe, geschickt, und so war Antoine Costello in den Genuss einer ausgezeichneten Erziehung in einer Klosterschule gekommen. Aber – geerbt oder nicht? – er hatte eine Vorliebe für das Outfit und Gehabe der Zuhälter der fünfziger Jahre, was niemand ihm zu sagen wagte, weil er ein Mann der alten Schule war, dessen größtes Glück darin bestand, Mallarmé ins Altgriechische zu übersetzen.

Lieutenant Costello legte die langen Pianisten- oder Würgerhände zusammen: »Wenn Sie die Güte hätten, sich zu entfernen«, rief er dem niederen Volk zu, das sich zu drängen begann.

»Wie lehrreich der Anblick auch sein mag, so ist er doch wenig erbaulich«, fügte er hinzu.

Verblüfft über die gestelzte Sprache dieses Mannes, der offenbar ein bekehrter Zuhälter war und sich darüber hinaus als Bulle herausstellte, wichen die Leute artig zurück.

Costello hob den kleinen zitternden Hund auf und reichte ihn seiner Besitzerin, die von einer Nachbarin ein Glas frisches Wasser zu trinken bekommen hatte.

»Dieser dehydratisierte Canidae muss mit Wasser versorgt werden!«, sagte er, an die Nachbarin gewandt, die den Mund auf- und wieder zuklappte und sich fragte, ob Canidae im Polizeijargon »Köter« bedeutete.

Ramirez, der zweite Assistent von Jean-Jean, beugte seine hundert Kilo über die Leiche, wobei seine dicken Schenkel unter dem leichten Stoff seiner beigen Hose bebten und seine fleischigen Lippen sich öffneten.

»Chef, Chef, haben Sie gesehen, Chef, der Hund hat die Hand aufgefressen, haben Sie gesehen, Chef?«, keuchte er, hochrot von der Anstrengung, sich wieder aufzurichten, und strich mit den Wurstfingern durch sein graues, schlecht geschnittenes Haar.

Jean-Jean, der seinen gewöhnlichen und fettleibigen Untergebenen zutiefst verachtete, seufzte, ohne zu antworten, und schnipste ein Staubkörnchen von seinem lachsfarbenen Lacoste-Hemd.

»Lügner! Niemals würde mein Zouzou so etwas bei einem Mann tun, den er nicht kennt, niemals!«

Die empörte alte Dame wedelte mit ihrem besudelten Taschentuch unter der Nase von Ramirez, dem fast die Luft wegblieb.

Jean-Jean klopfte Marcel scheinheilig auf die Schulter.

»Vielleicht hatte Marcel ja etwas Appetit, was, Marcel?«, sah er sich genötigt hinzuzufügen, und das zum großen Missfallen von Costello, der diese Art von Zynismus nicht ausstehen konnte. »Nun beruhigen Sie sich, meine Dame«, fügte er lebhaft hinzu, »und kommen Sie her. Ich bin Capitaine Jeanneaux, ich nehme Ihre Aussage auf.«

Der Regen hatte wieder eingesetzt, und als er auf die

Leiche tröpfelte, klang das wie ein kleines trauriges Lied. Antoine Costello bekreuzigte sich unter den spöttischen Blicken seiner Kollegen.

»Wenn du tot bist, bete ich auch für dich«, sagte er zu Ramirez.

Der presste die Hand auf sein unter der Fettschicht verborgenes Herz.

»Beschwör kein Unglück herauf, Tony!«

Der Krankenwagen hielt mit quietschenden Reifen an. Zwei junge Männer in weißen Kitteln sprangen heraus und stießen Marcel beiseite. Den Blick auf Jean-Jean geheftet, dachte er, dass sich dieser Idiot tatsächlich für einen Kinohelden hielt, und andererseits, dass er seiner zukünftigen Exfrau endlich einmal was zu erzählen hätte.

»Oh verflucht!«, stieß einer der Krankenträger aus.

Das war das Mindeste, was man sagen konnte.

Als er aus dem Autobus stieg, rutschte der kleine Mann aus und wäre beinahe der Länge nach hingefallen. Ein langer Typ lachte. Der kleine Mann sah ihn ruhig an. Der andere wandte sich ab. *Die Menschen sind wie Hunde, man muss ihnen zeigen, wer der Herr ist.*

Zu Hause angekommen, warf er sich aufs Sofa, ein großes altmodisch gepolstertes Möbel, Erbstück von einer Tante, die er kaum gekannt hatte. Er schaltete den Fernseher ein. Ein großes neues Gerät mit extra flachem Bildschirm, numerischem Ton und allem anderen Drum und Dran. Er liebte das Fernsehen. Er hatte Kabelanschluss. Sechsunddreißig Programme, zapp-zapp-zapp, rund um die Uhr, Geräusche, Bilder, ständiges Kaleidoskop der Welt in Bewegung – Bewegung, er liebte die Bewegung. Er schaltete auf Eurosport.

Mit etwas Glück wird das Match nicht zu Ende gespielt.

Ballwechsel auf nassem Platz, es regnet wirklich überall, schon wieder ein verpatzter Sommer... Seht euch diesen Idioten an, er schlägt daneben, los, mach schon, du Blödmann!

Während er die Spieler beschimpfte, roch der kleine Mann an seiner Hand, berauschte sich an dem süßlichen Geruch, den sie verströmte. Er lächelte vor sich hin, entblößte seine spitzen gelben Zähne. Er hatte eine Reportage über die früheren Kannibalen der Samoa-Inseln gesehen, die sich regelmäßig die Zähne feilten, und hatte beschlossen, es ihnen gleichzutun. *Einfallsreiche und pragmatische Leute, diese Wilden. Naturnah wie ich. Was ist die Natur anderes als der im großen Rahmen organisierte Mord. Gut, es reicht nicht, zu philosophieren.* Er musste zur Gefriertruhe gehen, eine neue Kreation vorbereiten ...

Er stand auf, streckte sich genüsslich und kratzte sich zwischen den Beinen. Er zündete sich eine Gitane an und sog den Rauch tief ein. Er fühlte sich unheimlich gut. Er hätte nie geglaubt, dass ihm das solche Lust bereiten würde. Bis dahin hatte er sich mit Tierkadavern begnügt, die man ihm überlassen hatte. Er konnte ein paar schöne Kombinationen verbuchen. Eine Hund-Katzen-Ratte mit sechs Beinen und drei Schwänzen, zum Beispiel. Aber das hier, das war wirklich etwas anderes!

Der Beute auflauern, sie überraschen und schnell töten, sie in mein Schlupfloch schaffen, auf den Tisch legen – Stillleben in situ –, zusehen, wie die Säge ihre Spur im Fleisch hinterlässt, das sich öffnet und die verschlungenen Blutgefäße zu Tage bringt, den Druck verstärken, schneiden, fühlen, wie sich die Knochen spalten, die Glieder und den Kopf abtrennen, einen Kopf, den man an den Haaren hält, dessen Gewicht man am Ende des ausgestreckten Arms spürt, es ist wie eine Wodka-Transfusion, ein unver-

gleichlicher Trip, eine der Elite der Jäger vorbehaltene Reise jenseits der Realität!

Ein entzücktes Lächeln um die schmalen Lippen, hob er den Deckel der überdimensionalen Gefriertruhe. Es war das erste Mal, dass er sich an Menschen vergriff. Genauer gesagt, das zweite Mal. Aber das erste Mal zählte nicht wirklich, es hatte sich fast von selbst ergeben. Er schloss die Augen, mochte nicht daran denken, wollte nie mehr daran denken. Lieber sah er sich auf dem Platz um, nach Einbruch der Dunkelheit, nahm den Geruch der Blätter wahr, das Zwitschern der Spatzen. Er hatte gewartet, geduldig, lange, bebend vor Erregung. Bei den gewöhnlichen Versuchstieren gab es kein Jagdfieber. Es gab nur sterbende Tiere, denen er in der üblichen Stille des Labors die letzte Spritze gab. Kein Wind in den Zweigen, keine ahnungslosen Passanten, kein Hupen, so nah und so fern von dieser magischen Erwartung.

Er durchlebte noch einmal jeden Eindruck, Sekunde für Sekunde, und seine Muskeln zuckten bei der Erinnerung. Der kleine Entsetzensschrei der Kassiererin, fast im selben Moment vom Rasiermesser erstickt, das Gefühl, wie ihre üppigen Brüste auf ihn prallten, die Erkenntnis, dass ein lebloser Körper schwer ist. Der alte Mann, willenlos im kurz geschorenen Gras ausgestreckt, sturzbetrunken. Er hatte nicht einmal Zeit gehabt, die Augen zu öffnen, war, ohne es zu ahnen, von der irdischen Nacht hinüber in die ewige Nacht geglitten. Der junge Typ dagegen hatte versucht, sich zu wehren, was mit einer über den Kopf gestülpten Plastiktüte natürlich nicht eben leicht war, und außerdem hatte er ihm gleich einen Stich in die Brust versetzt, tief ins Herz.

Er schnippte seine Zigarettenasche ins Spülbecken.

Das größte Problem war gewesen, sie unbemerkt in den

Lieferwagen zu befördern. Zum Glück hatte er den großen Werkzeugkasten auf Rädern im Wagen – für den Kompressor. Niemand achtete auf die Kerle im Blaumann, die irgendwas mit sich rumschleppen.

Doch wenn dieser Idiot von Marcel Blanc glaubte, niemand hätte etwas von seinem Herumgetue mit dieser Frau bemerkt! Viel zu dunkle Haut … auf dunkler Haut dürften die Einschnitte weniger deutlich zu sehen sein. Wie bei einer Zeichnung auf grauem Papier. Oder man müsste tiefer schneiden, damit das Rosa des Inneren zu Tage trat. Alles nur eine Frage der Kontraste. Na ja, jeder nach seinem Geschmack …

Was ihn betraf, so hatte er eine Vorliebe für große Blondinen mit Silikonbusen und Sommersprossen. Was leider nicht auf Gegenseitigkeit beruhte.

Herblain, der Gerichtsmediziner, den die Polizisten vertraulich »Doc 51« nannten, setzte sich auf den Schreibtisch von Jean-Jean, der dabei war, Stapel vergilbter rosafarbener Akten mit klinikgrünen zusammenzuheften. Jean-Jean schwitzte. Es war heiß und schwül, ein regelrechtes Tropenklima. Das Gewitter staute sich im Vorgebirge, die Fliegen waren lästig und alle übelst gelaunt. Er hob die Augen zu Herblain, musterte das hagere, faltige Gesicht, um irgendeine Information darin zu lesen. Seit seiner Zulassung als Assistenzarzt hatte es sich Herblain zur Gewohnheit gemacht, seine Gefühle in Litern von Pastis, Marke 51, zu ertränken, daher sein Spitzname, und so schwebte er unentwegt auf einer Wolke guter Laune. Mit einem Taschentuch, das mit Auswurf besudelt war, trocknete er seine Stirn, um es anschließend, sorgfältig gefaltet, wieder einzustecken.

»Hab so was noch nie gesehen …«, seufzte er. »Ein echtes Puzzle!«

Er stieß ein kleines trockenes Lachen aus, das in Husten überging, den rauen Husten der Alkoholiker.

Ein nach Maß zugeschnittenes Puzzle aus Menschenfleisch, sagte sich Jeanneaux finster.

»Der Körper dürfte um die dreißig sein«, fuhr Herblain fort, als sich der Husten gelegt hatte, »er gehört zu einem kräftig gebauten, stark behaarten, kerngesunden Mann. Der Kopf: eine junge Frau von fünfundzwanzig, sechsundzwanzig, würde ich sagen. Und die Arme, ja, die Arme, die gehören zu einem alten Mann von mindestens fünfundsiebzig Jahren, ich tippe auf einen Clochard, denn die Arme sind zerstochen wie ein Sieb.«

»Womit zerstochen?«

»Mit einer Nadel, Kommissar, wahrscheinlich mit Heroin oder billigem Fusel gefüllt! In welchem Zustand sich wohl der Rest befindet...«, fügte er mit heiterer Miene hinzu.

»Der Rest?«

»Die Reste, besser gesagt. Nun ja, mein kleiner Jeanneaux, der menschliche Körper besteht nun mal aus zwei Armen, zwei Beinen, einem Rumpf, einem Kopf, also müssen die fehlenden Teile unseres Multi-Opfers zwangsläufig irgendwo sein. Wie auch immer, ich muss jetzt gehen, meine Enkeltochter hat Geburtstag...«

»Bestellen Sie ihr schöne Grüße von mir. Eine Frage noch: Um menschliche Körperteile zusammenzunähen, braucht man doch sicher eine große Nadel, oder?«

»Eine Chirurgennadel oder eine von diesen dicken Nadeln, mit denen man Jeans oder Leder näht. Sie wissen ja, Haut ist leicht zu durchlöchern!«

»Kann man nicht rausbekommen, woran sie gestorben sind?«

»Unmöglich! Alles, was wir haben, ist in gutem Zustand.

Wenn es Spuren gibt, dann auf den fehlenden Teilen. Na ja, Jean-Jean, Sie werden sie schon finden, was?«

»Vielleicht auf dem Fundbüro, mit etwas Glück. Also wiedersehen, Doktor, ha, ha, ha!«

Hinter der Rauchwolke seines ewigen Zigarillos versteckt, war Costello dem gezwungen heiteren Wortwechsel gefolgt. Der arme Jean-Jean war wirklich nicht zu beneiden.

KAPITEL 2

Der Polizeibeamte Marcel Blanc träumte auf dem großen Platz vor sich hin. Heute war es noch heißer, kein Windhauch regte sich. Geschmolzenes Blei, wie es in den Büchern hieß. Er dachte an den vergangenen Abend zurück: Anstatt ihm, wie gewohnt, eine Szene zu machen, hatte Madeleine ihn wie einen Helden gefeiert. Zum ersten Mal in ihren fünfzehn gemeinsamen Jahren kümmere er sich um etwas Interessantes!, hatte sie verkündet und ihre gebleichte Mähne geschüttelt. Ein abscheulicher Mord, von dem sie sofort all ihren Freundinnen erzählen müsse! Sie formte die fleischigen Lippen, die ihn einst verführt hatten, zu einem Rund und verschränkte die drallen Arme vor der Brust. Dann stürzte sie sich aufs Telefon.

Madeleine wollte einfach nicht einsehen, dass sie sich mitten im Scheidungsprozess befanden. Marcel zuckte die Achseln: Es war aus mit Madeleine, zu lange schon ließ sie ihm keine Luft mehr zum Atmen. Er durfte sich nicht länger von ihr erdrücken lassen.

In der Ferne sah er einen seiner Kollegen vorübergehen und dachte bei sich, dass sie wirklich wie amerikanische Cops aussahen in ihrer neuen Aufmachung – blaues Hemd mit Epauletten und Schirmmütze. Madeleine sagte, mit Schirmmütze oder Käppi – Idiot bleibt Idiot. Nein, wir hatten doch gesagt: Schluss mit Madeleine! Er verjagte das Bild seiner üppigen und rachsüchtigen Frau wie eine lästige Fliege und dachte erneut an seine grausige Entdeckung vom Vortag.

Der Mörder hatte unmöglich am Fundort agieren können. Er hatte an einem Ort operiert, wo er die Leichen zusammentragen und ungestört seiner makabren Inszenierung nachgehen konnte. Warum hatte er sein ... sein Werk in dieser Sackgasse mitten im Stadtzentrum deponiert? Es dürfte doch einigermaßen gefährlich sein, mit so einem Ding im Wagen herumzukutschieren! War das Verbrechen ganz in der Nähe geschehen? Vielleicht wohnte der Mörder hier?

Man hatte das Mädchen inzwischen identifiziert. Ihr Mann hatte sie heute Morgen auf dem Zeitungsfoto erkannt. Ein Schwarzweißbild, das im Leichenschauhaus aufgenommen worden war und nur das Gesicht zeigte, die Augen geschlossen. Die Kassiererin eines Supermarkts; sie war vor zwei Tagen als vermisst gemeldet worden. Nach der Arbeit hatte sie die kleine Grünanlage durchquert, bevor sie zerstückelt worden war; sie war nie zu Hause angekommen.

Ihr Mann hatte völlig verstört gegen elf Uhr abends die Polizei angerufen. Die Kollegen der Verstorbenen hatten bestätigt, dass sie immer die Abkürzung durch die Grünanlage nahm; wegen der vielen dort dealenden Kids meinte sie nichts zu riskieren. Es war gut möglich, dass der alte fixende Clochard auch häufig in der Grünanlage gewesen war. Vielleicht wohnte der Mörder ganz in der Nähe. Aber Marcel Blanc war nicht beauftragt, die Ermittlungen zu führen. Er war damit beauftragt, den Alten über die Straße zu helfen und die Hunde daran zu hindern, auf die Blumen rings um das Kriegerdenkmal zu pinkeln, das in der Mitte des Platzes neben dem Brunnen stand.

Warum zum Teufel mussten all die Touristen immer so laut schreien? Der Schweiß rann ihm unter dem Schirm seiner Mütze über die Stirn. Marcel trocknete sich diskret die Augen, sein roter Schnauzbart war klitschnass.

Der Vierzehn-Uhr-Bus bremste abrupt, verfehlte um Haaresbreite einen Roller, dessen Fahrer brüllte: »Alte Schwuchtel!«, woraufhin der Chauffeur zurückschrie: »Verpiss dich!« Marcel seufzte. Die Türen öffneten sich quietschend, und die junge Frau mit der Tätowierung stieg aus. An der einen Hand hielt sie ihren kleinen Sohn, in der anderen ihre Einkaufstasche, und sie unterhielt sich mit einem alten Mann im grauen Polyesteranzug, der ihr etwas Unverständliches zurief.

Marcel pfiff automatisch hinter einem Kerl her, der bei Rot über die Ampel gefahren war. Die junge Frau drehte sich nach ihm um. Wie dämlich er mit dieser Trillerpfeife aussehen musste! Der schuldige Autofahrer setzte eine Unschuldsmiene auf.

Von wegen, dachte Marcel wütend, wirst schon sehen, Dreckskerl, du bekommst die Höchststrafe aufgebrummt.

Es war kühl in der Werkstatt. Einen glimmenden Zigarettenstummel zwischen den schmalen Lippen, spielte der kleine Mann mit dem Medaillon des Heiligen Christopherus, des Schutzheiligen der Reisenden und Autofahrer, das er immer am Hals trug. Über den Motor von Jeanneaux' Wagen gebeugt, dachte er nach.

Heute Abend werfe ich die Reste am Strand weg. Eine nette Überraschung für die Fischer am nächsten Morgen. Mal was anderes als die Quallen und die Plastiktüten. Und dann, übermorgen, die Riesenschlagzeile in der Zeitung, zum Kaffee zu genießen, während Marcel malochte. Mir gefällt's, wenn es über die ganze Seite abgedruckt ist. Zu wissen, dass man von mir spricht, von meinem Werk. Zu wissen, dass sich nach dem Ekel und den Schreien, die Angst in ihnen breit macht, schleichend, heimtückisch. Und das war erst der Anfang, Jungs … Übrigens wird es Zeit, sich nach was Neuem umzusehen.

Das Medaillon schaukelte über dem Vergaser, den er mit einem Lumpen putzte. *Ja, nach was Neuem, etwas Brandneuem.* Er hob den Kopf, suchte den Platz mit den Augen ab. *Die Kleine mit dem gelben Rucksack, die gerade Zigaretten für ihren Vater kauft, warum nicht? Sie ist zum Anbeißen … Wie heißt sie gleich noch? Ach ja, Juliette. Juliette, ein hübscher Name für eine Leiche.*

In diesem Moment kreuzte Jeanneaux auf, wie immer in Eile, wie immer schlecht gelaunt. *Ein mieser Vollidiot, dieser Jeanneaux … Hält sich für einen Knallharten, macht einen auf »Lethal Weapon«, du sollst es kriegen, dein Opfer der tödlichen Waffe!* Er warf den Zigarettenstummel auf den Boden und zertrat ihn sorgfältig wie eine Kellerassel.

Los, ihr Augen, rauf mit euch, seht ihn an, den Mund halb offen, die Miene auf blöd geschaltet.

Wie blöd dieser Kerl dreinschauen konnte! Jean-Jean pflanzte sich vor ihm auf, die Hände in die Hüften gestemmt.

»Na, ist er fertig?«

Die Stimme, perfekte Nachahmung eines Mechanikers Ende des zwanzigsten Jahrhunderts.

»Nein, ich weiß nicht, was er hat, es muss die Zündung sein, aber keine Sorge, ich kümmere mich drum …«

»Es ist immer dasselbe! Gut, ich komme um fünf wieder vorbei. Ist er bis dahin fertig?«

»Aber sicher! Schönen Nachmittag noch, Herr Kommissar«, sagte der kleine Mann zu Jean-Jean, der sich eilig entfernte.

»Schönen Nachmittag, Zwerg!«, zischte Jeanneaux zwischen seinen strahlend weißen Zähnen.

Alles Nullen in dieser Werkstatt, dachte er bei sich. Er war von Nullen und Flaschen umgeben, die ständig nur jammerten und ihre kleinen Sorgen vor aller Welt ausbreiteten. Vor dem Schaufenster einer Parfümerie blieb er stehen, um sich zu vergewissern, dass sein eierschalenfarbenes Versace-Hemd richtig in seiner crèmefarbenen, perfekt geschnittenen Hose steckte – eine kleine Extravaganz, die er sich in London hatte maßschneidern lassen. Er beugte sich vor, um einen Fussel von seinen rotbraunen Wildlederschuhen zu entfernen, und setzte den Weg mit einem geheimnisvollen Lächeln auf seinem kantigen Gesicht fort.

Am Dienstagmorgen um sechs Uhr wollte sich ein junger Holländer, der am Strand geschlafen hatte, erleichtern und stolperte über eine feuchte Matratze.

Da er nach genauer Untersuchung feststellte, dass die Matratze mit Gliedern und Augen ausgestattet war, begriff der Holländer – wenngleich infolge des Genusses verbotener Substanzen völlig high –, dass er es mit einer Leiche zu tun hatte, deren Beerdigungstermin längst überschritten war, und fing erbärmlich an zu schreien, bis beunruhigte Anwohner die Polizei alarmierten.

Die besagte Leiche stellte sich als eine Art morbides Patchwork heraus: zwei Beine eines alten fixenden Clochards, der Rumpf einer Supermarkt-Kassiererin in Arbeitskleidung und der Kopf eines bärtigen Dreißigjährigen – das Ganze mit festem schwarzem Zwirn zusammengenäht, ähnlich wie Fischer ihre Netze flicken, was für eine Leiche, die an den Strand gespült wird, durchaus passend war.

Während er sich die Hände an seinem Taschentuch abwischte, erklärte Doc 51 – der Atem durchtränkt von Anisgeruch, der auch durch den ständigen Verzehr von Pfefferminzbonbons nicht zu vertuschen war –, dass die Leichenteile stellenweise irgendwie abgekaut, angeknabbert, eben angebissen worden waren … So war es, angebissen von menschlichen Zähnen!

Woraufhin sich Jean-Jeans Sekretärin erbrach, allerdings in ihre leere Kaffeetasse, was von einer Selbstdisziplin zeugte, für die sie anschließend von Jean-Jean in der verriegelten Toilettenkabine belohnt wurde.

Es war Donnerstag, und alles war ruhig.

»Juliette! Geh Milch holen, bitte!«

»Ach, Maman! Später, jetzt laufen gerade Video-Clips!«

»Juliette, mach sofort den Fernseher aus und geh Milch holen!«

»Es ist doch schon dunkel …«

»Red keinen Blödsinn und beeil dich!«

Juliette schaltete den Fernseher aus und lief hüpfend hinaus. Der heiße Wind strich über ihre Haut wie der Luftstrahl aus einem auf Höchststufe gestellten Föhn. Sie hatte Lust auf eine eiskalte Coca Cola. Wie nervig ihre Mutter sein konnte …

Der kleine Mann absolvierte sein Jogging, wobei er ständig nach der Kleinen Ausschau hielt. Wegen der Hitze waren wenige Leute unterwegs. Am Ende des Weges entdeckte er sie plötzlich. Beim Gedanken an ihre zarte Haut krampften sich seine Bauchmuskeln zusammen …

Die Kleine trällerte irgendwas Idiotisches aus dem Fernsehen vor sich hin. Wie jedes Mal, wenn sie ihm begegnete, lächelte sie ihm zu. Sie mochte ihn, weil er Grimassen schnitt; er hatte etwas von einem Kobold. Neulich hatte er Papas Wagen repariert, der nicht mehr anspringen wollte. Er rief sie, ohne die Stimme zu heben:

»Juliette, schau mal her! Ein kleines Kätzchen …«

»Ich hab keine Zeit, ich muss Milch holen!«

»Jemand hat es dort ausgesetzt, es wird sterben. Willst du es nicht mit nach Hause nehmen?«

»Wir haben doch schon einen Hund … Wo ist das Kätzchen denn? Ist es noch ein Baby?«

»Ja, es ist winzig, sieh nur, da hinter dem Busch …«

Alles, was Juliette sah, war gelbes trockenes Gras. Zwei kräftige Hände legten sich fest um ihren Hals, ein spitzes Knie stieß ihr in den Rücken, und ihr junges Genick brach wie das eines Kätzchens. Der Mann öffnete seine große Sporttasche aus wasserfestem Stoff (Geschenk eines Versandhauses) und stopfte das Kind hinein. Knack-knack, hatte das brechende Genick gemacht.

Pfeifend ging er davon. Die Melodie aus Fritz Langs *M – Eine Stadt jagt einen Mörder*, weil es ihn amüsierte. Er hatte schon alles Mögliche über Mörder gelesen. Über ihre Psyche und bla, bla, bla. Nie die Wahrheit, versteht sich. *Man muss wissen, dass wir zu einer höheren Rasse gehören. Dass wir anderen Gesetzen gehorchen, die euren Gesetzen überlegen sind.* Auf alle Fälle wollten die Psychologen, die Psy, dass alle gleich sind, in die Gesellschaft integriert, jeder schön an seinem Platz wie die Geschirrtücher, die Servietten und die wohl behüteten Kühe. Alles, was nicht ins Schema passt, wird entfernt – schnipp-schnapp! Alles, was die Behörden zu sagen hatten, war, dass er ein schweres Trauma durchgemacht hatte, das ihn daran hinderte, sich normal zu entwickeln.

Zehn Jahre lang hat es mir der Psy eingehämmert, dort, auf der Müllkippe für Menschen, wo man mich hat dahin-

vegetieren lassen: »Du hast ein schweres Trauma durchgemacht. Ein Trauma, das dich daran gehindert hat, dich normal zu entwickeln.« Und das, weil ich einem hirnlosen Haufen Fleisch, mit dem ich gezwungen wurde zu reden, ein Ohr abgerissen hatte. Traumatisch ist es, hier eingesperrt zu sein, mit den Abfällen der Menschheit, die sich bepinkeln, und eure Gehirnwäsche zu ertragen; ich habe gedacht, ohne zu antworten, und meinem Mund den Befehl erteilt, zuzustimmen, und den Augen, sich leidenschaftlich zu geben. Ich bin ein Alien, der gezwungen ist, wenig Profil zu zeigen, damit die falsche Haut, in der ich stecke, keine Risse aufweist.

Ich gehorche der Stimme meiner Natur, weil es meiner Natur entspricht. Macht man etwa den Wölfen, den Bären, den Raubtieren einen Vorwurf daraus? Hat ein Wolf etwa Lust, sich selbst in Frage zu stellen? Sich selbst zu akzeptieren ist der Schlüssel zum Erfolg. Buddha hat gesagt: »alles ist Wandel«, jedes Mal, wenn ich das Schicksal verändere, beschleunige ich die Vollendung eines Zyklus. Nur dass mich das einen Dreck schert. Was zählt, ist, dass es mich stimuliert. Das ist die wahre Wirklichkeit. Der Rest ist nichts als Bücherweisheit … Das ist wie bei den Typen, die sich am Geld oder am Gipfelstürmen berauschen. Du musst immer höher, immer weiter, immer schneller, immer irgendwas mehr, du bist süchtig. Bis zum Rand voll mit Adrenalin. Ich bin eine schussbereite Kanone, bin Kugel und Rohr, Munition und Artillerist zugleich.

Der König der Raubtiere.

Und sie, sie sind Vieh, das mir von Mutter Natur bereitgestellt wird. Dumme, engstirnige Tiere, dafür geschaffen, meinem Werk zu dienen.

Mit einem Seufzer der Erschöpfung stellte Madeleine die gefüllten Ravioli auf den Tisch. Bei dieser Hitze einkaufen gehen, welche Qual! Und auf Marcel mit seinen unmöglichen Dienstzeiten war auch nicht zu zählen. Na ja, der Dreckskerl war ihr nie eine große Hilfe gewesen. Sollte er doch Leine ziehen, sich scheiden lassen, nachdem sie die schönsten fünfzehn Jahre ihres Lebens für ihn geopfert hatte!

Sie wäre fast in Tränen ausgebrochen.

Marcel rührte grüblerisch in dem Ravioli-Magna auf seinem Teller und dachte an die Frau aus dem Autobus. Erstens war sie sicher verheiratet, und vielleicht sprach sie nicht einmal Französisch … Die schrille Stimme von Madeleine durchbohrte ihm das Trommelfell.

»Sie sind zum Kotzen? Sag's nur, sie sind zum Kotzen!«

»Was?«

»Die Ravioli!«

Was belästigte sie ihn mit ihren blöden Ravioli? Es war schon großzügig von ihm, dass er überhaupt mit ihr aß! Er spürte den Zorn in sich hochschießen wie den Dampf im Teekessel.

»Ja, sie sind zum Kotzen. Und um mitten im Sommer Ravioli zu machen, muss man verrückt sein!«

»Maman, Papa hat ›zum Kotzen‹ gesagt!«

»Halt die Klappe, Rotznase! Mein Gott, hoffentlich ist das alles bald vorbei!«, rief Marcel und trommelte mit den Fingern auf die Tischplatte.

»Alles – was?«, fragte Madeleine, die Hände in die Hüften gestemmt, die Augen Funken sprühend.

»Dieser ganze Zirkus, verdammt noch mal!«

Marcel stieß seinen Teller weg und verließ türknallend die Küche.

Madeleine nahm den vollen Teller und schleuderte ihn

an die Wand, während die Kinder sich unter den Tisch verkrochen.

Auch der kleine Mann saß bei Tisch. Er aß lustvoll von dem, was vor ihm stand, und hielt von Zeit zu Zeit inne, um einen kräftigen Schluck kühles Bier zu trinken. Er warf seinem Gast einen lächelnden Blick zu.

Juliette lag auf dem Sofa ausgestreckt. Unter dem hochgerutschten Rock schauten ihre mageren Beinchen hervor, ihr Kopf war zum Fernseher gedreht. Wenn man sie so sah, konnte man meinen, sie schliefe. Erst beim Nähertreten erkannte man, dass sie nicht ... intakt ... war.

Der kleine Mann nahm einen großen Bissen, unterdrückte einen Rülpser, räkelte sich lustvoll. Er hatte schon Hunde-, Katzen-, Rattenfleisch gegessen – von weißen und grauen, die Weißen schmeckten fader –, ja, sogar Vogelspinnen, aber Menschenfleisch, das war was anderes, ein einzigartiger Geschmack, der damit zusammenhing, dass man etwas verschlang, das einem ähnlich war.

Jedes Mal, wenn sich seine Gedanken auf dieses Terrain vorwagten, verbarg er sie, ohne es zu merken. Es gab in den Winkeln seines Gehirns eine Vielzahl kleiner eiserner Vorhänge, die sich ganz plötzlich zuziehen ließen, wo die roten und glänzenden, die nagenden Dinge lagerten, bespritzt mit glühend heißer, unerträglicher Säure.

Stolz auf seine Kraft, packte er Juliettes leblosen Körper mit einer Hand, hob ihn hoch, ließ seinen Bizeps spielen, warf die Kleine auf den Tisch, griff nach der großen Säge und machte sich auf dem Wachstuch an die Arbeit.

Die Säge kreischte.

Jean-Jean war müde. Müde vom Denken, müde vom Arbeiten, mit einem Wort: müde vom Leben. Keine Lust, ein halbes Jahr lang zu suchen, von wem die Leichenteile stammten, und noch weniger, wer der Irre war, der sie zersägt und wieder zusammengesetzt hatte.

Die Männer vom Labor schufteten Tag und Nacht, ohne brauchbare Ergebnisse.

Die Presse machte gute Geschäfte mit den »makabren Puzzleteilen«, und sein Chef setzte ihn täglich mehr unter Druck. Die Touristen, von denen die Stadt lebte, waren in ihrem Urlaubsprogramm nicht erpicht auf eine »Begegnung mit einem verrückten Mörder«.

Der alte Clochard hieß Hans Meyer. Ein Elsässer. Man hatte ihn anhand seiner Deportiertennummer identifizieren können. Ein Fixer, der stadtbekannt war, harmlos und ziemlich verkalkt. Der Schönling war ein italienischer Maurer, verheiratet, vier Kinder, unbescholten. Der Fall der Kassiererin war noch schlimmer! Eine Heilige, die zwölf Stunden am Tag schuftete, um ihre drei Gören, die inkontinente Mutter und ihren Säufer von Mann durchzufüttern … Äußerst unwahrscheinlich, den Schuldigen in ihrem Umfeld zu finden.

Im Leichenschauhaus hatte man die Toten zur Identifizierung durch ihre Verwandten »wieder hergerichtet«. Im angezogenen Zustand waren die Nähte nicht zu sehen. Aber das war alles andere als angenehm gewesen. Jean-Jean hatte das Geheule und Gejammer, die Ohnmachtsanfälle, die Weinkrämpfe über sich ergehen lassen müssen, all das, wovor ihm graute.

Und jetzt dieses Mädchen, das verschwunden war.

Rein zufällig gleich bei der Grünanlage. Seit drei Tagen schon. Der kleine Mechaniker von der Autowerkstatt hatte Jean-Jean angebrüllt, dass es in der Grünanlage von Spinnern wimmele und die Polizei natürlich nichts unternehme, sondern lieber Strafzettel an falsch geparkte Autos klebe!

Jean-Jean hätte ihm am liebsten eine reingehauen, konnte sich aber gerade noch beherrschen. Verkorkste Ermittlungen. Verkorkste Stadt. Verkorkster Sommer. Wenn man an höherer Stelle glaubte, dass er seinen Urlaub absagen würde! Am besten ging er jetzt erst mal einen trinken, er hatte eine ganz trockene Kehle. Einen eisgekühlten Pastis, genau das brauchte er jetzt. Er hätte sich gern einen Bourbon gegönnt, wie in »Hollywood Nights«, aber der war nicht wirklich durststillend.

Er warf einen prüfenden Blick in den kleinen Spiegel hinter seiner Bürotür, riss sich ein vorwitziges Härchen aus dem linken Nasenloch und machte sich übelst gelaunt auf den Weg.

»Mal sehen … was würde gut dazu passen?«

Der kleine Mann dachte nach. Er hatte Juliettes Kopf auf den Tisch gelegt und betrachtete ihn aufmerksam. Wenn man eine Collage macht, überlegt man erst einmal, welche Wirkung, welchen Effekt man erzielen will.

Den Überraschungseffekt. Einen Sinn geben. Signifikanz, würde der Psy sagen. Was er bräuchte, wäre ein Dicker, ein Fetter, ein richtiges Übergewicht, genau das war's, einen Kontrast zu diesem kleinen Kinderkopf. Und ganz winzige Ärmchen. Kleine Arme, ein kleiner Kopf und ein gewaltiger Körper, wie mit Helium aufgeblasen! Eine Art dicke menschliche Puppe. »Doggy Bag«, der neue Freund eurer Kinder!

Der kleine Mann verstaute Juliettes Kopf in der Gefriertruhe und verließ seine Wohnung auf der Suche nach dem geeigneten Exemplar.

Heute war wirklich die Hölle los. Die ganze Stadt ein einziger Stau. Tausende von hysterischen Hupen. Die Warteschlange für die Fähre zu den Inseln war mindestens hundert Meter lang. Man teilte hinterlistige Hiebe mit Kühltaschen an dralle Waden, mit Sonnenschirmen gegen fette Wänste aus.

Marcel gähnte. Bis zwei Uhr morgens hatte er mit Madeleine gestritten. Jetzt war er fix und fertig. Autobusse, die im Stau steckten, Motorradfahrer ohne Helm, Falschparker, alte Lüstlinge, junge Säufer, Clochards, pissomanische Köter, Kleptomanen: Dem Polizeibeamten Marcel Blanc war alles egal. Schlafen, sich ausruhen, das wollte er. Nach Alaska reisen, sich im Eis wälzen … Mein Gott, war der Typ dick!

Der Fettleibige überquerte mühevoll den Platz, watschelnd wie eine Ente. Das Fleisch wabbelte unter seinem überdehnten Hawaiihemd, der Bauch hing ihm über die Schenkel wie eine Schürze. Marcel beobachtete ihn, ohne es zu wollen, peinlich berührt, aber fasziniert. Er war nicht der Einzige.

Der Fettleibige lehnte sich an eine Wand, um wieder zu Atem zu kommen. Dann watschelte er weiter und ruderte mit den Armen, gewaltig wie Kalbshaxen in der Fleischauslage, wobei sein mit Konserven gefülltes Einkaufsnetz an sein monumentales Knie schlug.

Kleine braune Augen, lebhaft und neugierig, folgten dem Dicken. Dann hefteten sie sich nachdenklich auf Marcel. Für eine Sekunde flammte in dem braunen Blick eine boshafte, wirklich boshafte Freude auf, doch als Marcel, auf geheimnisvolle Weise alarmiert, sich nach ihm umdrehte, war es plötzlich nur noch ein lächelnder, freundlicher, völlig normaler Blick.

Marcel hatte sich rasch umgedreht. Das Gefühl, beobachtet zu werden. Ein unangenehmes Gefühl. Aber nein, alles war normal.

Der kleine Mann stieg auf sein Moped. *Ich muss diesen Dicken kriegen. Sofort. Noch heute Abend. Diese wogende Fleischmasse. Diesen Berg auf zwei Beinen, diesen unglaublichen Haufen Rohmaterial. Ich muss ...*

»Ich fahre in die Werkstatt, bin bald zurück ...«

Der Chef nickte, in Gedanken bei der Steuerprüfung, die er am Hals hatte.

Der Spur des Dicken war so leicht zu folgen wie der eines Walfischs in der Savanne. Der Mann überquerte mehrere Straßen, steuerte in seinem schwankenden Gang langsam auf die Tür eines alten Gebäudes zu und trat erleichtert in den Eingang. Natürlich schenkte er dem Mopedfahrer, der hinter ihm anhielt, keine Beachtung.

Er hieß Roger. Laurent Roger. Er war dreiunddreißig Jahre alt. Seine Mutter war vor zwei Jahren gestorben, in dem Jahr, als er hundertdreißig Kilo erreicht hatte. Inzwischen war er bei hundertzweiundvierzig Kilo angelangt. Er war nicht verheiratet, war es nie gewesen und hatte nie eine Frau »gekannt«. Er zog Dosenravioli vor.

Er begann die Treppe hinaufzusteigen und keuchte. Er wusste nicht, dass er sich das letzte Mal diese verdammten Stufen hinaufquälte. Aber wenn er es gewusst hätte, hätte es ihm vielleicht nicht besonders gut gefallen ...

Marcel trocknete sich vor seinem Spind ab, nahm seine Kleider an sich und schielte im Spiegel auf seinen muskulösen Bauch. Kein Gramm Fett, sagte er sich zufrieden. Die gleiche Figur wie vor zwanzig Jahren. Von seinen nassen Haaren tropfte es angenehm kühl auf seinen Nacken. Er fühlte sich zugleich leicht und stark. Männlich. Jeden Montag ging er zum Karatetraining. Und dort hatte er sich mit Jean-Mi angefreundet. Jean-Mi hatte Jacky und Ben mitgebracht, und Ben hatte Paulo überredet beizutreten. Mehrere von Marcels Kollegen kamen ebenfalls, der Trainer war früher französischer Karatemeister gewesen.

Aus den Augenwinkeln sah Marcel, wie sich Jean-Jean unter der Dusche mit einem Typen von der Sitte, Rudy la Fouine, unterhielt. Marcel spitzte die Ohren.

»Die vom Labor sagen, der Typ, der das gemacht hat, muss ein Profi sein. Gute Arbeit, sauber, präzise. Bei allen Leichen wurde dieselbe Säge benutzt. Eine Säge aus Kohlenstofffaser, wie Chirurgen sie benutzen. Kein Staub, keine Fasern von Kleidung, nichts. Nur winzige Plastikspuren, die an der Haut der Leichen kleben.«

»Vielleicht hat er sie in Wachstuch gewickelt …«

»Vielleicht. Nach der Präzision der Schnitte zu urteilen, ist anzunehmen, dass er in einer Metzgerei oder in einem Krankenhaus gearbeitet hat. Und er hat keine Brücke oder Zahnprothese: Er hat die Stücke, die fehlen, direkt mit den Zähnen herausgerissen.«

»Ein kannibalischer Chirurg vielleicht?«, erwiderte Rudy.

»Ja, oder er hat einen falschen Kiefer, wie in *Dragon Rouge*.«

Marcel fragte sich, was *Dragon Rouge* sein mochte. Ein Krimi wahrscheinlich. Er las nie Krimis, fand sie irgendwie deprimierend. Er las sowieso wenig. Keine Zeit, und er war nicht daran gewöhnt. Hin und wieder die Comics der Kinder und die Zeitung. Damit war sein Kopf schon voll gestopft.

Die anderen kamen zurück. Lärm von männlichen Stimmen, x-mal wiederholte Sticheleien, Gelächter. Jean-Mi, Paulo und Ben zogen Marcel wegen seiner mit gelben Ananas bedruckten Boxershorts auf, die er von seinen Kindern zum Vatertag geschenkt bekommen hatte. Jean-Jean und der große Rudy entfernten sich in ihrem Cowboygang.

KAPITEL 3

Der alte blaue Lieferwagen parkte vor dem Hauseingang. Auf der anderen Straßenseite, über dem Crédit Foncier, zeigten Leuchtziffern Uhrzeit und Temperatur an: 23.15 Uhr, 27°. Der Lieferwagen war leer, der Boden der Ladefläche mit einer Plane bedeckt.

Im zweiten Stock öffnete sich leise die Wohnungstür. In eine schwarze Öljacke eingehüllt – etwas sonderbar in einer schönen Sommernacht wie dieser – trat der kleine Mann ein. Er schwitzte wie in einem Brutkasten. Er trocknete sich die Stirn, von der ihm der Schweiß in die Augen floss. Er hätte ein Haarband überziehen sollen, wie die Tennisspieler es trugen, dachte er verärgert.

Die Wohnung lag vollkommen im Dunkeln. Der kleine Mann blieb stehen, lauschte. Ein kräftiges Schnarchen führte ihn ins Schlafzimmer. Er stieß die Tür auf. Das Schnarchen ging unvermindert weiter. Auf leisen Sohlen trat er in das kleine Zimmer, schaltete für eine Sekunde seine auf den Boden gerichtete Taschenlampe an. Der Dicke schlief friedlich, ausgebreitet wie ein übervoller Müllsack. Der kleine Mann beugte sich über ihn, ein Schatten im Schatten. Der Dicke öffnete plötzlich die Augen.

»Wer ist da?!«

»Kapitän Haken«, murmelte der kleine Mann und öffnete ihm mit einem einzigen Schnitt seines Rasiermessers die Kehle.

Das Blut spritzte bis zur Decke, als käme es aus einem Geysir. Wie ein Ertrinkender ruderte der Dicke mit den Armen, dann immer langsamer, nur noch stoßweise. Der kleine Mann, der in seiner Öljacke bestens gegen das Blut geschützt war, machte sich daran, Traggurte, die er wohlweislich mitgebracht hatte, unter den Sterbenden zu schieben.

Der Körper zuckte ein letztes Mal. Bevor er ging, stach der kleine Mann ihm zum Spaß mit dem geschärften Rasiermesser ein Auge aus, das linke, und legte es in das Wasserglas auf dem Nachttisch. Ein Auge, das war lustiger als ein Gebiss, schließlich musste man den Bullen ein wenig Abwechslung bieten …

Der alte Mieter im dritten Stock wälzte sich gestört im Schlaf. Er fragte sich, wer zum Teufel nachts auf der Treppe Ball spielte. Als der Lieferwagen losfuhr, war er schon wieder eingeschlafen.

Marcel versuchte gerade, ein dickköpfiges, aber aufreizendes Weibsbild zu überreden, ihren Porsche nicht ausgerechnet unter dem Schild mit dem Abschleppzeichen zu parken, als ein alter Mann seinen Arm packte und schüttelte.

»Herr Wachtmeister, Herr Wachtmeister!«

»Sehen Sie nicht, dass ich beschäftigt bin! Einen Augenblick! Und Sie, Sie fahren jetzt Ihren Wagen weg, oder ich verpasse Ihnen ein Strafmandat!«

»Mein Mann ist Anwalt – der lässt sich nicht so einfach aufs Kreuz legen!«

Dich würde ich gern aufs Kreuz legen, dachte Marcel flegelhaft und schielte auf die BH-Körbchen Größe 95C der dreisten Person.

»Herr Wachtmeister, mein Nachbar, wissen Sie, er antwortet nicht …«, beharrte der Alte.

»Und was, glauben Sie, soll ich da machen? Madame! Madame! Warten Sie, Sie dürfen Ihren Wagen hier nicht stehen lassen! Kommen Sie zurück!«

»Kann ich nicht, ich habe einen Zahnarzttermin. Schreiben Sie mir einen saftigen Strafzettel aus, wenn es Ihnen Spaß macht, Herr Wachtmeister.«

Das Weibsbild trippelte auf seinen Stöckelschuhen davon, begleitet vom Klirren seines Goldschmucks. Marcel trocknete sich die Stirn. Der Alte zerrte noch immer an seinem Arm.

»Ich heiße Ange Garetti«, fuhr er fort. »Ich bringe ihm jeden Tag sein Baguette, meinem Nachbarn, meine ich. Er hat nicht geantwortet, und da er's am Herzen hat ...«

»Gut, ich komme, ich komme.«

Verdammte Bande von Hysterikern! Und während er dem kleinen Alten folgte, der ein erstaunliches Tempo vorlegte, überkam Marcel plötzlich eine unbändige Lust auf ein italienisches Eis. Hasserfüllt sah er einen Jungen, ein Rotschopf wie er selbst, eines schlecken – noch dazu Pistazie, sein Lieblingseis. Verfluchte Touristen.

Der Alte rannte jetzt fast. Drei Straßen weiter zog er Marcel in ein altes Haus. Im Vorübergehen bemerkte Marcel die zerbeulten Briefkästen, die angeschlagenen Kacheln. Höchste Zeit für eine Renovierung. Im Laufschritt ging es die rot gefliesten Stufen hinauf. Marcel nutzte die Gelegenheit, um auf Zehenspitzen zu gehen, das war gut für die Waden. Uff, Garetti war im zweiten Stock vor einer halb geöffneten Tür stehen geblieben. Marcel trocknete sich den Nacken.

»Die Tür ist ja offen! Sie hätten doch reingehen und nachsehen können, oder?«

»Man kann nie wissen, vielleicht sind Einbrecher drinnen, gehen Sie vor ...«

Marcel zuckte die Achseln und trat ein, die Hand am Revolver.

»Polizei! Ist da wer?«

Keine Antwort. Kein Geräusch. Ein dunkler Flur, in dem es muffig und ranzig roch, drei Türen mit abblätternder Farbe. Ein unangenehmes Gefühl überkam ihn, und es kribbelte in seinen Händen. Er fühlte plötzlich die Gewissheit, dass der Mieter tot war. Es war, als wäre es unvermittelt kalt in der Wohnung geworden. Er hasste es, Tote zu sehen, er bekam Albträume davon.

Widerwillig öffnete er die erste Tür, seufzte erleichtert: ein Badezimmer, dreckig und leer. Er stieß die Nachbartür auf: eine Fünfziger-Jahre-Küche aus gelbem Resopal mit Hunderten von Pizzaschachteln, die sorgfältig an den Wänden gestapelt waren. Man hörte den Kühlschrank surren. Dicke Schaben stoben im Spülbecken panikartig auseinander. Marcel hasste Schaben mindestens ebenso wie Leichen. Er schaltete das Licht aus und stellte sich das Gewimmel der Insekten vor, zog schnell die Hand vom Schalter. Dritte und letzte Tür. Marcel zögerte eine Sekunde, spürte den scharfen Blick des Alten im Nacken. Also los. Die Tür öffnete sich in ein verdunkeltes Schlafzimmer.

Marcel blieb einen Moment auf der Schwelle stehen, damit sich seine Augen an die Dunkelheit gewöhnen konnten. Das Bett, ein Doppelbett, war zerwühlt. Leer. Auf den abgeblätterten Wänden große dunkle Flecken. Marcel trat ans Fenster, stieß die Läden auf, blinzelte, vom Sonnenlicht geblendet, drehte sich um und gab ein »Verdammt!« von sich.

Das Blut war überallhin gespritzt bis hinauf an die Decke, wo es zu winzigen Stalaktiten getrocknet war. Weder Marcel noch Ange Caretti sagten ein Wort. Der Alte begann zu stöhnen und die Hände zu ringen. Marcel zog automatisch den Revolver, näherte sich dem Bett und atmete durch den Mund, die Zähne fest zusammengebissen. Als er sich vorbeugte, bekam er eine Gänsehaut.

Die zerwühlten Laken, steif von Blut. Die zurückgebliebene Mulde eines wahren Kolosses. Der gläserne Lampenschirm blutbespritzt. Auf dem Nachttisch ein Wasserglas mit etwas darin. Bloß nichts anfassen!

»Rühren Sie bloß nichts an!«, schrie er dem Alten über die Schulter hinweg zu.

»Keine Sorge, kenn ich aus Fernsehkrimis, man muss die Spurensicherung abwarten, stimmt's?«

»Genau.«

»Er muss tot sein, der arme Laurent, sie haben ihn abgestochen wie ein Schwein …«

Marcel beugte sich vor, um den Inhalt des Wasserglases zu begutachten, und zum zweiten Mal in seiner Karriere erbrach er sich über seine Schuhe.

»Also, wenn wir so was an der Front gehabt hätten! Wegen solchen wie Ihnen haben wir den Krieg verloren!«, schimpfte Ange Caretti und hüpfte empört von einem Fuß auf den anderen.

»Holen Sie mir einen Wischlappen, verflixt noch mal!«, keuchte Marcel und richtete sich auf.

Der Alte entfernte sich murrend. Marcel schaltete sein Walkie-Talkie ein.

Das Auge im Wasserglas war blau, von gelben Fasern durchzogen.

Als er am mutmaßlichen Ort des Verbrechens eintraf, war Capitaine Jeanneaux nicht sonderlich gut gelaunt. Von Costello gefolgt, nahm er den Raum in Augenschein und pfiff dabei »Mon beau sapin«, was bei ihm immer ein Zeichen von größter Gereiztheit war.

Marcel stand stillschweigend dabei. Er dachte, dass seine Schuhe jetzt endgültig im Eimer waren. Ein Paar Dienstschuhe, das machte 250 Franc. Wirklich ein guter Tag!

Der Dicke lag auf der Plastikplane wie ein gestrandeter See-Elefant. Der kleine Mann zog träumerisch an seiner Nadel. Dies war sein Meisterwerk. Eine dicke Fliege summte um ihn herum. Er zerquetschte sie mit einer blitzschnellen Bewegung und leckte sich gierig die Hand. Er liebte den süßlichen Geschmack der Fliegen.

Viele Naturvölker essen Insekten, sie sind voller Vitamine. Unsere ganze Lebensmittelhygiene ist neu zu überdenken. In Dracula wird der Typ, der Insekten isst, wie ein armseliger Idiot dargestellt. Welche Fortschrittsfeindlichkeit! Immer müssen Schriftsteller kritisieren, was sie nicht verstehen. Als würde die Welt, um existieren zu können, auf ihre Meinung warten. Die Insekten sind viel älter als wir, sie haben alles überlebt. Wenn man eines von ihnen isst, nimmt man gleichzeitig Millionen und Abermillionen Jahre von der Energie der Erde in sich auf. Ein saftiger Wurm, das ist, als würde man feuchtes Gras einatmen. Kakerlaken schmecken bitterer, aber es ist mehr dran. Die Fliege, sie ist das kleine Extra wie das Stück Schokolade zum Kaffee.

Schweiß tropfte von seiner Stirn auf den weißen Bauch des Toten, zerfloss in der feuchten gelockten Behaarung, die von der Leiste bis zur Brust verlief.

Der Körper verströmte den zugleich süßlichen und widerlichen Geruch der Toten. Er nahm ihn wahr, aber er störte ihn nicht. Im Gegenteil. Er kannte ihn gut. Ein vertrauter Geruch.

Draußen fing es an zu regnen. Es wurde plötzlich dunkel im Raum. Ein Sommergewitter. Heftig. Ein Wolkenbruch im

Zucken der Blitze. Beim ersten Donnerschlag riss der kleine Mann den Kopf herum. Als der Regen eingesetzt hatte, hatte sein Gesicht einen panischen Ausdruck angenommen.

Er ließ die Nadel los, begann zu zittern und zu stöhnen und warf sich unter den Tisch, der Kopf zwischen den Armen, der ganze Körper von Krämpfen geschüttelt.

Das Gewitter wurde immer heftiger. Der kleine Mann kauerte unter dem Tisch, die Augen geschlossen, die Hände auf die Ohren gepresst, und der von Panik verzerrte Mund formte immer wieder stumm das Wort »Maman«. Dann, innerhalb weniger Minuten ließ das Gewitter nach. Auch er selbst beruhigte sich. Atmete langsamer. Öffnete die Augen. Die riesigen Pupillen waren zwei schwarze leere Löcher. Ein Blutrinnsal tropfte von seiner unterbrochenen Arbeit auf die roten Fliesen, nervtötend wie ein schlecht zugedrehter Wasserhahn.

Er richtete sich auf, ohne sich zu erinnern, dass er sich zusammengekauert hatte.

Selbst in der Laube war es heiß. Eine schwammige, klebrige Hitze. Marcel schwitzte. Er sah, ohne sie zu sehen, wie Familien – die Luftmatratze unterm Arm, die Schirmmütze auf dem Kopf – die Straße hinunterzogen. Oft trafen sich Marcel, Madeleine und die Kinder sonntags bei Caro und Jacky mit den Freunden. Es war angenehm bei Jacky, wegen des Gartens. Jacky, Paulo, Jean-Mi und Ben kannten sich, weil sie alle auf dem großen Platz arbeiteten. Jacky hatte einen winzigen Laden mit Postkarten, Paulo und Ben waren in der Werkstatt angestellt, und Jean-Mi kellnerte im Café Tabac. Seitdem sich Marcel beim Sport mit ihnen angefreundet hatte, lud man sich gegenseitig ein: Grillfeste, Kino, Silvester, Angelpartien … eine Vielzahl friedlicher und familiärer Freizeitbeschäftigungen.

Paulo schenkte sich eben ein weiteres Bier ein. Madeleine und Caro, die Frau von Jacky, ermahnten die Kinder, ihre Lammkoteletts aufzuessen. »Schmeckt wie Hammel!«, rief Kevin, Caros Ältester. »Hab keinen Hunger mehr!«, plärrte Frank. »Schluss mit dem Zirkus! Bei den Fleischpreisen heutzutage wird hier alles schön aufgegessen!« Mado brüllte natürlich wie immer am lautesten. Marcel fragte sich, was er mit einer Frau wie ihr, die mit dem südlichen Akzent einer Fischverkäuferin sprach, wohl in Paris angefangen hätte, wäre er dorthin versetzt worden. Lieber nicht dran denken! Elsa, die Freundin von Jean-Mi, rief ihren Hund, eine schwarz-weiße Promenadenmischung, doch der war viel zu sehr damit beschäftigt, das tiefste Loch der Welt zu buddeln. Caro servierte den Kaffee. Ben fing an, mit dem Fußball vor den Jungen zu dribbeln, die ihn nur auslachten. Jean-Mi kam von der Toilette zurück und zog seine königsblaue Jogginghose über die fetten Hüften. Er schnappte sich ein Bier.

»Wie steht's mit deinen Morden?«

»Wir schwimmen in der Bouillabaisse«, antwortete Marcel in dem vergeblichen Versuch, witzig zu sein. »Wir haben weder das Mädchen, die kleine Juliette, noch den Dicken gefunden. Keine Indizien. Kein Motiv. Wir tappen im Dunkeln.«

Ben kickte den Ball weg.

»Er muss doch irgendeinen Grund haben, das zu tun, dieser Verrückte, oder?«

»Vielleicht ist es wirklich ein Puzzle …«, murmelte Elsa, bei der diese Vermutung von Herblain, die in der Presse veröffentlicht worden war, feuilletonistische Talente geweckt hatte.

Paulo putzte seine verspiegelte Sonnenbrille.

»Und was ist mit dem Mond, habt ihr mal auf die Mondphasen geachtet?«

»Tut mir Leid, aber Morde bei Vollmond, das ist wie ein Lottogewinn am Freitag, dem Dreizehnten: eher selten, wenn du meine Meinung hören willst«, seufzte Marcel.

»Warum lasst ihr die Grünanlage nicht rund um die Uhr von mehreren Leuten bewachen? Dort sind doch alle Morde passiert, oder?«, beharrte Paulo und saugte an seinem Strohhalm.

Caro kam mit dem Zucker zurück.

»Allmählich macht man sich wirklich Sorgen um die Kinder.«

Marcel rührte ausgiebig in seinem Kaffee, bevor er antwortete:

»Um ehrlich zu sein, wir sind total überlastet. Zunächst mal ist Sommer mit dem üblichen Chaos, und dann ist die Verstärkung der CRS, der Bereitschaftspolizei, nicht eingetroffen … Jeanneaux will Ende der Woche seinen Korsika-Urlaub antreten, du kannst dir vorstellen, wie der gelaunt ist! Die Hälfte unserer Leute ist zur Strandüberwachung oder zur Verkehrsregelung abgestellt worden. Zu allem Überfluss sind die Vorstadtgangs zurückgekommen. Und da noch die Grünanlage bewachen …«

Jeder trank einen Schluck Kaffee. Caro stellte ihre Tasse ab.

»Trotzdem, so was hat es doch noch nie gegeben! Und dann die vielen Touristen!«

»In der Werkstatt haben wir im Moment nur ausländische Wagen.«

»Das wundert mich nicht, es wimmelt nur so von Deutschen.«

»Du vergisst die zweitausend amerikanischen Matrosen, die morgen in See stechen!«

»Hast du gehört, Elsa? Du musst dich rausputzen, es gibt Arbeit für dich!«

»Idiot!«

Mitten im allgemeinen Gelächter dachte Marcel bei sich, dass sich die Polizei wieder einmal lächerlich machen würde.

Samstagnacht torkelten drei betrunkene Matrosen durchs Hafengelände, johlten »I will survive« und fingen an, mit etwas, das aussah wie ein großer Ball, American Football zu spielen. Auf Grund ihres Alkoholpegels brauchten sie eine Weile, um festzustellen, dass Bälle, selbst wenn sie geplatzt sind, nicht nach verdorbenem Fleisch stinken.

Es versteht sich von selbst, dass der Teil des Hafens, in dem die Matrosen das »Ding« gefunden hatten, zu Marcels Bezirk gehörte. Als er um sechs Uhr morgens seinen Dienst antreten wollte, stürzten ihm drei Matrosen mit wirrem Blick entgegen, die etwas Unverständliches brüllten. Marcel folgte ihnen. Sie führten ihn zu einem Fleischberg, aus dem eine gelbliche Flüssigkeit sickerte.

Diesmal erbrach sich Marcel nicht auf seine Schuhe. Das war übrigens auch nicht nötig, die Matrosen hatten schon alles voll gekotzt.

Doc 51 hielt mit seiner krakeligen Schrift in seinem Bericht fest, dass das Opfer aus folgenden Teilen bestand:

a) aus einem fettleibigen, mit Krampfadern übersäten Körper
b) aus dem Kopf eines kleinen Mädchens, sorgsam gekämmt, die Augen geöffnet und geschminkt, Lidschatten und Mascara
c) aus zwei kleinen Hundepfoten anstelle der Arme.

Letztere Information, von der nur der Mörder selbst wissen könnte, wurde nicht veröffentlicht, damit man die Fälle von Denunziantentum und falschen Geständnissen leichter aussortieren konnte. Andererseits war es schwer, der Mutter der kleinen Juliette zu erklären, warum es sinnlos war, ein Kleidchen mitzubringen, um es dem Körper anzuziehen.

Jean-Jean war vor Wut so still, dass man eine Fliege im Dienstraum hätte fliegen hören. Und man hörte tatsächlich ein ganzes Bataillon summen, das offenbar den Angriff von Pearl Harbour nachspielte, auf Armen und Lippen landete, nervtötend und gejagt von Mélanie, Jean-Jeans Sekretärin, die, mit ihrer zusammengerollten *Marie-Claire* bewaffnet, sie so geräuschlos wie möglich zu erschlagen versuchte, um ihren Chef nicht noch mehr zu reizen.

»Hören Sie endlich auf, hinter diesen verdammten Fliegen herzujagen!«, brüllte Jean-Jean plötzlich.

Die junge Frau blieb abrupt stehen und kehrte dann mit Trippelschritten zu ihrem Schreibtisch zurück. Das war nicht der geeignete Augenblick, um über eine Gehaltserhöhung zu reden.

KAPITEL 4

Es wurde immer heißer. Die Stadt wälzte sich im Dunst, der vom Meer aufstieg, und schwitzte wie eine alte, fette Frau. Marcel spürte den Schweiß unter seinen Armen, spürte, wie er über seine Hüften, seine Schenkel bis in die Sandalen rann. Eine Gratis-Sauna! Wie gut, dass er nicht in Uniform war.

An diesem Wochenende des fünfzehnten August – neben Pfingsten das betriebsamste des Jahres – waren die Touristen in Scharen eingefallen. Marcel stützte sich auf die blaue Eisenbrüstung und betrachtete die jungen Skandinavier, sonnenverbrannt, die Literflaschen am Mund, die unten am Strand Rotwein tranken. Am Abend würden sie übersät sein von Blasen, die aufplatzen würden, während sie sich fiebrig in den rauen Laken wälzten.

Seine Augen suchten Madeleine und die beiden Kleinen. Vor dem Hintergrundgeräusch von Kindergebrüll, Hundegebell, Radiolärm, dem Klatschen der Tischtennisschläger und dem Dröhnen der Außenbordmotoren schmorten Hunderte von Familien in der Sonne. Plötzlich sah er sie. Nadja.

Ein Kind mit Krauskopf an der Hand, lief sie lachend in die Gischt, Wassertropfen schimmerten auf ihrer dunklen Haut und ihren runden Hüften … Ein kräftiger Schlag auf den Rücken ließ ihn zusammenfahren.

»Bist du blind oder was? Ich mache dir schon seit einer Stunde Zeichen!«

Madeleine starrte ihn an, sie war wütend, die Haut gerötet und mit einer dicken Schicht Monoi-Sonnenöl eingerieben. Marcel seufzte und ging zum Strand hinab, um seinen freien Nachmittag mit den Kindern zu verbringen.

Hinter einer Sonnenbrille verborgene braune Augen folgten Marcels Blick und verweilten auf Nadja und dem Kind.

Na sieh mal einer an … Ganz schön interessiert, unser kleiner Marcel … wäre eigentlich lustig, so ein Mosaik aus Schwarz, Weiß, Gelb, die große Versöhnung der Rassen im ewigen Frieden, eine gute Idee, wirklich eine gute Idee!

Nadja hob den Jungen hoch, der sie nass spritzte und vor Vergnügen jauchzte. Marcel ging in seinen fuchsienroten Bermudashorts stocksteif und unbeholfen an ihnen vorbei, doch sie sah ihn nicht. Vergeblich sprang er mit einem meisterhaften Kopfsprung ins Wasser, vergeblich kraulte er fünfzig Meter und schluckte Wasser, um dann auf seinem sandigen Handtuch Madeleine gegenüberzusitzen, die ihn aufforderte, sich mit der klebrigen Sonnencreme einzuschmieren, und den Kindern, die an seinen Beinen zerrten und plärrten: »Spiel Ball mit uns!« Die neonfarbenen Segel der Surfbretter schimmerten auf dem glatten Meer. Ein Ozeandampfer tutete. Eine Frisbeescheibe landete auf seiner Nase. Wirklich ein schöner Sommer.

Ein glühend heißer Sommer. Der Laborant Alfred war nackt unter seinem weißen Kittel, einem Kittel, der ihm unweigerlich Sticheleien seitens der Besucher einbrachte. Ramirez, der die Tür mit einem kräftigen Fußtritt öffnete, blieb dieser Tradition treu:

»Oh, Alfred, wie schön bist du in deinem Brautkleid, hast du heute Abend Zeit?«

Alfred sah Ramirez voller Überdruss an. Wenn es unter den Schlimmen einen Schlimmsten gab, dann war das Ramirez.

»Na, mein Hübscher, was gibt's Neues?«, erkundigte sich dieser mit einem übertriebenen Augenzwinkern.

Alfred kratzte sich am Kopf.

»Sosehr es dich auch wundern mag, Einstein, nichts! Aber sag mal, kann man heutzutage mit einer Krawatte voller nackter Mädchen zur Arbeit erscheinen? Die Dienstvorschriften werden auch immer lockerer!«

»Ganz und gar nicht, du verstehst das nicht, das ist fun, mein Freund, F-U-N, musst sonntags mal ausgehen, ich bin fun und nicht so ein ranziger Blaustrumpf wie du!«

»Vor allem aber bist du ein Witzbold. Bei dem Hund handelt es sich um einen Chihuahua. Davon laufen hier nicht so viele rum. Vielleicht kann man den Besitzer ausfindig machen.«

»Und wozu?«

»Man kann ja nie wissen, vielleicht ist der Verrückte jemand aus seinem Bekanntenkreis.«

»Ach ja? Glaubst du?«

»Du strapazierst deine Gehirnwindungen zu sehr, Ramirez, darum bist du so erschöpft! Also, ciao!«

Ramirez spuckte das Streichholz aus, auf dem er kaute, und ließ seine Wurstfinger knacken.

»Der Hund, was? Na, ich werde sehen.«

Er wandte sich schwerfällig ab, öffnete die Tür und konnte sich die Bemerkung nicht verkneifen:

»He, Süße, trägst du keinen BH?«

Sein Gelächter hallte im Treppenhaus wider, während Alfred sich angewidert die Schläfen massierte.

In seinem stickigen Büro spielte Jean-Jean mit einem Stein, es war ein Splitter von einem guatemaltekischen Beil, den ihm Mélanie von ihrer letzten Reise in einen Ferienclub mitgebracht hatte und der ihm als Briefbeschwerer diente.

Vor ihm standen Costello und Ramirez. Zwei Auslaufmodelle von Polizisten am Ende ihrer Karriere, die man vor zwei Jahren, sozusagen als Willkommensgruß, in seine Abteilung versetzt hatte.

Costello trat von einem Fuß auf den anderen und fühlte sich offensichtlich nicht wohl in seiner Haut. Im Ausschnitt seines geöffneten Hemds sah man gekräuseltes, graues Brusthaar und ein Goldkettchen, in das ein Vorname graviert war: *Tony*. Er hatte es eilig, zu seinem Kreuzworträtsel zurückzukehren. Ramirez kratzte sich unbeeindruckt den Kopf.

Jean-Jean schnaubte wütend. Bohrte in der Nase. Er nahm Costellos weiße Schuhe wahr – ein Modell aus den fünfziger Jahren – und den ausdruckslosen, schläfrigen Blick von Raymond Ramirez.

Er hob eine rächende Hand.

»Gut!«

Ramirez zuckte zusammen. Costello seufzte.

»Costello, du klapperst die Tierärzte ab. Sie sollen dir eine Liste aller Patienten geben, die einen solchen Hund besitzen.«

»Um diese Jahreszeit sind viele Praxen geschlossen …«

»Dann nimmst du dir eben die restlichen vor. Ich weiß, dass um diese Zeit nur Idioten wie wir arbeiten, aber dafür sind wir da. Und du, Ramirez, du gehst ins Tierheim!«

»Und was soll ich da, Chef?«

»Du überprüfst, welche verloren gemeldeten Tiere nicht dort sind, okay?«

»Verlorene dort … Kapiert, Chef! Bis später.«

Die beiden entfernten sich mit schleppendem Schritt. Sie würden schließlich nicht zwei Jahre vor dem Rentenalter einen Herzinfarkt riskieren, nicht wahr?

Jean-Jean hingegen sagte sich, wenn seine Frau mit den Mädchen nach Korsika führe, hätte er immer noch Mélanie.

Der kleine Mann betrachtete den Hundekopf. Er hatte eine Marke am Ohr. Gar nicht dumm! Er steckte ihn in eine Plastiktüte, knotete sie zu und warf sie in die Mülltonne.

Ohne mich wäre dieser Hund ohnehin bei lebendigem Leib zerstückelt worden. In gewisser Weise habe ich ihm einen Gefallen getan. Ein sauberer Tod. Sonst wäre es eine Vivisektion geworden… Durch diesen Dreckskerl von Martin sind die Labore immer mit lebendigem Frischfleisch für ihre Experimente versorgt. Eine gute Idee, die Schlüssel zu behalten, als diese Idioten mich gefeuert haben. Mal wieder eine gute Idee. So musste ich nicht einen Rentner niederschlagen, um seinen Köter zu klauen. Äußerst diskret!

Vor dem Tod sind ohnehin nicht alle gleich. Sonst wären wir alle bestimmt, eine Zeit zu funktionieren, um dann zu enden wie verbrauchte Batterien. Also muss man an etwas sterben. Was ist schlimm daran, von der Hand eines Mörders zu sterben und nicht an Leberkrebs? Ist es etwa intelligenter, an Leberkrebs zu sterben? Ist das würdevoller?

Wie das Mädchen. Es wäre vielleicht in fünf Jahren bei einem Unfall mit dem Motorroller gestorben. Außerdem, ein Kind mehr oder weniger, was spielt das auf dieser Welt schon für eine Rolle? Täglich sterben Tausende, ohne dass sich irgendjemand darum kümmert, und mir will man ans Zeug, weil ich dieser elenden Gesellschaft ein paar Mitglieder entziehe? Irgendein Idiot von der Nato bombardiert ein

Flüchtlingslager und, zack, hundert Tote auf einen Schlag. Er sagt »Oh, Entschuldigung« und damit ist die Sache erledigt, während ich lebenslänglich riskiere! Verurteilt von Hühnern in einer Legebatterie!

Ganz in sein Selbstgespräch vertieft, hatte er Juliettes nackten Körper auf den Tisch gelegt. Ein Fuß fehlte, der linke. Der abgesägte Knochen ragte aus dem gefrorenen Fleisch. Er fuhr sich mit dem Handrücken über den Mund, ein Tick, den er seit seiner Kindheit hatte. Dann beugte er sich über den steifen, eisigen Körper. Ein angenehmes Gefühl, diese Kälte des Todes ... Er hatte schon mehrmals probiert, in die Körper, die er in der Tiefkühltruhe aufbewahrt hatte, einzudringen, aber sie waren zu hart, steif gefroren. Bei der Kassiererin hatte er gespürt, wie bei diesem Versuch der Oberschenkelknochen brach. Er wälzte sich auf Juliette, zappelte einen Moment wie ein Hund, das verzerrte Gesicht über dem abgetrennten Hals des Mädchens. Dann entspannte er sich und fröstelte.

Was tust du da? Was machst du bloß?, fragte die Stimme in seinem Kopf, die Stimme, die sie ihm eingepflanzt hatten und der es manchmal gelang, sich durchzusetzen. Eine misslungene Imitation seiner eigenen Stimme, deren Klang ihm Übelkeit verursachte. Er kniff die Augen zusammen: Schon war der lichte Moment vorbei.

Er erhob sich und holte sich pfeifend ein Bier. Auf dem nackten Bauch des Mädchens schmolz das Eis. Er kratzte ein wenig zusammen, gab es in sein Glas und trank.

Marcel konnte sein Glück kaum fassen! Nadja hatte ihn angelächelt. Sie hatte ihn angelächelt! Er hatte gerade Anlauf genommen, um einem Gör zu folgen, das vor seinen Augen ein Mofa klaute, na ja, und da war er auf einem Hundehaufen ausgerutscht. Er war hingefallen, und seine Mütze war über den Asphalt gerollt. Nadja war stehen geblieben, hatte sie aufgehoben und sie ihm lächelnd gereicht. Die Kinder im McDonald's brüllten vor Lachen, aber sie, sie hatte einfach gelächelt.

»Vielen Dank«, hatte Marcel gesagt und seine Mütze wieder aufgesetzt.

»Es war mir ein Vergnügen«, hatte Nadja mit einem leichten ausländischen Akzent und einem Anflug von Belustigung geantwortet.

Dann war sie gegangen, ohne sich noch einmal umzudrehen.

Paulo, der gerade am Taxistand parkte, klopfte ihm auf den Rücken.

»Etwas weniger Diensteifer, sonst wirst du dir noch ein Bein brechen!«

Jean-Mi, der auf der Café-Terrasse bediente, schwenkte seine weiße Serviette vor dem Gesicht wie einen Tschador und deutete kurz einen Bauchtanz an.

»Wo bist du schon wieder mit deinen Gedanken? Du gehst mir wirklich auf die Nerven, Marcel!«

Madeleine räumte schimpfend den Tisch ab. Marcel hörte sie nicht. Weg von hier, abhauen, eine Weltreise auf einem Einhandsegler mit Nadja …

»Bring den Mülleimer runter! Damit du wenigstens zu etwas nützlich bist!«

Tony Costello schob sich über den glühend heißen Bürgersteig. Unmöglich, im Auto voranzukommen, die Stadt war ein einziger Stau. Ohne sein Spiegelbild in den Schaufensterscheiben zu beachten, ging er von Tierarzt zu Tierarzt, in der Hand hielt er das blaue Heft, der vergoldete Kugelschreiber steckte in der Brusttasche seines weißen Hemds. Wie sollte er diese Musik »Nebel, steigt auf! Ergießt eure lange, eintönige Asche, die gedehnten Dunstfetzen in die Lüfte …« in die Sprache Homers übersetzen?

Ramirez schwitzte und fächelte sich mit seinem Notizheft, auf dem Formel-1-Wagen prangten, Luft zu. Der einzige Vorteil dieser Untersuchung bestand darin, dass er die kleinen Ausländerinnen beobachten konnte, die Mädchen in Shorts oder Miniröcken, und da noch dazu in diesem Jahr elastische Stoffe in Mode waren, trugen sie darunter kein Höschen.

Er strich seufzend über sein Brusthaar und stellte sich vor, wie er eine kleine Ingrid oder Glenda zu einer Pizza einlud. Natürlich war er in diesem Tagtraum weder Vater noch verheiratet. Vielleicht Witwer. Und er hatte eine Junggesellenbude, in der sich Glenda oder Ingrid lächelnd vor dem großen Spiegel ausziehen würden.

Kinder mit Rollerblades rempelten ihn an und zerstörten den Zauber des Augenblicks. Das Bild der süßen Mädchen wurde durch den mit Lockenwicklern gespickten Kopf von Madame Ramirez verdrängt. Sie lag in ihrem rosa geblümten Morgenmantel in einem Krankenhausbett und sah ihn vorwurfsvoll an. »Nicht du, Raymond!« Er schüttelte sich. Im Moment hatte er nur dumme Gedanken.

Im Tierheim gab man ihm eine Liste der in den letzten zwei Monaten aufgenommenen Tiere. Darunter waren nur zwei Chihuahuas.

»Da diese Hunde wenig laufen, gehen sie auch nur selten verloren«, erklärte der Verantwortliche, ein Mann namens Martin, Luc Martin.

»Und wo sind diese Tiere jetzt?«, erkundigte sich Ramirez und versuchte, dem Blick eines alten, Mitleid erregenden Köters auszuweichen, der die Schnauze durch die Gitterstäbe steckte.

»Hin!«, lautete die Antwort. »Im Hundeparadies. Die vorgeschriebene Zeit war abgelaufen.«

»Keine schöne Arbeit, die Sie da machen«, sagte Ramirez und stellte sich eine blitzsaubere Miniatur-Gaskammer vor, in der sicher auch dieser Köter landen würde.

»Es ist nicht so, dass uns das Spaß macht, aber wir sind dazu verpflichtet!«, antwortete Martin, der ein guter Kerl zu sein schien.

Er war weder groß noch dick noch mager, sein Haar war dünn und das Kinn eckig, er trug Jeans und ein T-Shirt mit dem Aufdruck *Nice Jazz Festival 97*.

»Sind Sie ein Jazz-Fan?«, fragte Ramirez aus reiner Höflichkeit.

»Wie? Ach so, das T-Shirt, das hat mir eine Freundin geschenkt«, antwortete Martin mit selbstgefälligem Lächeln. »Nein, mir ist der *nu-skool-Stil* lieber«, fuhr er fort, »Carl Craig, Terranova, diese Art.«

Ramirez wusste nicht genau, ob es sich bei *nu skool* um eine dieser neuen erotischen Schulen handelte, die von den Medien fast als religiös dargestellt wurden, also notierte er mit verständnisvollem Nicken die Nummern der beiden Hundestempel und ging.

Draußen war es angenehmer!

Ob seine Frau wohl gerne einen Hund hätte? Nein sicherlich nicht, wegen der Haare. Sie schimpfte ja schon, wenn er, Ramirez, sich kämmte, weil ihm dabei ein paar Haare ausgingen und auf den Boden fielen.

Der kleine Mann hatte beschlossen, der Frau, die diesem Idioten von Marcel so gut gefiel, zu folgen. Der arme Marcel, für ihn war es an der Zeit zu lernen, dass das Leben kein Tal voller Rosen war. Einstweilen band der kleine Mann eine hübsche Schleife um sein Geschenkpaket.

Jean-Jean las die Berichte von Ramirez und Costello, während Mélanie die liegen gebliebene Post bearbeitete und Ramirez, der verstohlen in der Nase bohrte, sich fragte, ob Jean-Jean was mit Mélanie hätte.

»Unser schöner Ramirez, wie eine triefende Bratwurst«, rief Jean-Jean, der den Blick hob, plötzlich aus.

Ohne den Blick von der Tastatur zu heben, erlaubte sich Mélanie ein kurzes Lächeln.

»Ist schließlich heiß«, erklärte Ramirez, der bei seinem Gewicht von einhundert Kilo schweißgebadet war.

Jean-Jean schien wütend. Seine hellen Augen waren schmal wie Briefkastenschlitze. Die Untersuchung ging nicht voran, und noch dazu verlor er seine Bräune: Er hatte keine Zeit mehr, um Jet-Ski zu fahren. Grässlich. Außerdem war heute sein Geburtstag, und niemand – niemand! – hatte daran gedacht. Er schlug mit der Faust auf seinen Schreibtisch.

»Schickt mir diesen kleinen Idioten von Blanc her!«

Ramirez ging hinunter und verfluchte dabei seine Mutter, die ihn im Gedenken an seinen Vater – Feldhüter in Oran – zu dieser Laufbahn gedrängt hatte.

Ohne den Motor abzustellen hielt der kleine Mann mit seinem Lieferwagen neben dem Auto im dritten Untergeschoss des Parkhauses an, wo es dunkel und kühl war. Er stieg aus und betätigte den fern gesteuerten Türöffner. Er hatte die Schlüssel nachgemacht. Das war das Einfachste auf der Welt, wenn man die Originalschlüssel hatte.

Er öffnete die große Heckklappe des Kofferraums, der durch ein Hundegitter vom Rücksitz getrennt war. Hier lag nichts herum. Nur ein Ölkanister und ein Erste-Hilfe-Set. Zu dumm, er würde ihn schmutzig machen müssen.

Er kehrte zu seinem Wagen zurück, öffnete die beiden

Hecktüren, zog eine Sackkarre hervor, die er neben die Hinterräder stellte, hob ächzend den großen, in Plastik gewickelten Gegenstand heraus und ließ ihn vorsichtig auf die Sackkarre gleiten. Eine besondere Ersatzteillieferung …

Der kleine Mann packte die Griffe der Sackkarre und schob sie zu dem Wagen. Es war das erste Mal, dass er sich so viel Mühe machte! Doch es war wie bei einem Magier: Um die Gunst des Publikums nicht zu verlieren und die Selbstachtung zu wahren, mussten die Kunststücke immer eindrucksvoller werden. Geschickt wendete er die Sackkarre, drückte die Griffe herunter und kippte das Paket in den Kofferraum.

So, jetzt behutsam aufrichten. Vorsichtig, vorsichtig, bloß nicht beschädigen. Die Schleife zurechtzupfen. Mit dem gummibehandschuhten Finger wischte er sich den Schweiß ab, der ihm in die Augen rann. Die Haut seiner Hände wäre hinterher verschrumpelt, er hasste das. So, gar nicht schlecht. Sehr gut sogar. Unvergesslich.

Schritte. Er hielt inne, kauerte sich auf den Rücksitz. Die Hand umklammerte fest den Griff des Rasiermessers. *Wenn er es ist, bin ich geliefert. Wenn er sich über mich beugt, ersteche ich ihn. Aber wenn er seine Knarre auf meinen Kopf richtet?* Die Schritte näherten sich – beinahe hätte er vor Aufregung ins Polster gebissen –, entfernten sich. Eine Tür schlug zu. Ein Motor wurde angelassen. Er richtete sich halb auf, sah, wie sich die Rücklichter entfernten. Der Fahrer hatte wohl angenommen, der Wagen habe eine Panne. Vielleicht hatte er unbewusst den Namen der Werkstatt registriert. Aber das machte nichts, denn er hatte den Lieferwagen des Schrotthändlers genommen, und Mike war im Urlaub.

Ein letztes Mal richtete er die Schleife, schloss den Kofferraum, stieg wieder in seinen Wagen und fuhr, die Sonnenbrille tief auf die Nase gezogen und die Baseballkappe über den kleinen Kopf gestülpt, ohne Eile davon.

Marcel Blanc stand in Jean-Jeans stickigem Büro. Die Klimaanlage war defekt. Er fühlte sich unwohl und trat verlegen von einem Fuß auf den anderen. Jean-Jean schnäuzte sich lautstark.

»Zu allem Überfluss habe ich mir auch noch einen Schnupfen eingefangen! Verfluchtes Wetter!«

Eine vorwitzige Wolke glitt am Fenster vorbei. Der Wind wehte in Böen. Jean-Jean warf einen Blick auf die Straße.

»Sobald es regnet, sind sie alle nervös wie ein verdammter Wespenschwarm.«

Er drehte sich zu Marcel um und blickte ihn finster an.

»Sagen Sie mal, Blanc, wenn ich mich nicht irre, wurden alle Leichen in Ihrem Bezirk gefunden? Das heißt im Klartext, dass dieser Typ, dieser Verrückte, seit drei Wochen vor Ihrer Nase herumspaziert, die Taschen voller Leichen! Das heißt auch, dass er seine Opfer ausspioniert, während Sie – bestimmt mit großem Geschick – Ihren dicken Prügel andhaben …«

Marcel errötete bei der Anzüglichkeit seines Vorgesetzten. Mélanie kicherte. Dieser Jean-Jean hatte doch immer was auf Lager!

»Entschuldigen Sie, Herr Oberkommissar.«

»Capitaine!«

»Was?«

»Die Dienstgrade haben sich geändert, mein guter Blanc, die Welt verändert sich!«, säuselte Jean-Jean.

»Ah ja«, stotterte Marcel, aus der Fassung gebracht, und fuhr dann fort: »Die Tatsache, dass er die Leichen in meinem Bezirk abgelegt hat, heißt nicht, dass er seine Opfer dort findet. Das beweist, dass die meisten von ihnen in der Nähe des Square Mistral angesprochen wurden …«

»Das ist mir egal!«, brüllte Jean-Jean. »Himmel, Sie wollen mir doch wohl nicht weismachen, dass man Leichen, so riesig wie Walfische, unter Ihrer großen Nase herumtragen kann, ohne dass Sie irgendwas davon bemerken!«

»Ich bin ja nicht immer im Dienst …«

»Gott sei Dank, sonst würde man ganze Halden von Leichen finden! Ab jetzt lassen Sie die kleinen Fische sausen und versuchen, den Typen zu finden, verstanden? Das ist alles, was ich verlange. Also, Augen auf!«

»Vor allem das richtige!«

Jean-Jean musterte Marcel argwöhnisch. Machte sich dieser Idiot über ihn lustig? Er schob sich einen zuckerfreien Kaugummi in den Mund und kaute kräftig. Dann fuhr er fort:

»Vielleicht wäre Ihr Kopf klarer, wenn Sie Ihre Zeit nicht damit verbringen würden, bestimmte exotische Wesen zu beobachten …«

Marcel erstarrte. Wer hatte ihm das nur erzählt? Wer wusste darüber Bescheid? Wer spionierte ihn aus?

»Ich frage mich«, fuhr Jean-Jean fort und schnupperte diskret an seinem khakifarbenen Polohemd, um sich zu vergewissern, dass es nicht nach Schweiß roch, »ich frage mich, warum unser Mörder sie dort ablegt.«

»Vielleicht weil es in der Nähe der Polizeiinspektion ist, vielleicht um uns zu ärgern!«, schlug Marcel gutwillig vor.

Jean-Jean stellte fest, dass sein Polohemd stank. Er würde sich vor seinem Rendezvous mit Hélène, der neuen Empfangsdame, umziehen müssen. Mist, schon sechs Uhr!

»Ja, vielleicht … also, ich muss gehen. Ich verlasse mich auf Sie, Blanc!«

Marcel ging die Treppe hinunter und versuchte, diese

Demütigung zu verdauen. Wenn er den erwischen würde, der von Nadja gesprochen hatte … Und was sollte das bedeuten: »Augen auf«? Was glaubte dieser Jean-Jean denn, vielleicht dass der Irre mit einem Schild durch die Gegend lief: VORSICHT, LEICHENTRANSPORT!?

Der Irre ging, wie immer pfeifend, über die Straße. Er traf den grübelnden Marcel.

Armer Marcel, er scheint Sorgen zu haben. Kleine Sorgen wie eine kleine Ameise. Arme kleine Ameise. Komm schnell unter meine Schuhsohle. Los, Stimme, sag die üblichen Worte:

»Salut, gehen wir ein Gläschen trinken?«

»Bist du verrückt oder was?«, protestierte Marcel. »Ich habe ohnehin schon diesen Jean-Jean am Hals … Und wie geht es dir?«

Mir *geht es immer gut. Und dem* Es *noch besser. Nur mein* Über-Ich *geht mir etwas auf die Nerven.*

»Wir haben höllisch viel Arbeit. Kommst du morgen zu Jean-Mi? Elsa macht eine Paella …«

»Ja, sicherlich«, erwiderte Marcel zerstreut.

»Also, dann bis morgen!«, sagte der Irre mit einem breiten Lächeln.

Marcel entfernte sich schnell und mit sorgenvoller Miene.

Im Aufzug, der zur Tiefgarage fuhr, dachte Jean-Jean an die Liste, die ihm Costello gegeben hatte. Nicht eben viele verschwundene Hunde. Offenbar kein Chihuahua-Kidnapping.

Als er seinen Wagen erreicht hatte, untersuchte er einen verdächtigen Kratzer auf der rechten Seite. War der vorher schon da gewesen? Bei all diesen Frauen, die nicht fahren konnten! Er öffnete die Tür und stieg ein. Überprüfte den

Rückspiegel. Sein Herz hörte auf zu schlagen. Setzte sich dann schmerzhaft wieder in Gang.

Das eine Auge, das der Kopf noch hatte, starrte ihn im Rückspiegel an. Die Pistole in der Hand, sprang Jean-Jean aus dem Wagen und riss die hintere Tür auf.

Ein sitzender Körper. Ein Kinderkörper mit roten Plastiksandalen, besser gesagt, mit einer Sandale. Der Kopf, ein riesiger, ausgehöhlter Kopf, kippte zur Seite. In der starren Hand hielt das Mädchen einen verwelkten Blumenstrauß. Rosen, die einen fauligen Duft verströmten. Und das Ganze war mit einem breiten, goldenen Band umwickelt wie ein Geschenkpaket. An dem Blumenstrauß hing eine kleine Karte. Jean-Jean zögerte, beugte sich vorsichtig vor, um den Körper nicht zu berühren. Er las: *Herzlichen Glückwunsch, Capitaine* und zuckte zurück, als hätte ihn etwas gebissen.

Ohne etwas anzufassen, ging Jean-Jean um das Auto herum und sah sich die vier Türen an. Keines der Schlösser war aufgebrochen. Er kratzte sich an der Nase, atmete tief durch. Er kratzte sich im Schritt, atmete wieder tief durch und stieg, die Waffe in der Hand und von Übelkeit geplagt, zu Fuß die drei Stockwerke bis zur Pförtnerloge hinauf.

Pflichtbewusst beobachtete Marcel. Er beobachtete rechts, er beobachtete links, oben und unten, fast fielen ihm die Augen aus dem Kopf, so sehr beobachtete er die lärmende Menge. Ein Defilé behaarter Beine, wogender Busen, verbrannter Arme, sich schälender Nasen, schmutziger Sandalen, scharlachroter Schenkel. Paulo kam vorbei, beladen mit den verschiedensten Autoreparaturteilen.

»Du scheinst ja heute todernst, Marcel, man könnte meinen, ein Zuave von der Pont d'Alma!«

»Ich komme um vor Hitze, und ich habe die Nase voll«, antwortete Marcel und ließ seine Gelenke knacken.

Paulo ging weiter. Vor Jackys Laden standen die Leute Schlange. Die Postkarten mit den nackten Mädchen verkauften sich wie warme Semmeln. Japaner, vom französischen Humor erheiterte. Jetzt kam Ben, eine Bierdose in der Hand, aus der Werkstatt.

»Ich biete dir lieber nichts zu trinken an, du bist ja im Dienst.«

»Und du, arbeitest du nicht?«

»Ich mache meine Pause. Hast du das kahl geschorene Mädchen da gesehen? Sie hat gerade was aus der Tasche der Omi in Blau geklaut!«

»Hör auf mit dem Quatsch.«

»Doch, ich schwöre es dir. Schnell, pfeif!«

»Ich bin nicht zum Scherzen aufgelegt.«

»Oh! Was spielst du denn für'n Theater? Die Grablegung Christi? Na dann, ciao.«

Der zusammengenähte Körper lag auf dem weißen Marmortisch. Doc 51 beugte sich darüber. Er entnahm verschiedene Proben, die er für Alfred und seine Kollegen vom Labor in Plastikbeutel verstaute. Er sagte sich, dass es sich zu 99 Prozent um »fehlende Teile« der Leiche handelte, die die Matrosen am Strand entdeckt hatten, trällerte falsch vor sich hin und führte sein Skalpell mit chronisch zitternder Hand. Routine, Routine. Ganz gleich, wie das Mörderprofil sein mochte, seine Arbeit veränderte sich nie. Das Auge war mit einer Rasierklinge herausgeschnitten, der rechte Fuß von einem menschlichen Gebiss abgerissen worden. Auf dem Unterleib waren Spuren von Sperma zu sehen. Keine Penetration. Das Telefon klingelte. Doc 51 hob ab.

»Ja bitte«, brüllte er in den Hörer, den er zwischen Schulter und Ohr eingeklemmt hatte, während er einen Schnitt an Juliettes Brustbein vornahm.

»Vergiss nicht, auf dem Nachhauseweg den Braten abzuholen«, rief seine Frau.

»Ja, Liebling, kein Problem«, antwortete er, schnitt das Herz des Mädchens heraus und warf es in eine Emailleschüssel.

KAPITEL 5

Wieder ein Sonntag. Marcel hatte Dienst. Die Möwen kreisten schreiend am Himmel. Ein Gewitter zog auf. Auf der Terrasse des Cafés verschlang ein Kind ein sahnetropfendes Eis. Marcel hasste Sahne. Er wünschte sich mit aller Kraft, das Kind würde Bauchschmerzen bekommen. Er war wütend auf alle, wegen ihrer Unbeschwertheit, ihrer Lebensfreude, ihrer Urlauber-Sorglosigkeit; er warf ihnen vor, dass sie frei hatten und er für sie verantwortlich war.

Jemand näherte sich. Er drehte sich um: Es war sie! Nadja ging an ihm vorbei und schielte aus den Augenwinkeln zu ihm herüber, sein Blick folgte ihr, sie ging in den Tabakladen. Lautes Gehupe, Lärm von zersplitterndem Glas.

An seine Pflicht erinnert, fuhr Marcel zusammen: Ein dicker Belgier war einem wortreichen Italiener hintendrauf gefahren. Verwünschungen und Flüche. Nadja verließ die Bar, ohne dass er sie gesehen hätte, der kleine Mann folgte ihr.

Reiner Zufall: Er war gekommen, um Zigaretten zu holen. Ein Zeichen göttlichen Willens.

Nadja beeilte sich, weil Momo bald von seinem Mittagsschlaf aufwachen würde. Sie war nur schnell Zigarillos für den Großvater kaufen gegangen. Und er war da. Der große Polizist. Sonntags war er meist nicht da. Aber er war ohnehin verheiratet; sie hatte ihn am Strand mit seiner Frau und den beiden Kindern gesehen, ein kleiner, magerer blonder Junge und ein lustiges Mädchen. Er hatte neben ihr einen Kopfsprung gemacht, ohne sie wahrzunehmen. Ein guter Kopfsprung. Aber seine Badehose war wirklich grässlich!

Sie ging an den Bahngleisen entlang nach Hause. Das Geknatter des Mopedmotors riss sie aus ihren Träumereien. Automatisch drehte sie sich um. Ach, der kleine Mann aus der Autowerkstatt, einer der Freunde des Polizisten. Das Moped beschleunigte plötzlich und überholte sie. Sie hatte den unbestimmten Eindruck, dass er ihr gefolgt war. Dass er ihren Weg absichtlich gekreuzt hatte. Sie mochte seine Augen nicht. Es waren heuchlerische Augen. Er erinnerte sie an ihren Onkel, der so fromm war und doch seine eigene Tochter vergewaltigt hatte. Der große Polizist hingegen… schien aufrichtig. Sie mochte sein etwas schüchternes Lächeln.

Nachdenklich betrat sie ihr Haus.

Die Nacht von Sonntag auf Montag war sehr ruhig. Marcel träumte, dass Madeleine versuchte, ihn mit dem Kopfkissen zu ersticken. Madeleine träumte, dass sie Marcel nackt mit einem dunkelhäutigen Mädchen im Bett überraschte. Nadja träumte, dass der Polizist sie in der Grünanlage umarmte. Jean-Jean träumte, die Grünanlage wäre voller Leichen, in deren Mitte der Mörder lachend masturbierte. Der kleine Mann masturbierte und träumte, er würde Jean-Jean bei lebendigem Leib zerstückeln.

Nadja beeilte sich, sie war zu spät dran und zog den widerspenstigen Momo mit. Sie putzte bei einer alten, halb gelähmten Dame und musste vorher Momo im Kinderzentrum absetzen. Momo träumte vor sich hin, blieb stehen, um ein

Stück Papier oder einen Zweig einzusammeln … Er trödelte, er sah sich die Autos an, den Kerl mit dem Moped, der an der Straßenecke stand und seine Mutter anstarrte …

»Mama, will der Mann was von dir?«

»Welcher Mann? Nun komm schon, du regst mich auf!«

»Der Mann dort!«

Nadja drehte sich um, es war niemand da.

»Momo, ich bin spät dran!«

»Gestern war er unten vorm Haus, er will was von dir, will er dich heiraten?«

»Red keinen Unsinn!«

»Ich mag ihn nicht, er ist hässlich. Ich will nicht, dass du ihn heiratest!«

Sie hatten das Zentrum erreicht. Nadja umarmte Momo.

»Beeil dich! Bis heute Abend, mein Liebling, sei brav!«

Momo befreite sich aus Nadjas Armen und lief in die Vorhalle.

Nadja massierte sich die Stirn, als wollte sie ihre Sorgen vertreiben. Das Kind war anstrengend. Der Sommer war anstrengend.

Jean-Jean sah den schwitzenden Ramirez an. Ramirez legte Jean-Jean einen tadellosen Bericht vor und räusperte sich.

»Sagen Sie, Chef, ich habe da an etwas gedacht …«

»Ich höre«, erklärte Jean-Jean so salbungsvoll wie ein Bischof.

»Und warum könnte nicht der Typ aus dem Tierheim den Hund genommen haben? Ich meine, er hat sie ja zur Hand, braucht sie nicht zu stehlen, verstehen Sie?«

»Ich verstehe … Aber ein Hund, der im Tierheim landet, hat sich verirrt. Und Costello hat alle bekannten Chihuahua-Besitzer der Stadt befragt: Es wurde keiner vermisst.«

»Sein Herrchen könnte inzwischen gestorben sein. Oder

er kommt aus einer anderen Stadt. Hunde legen manchmal mehrere Kilometer zurück.«

Jean-Jean überlegte einen Augenblick. Vielleicht hatte der Dickhäuter ja Recht. Er sagte:

»Gut, ich bitte die Kollegen, das ganze Département zu überprüfen. Du überwachst mir diesen Martin. Ich will wissen, was er außerhalb seiner Arbeitszeit treibt. Mit wem er verkehrt. Es stimmt schon, man kann nie wissen.«

»Okay, Chef.«

Ramirez bewegte sich mit seinem schleppenden Schritt zur Tür, seine Jesuslatschen schleiften über die Fliesen. Jean-Jean rief ihn zurück, er war plötzlich wieder fröhlich:

»He, Ramirez! Das ist deine erste gute Idee in zwei Jahren! Dafür könntest du einen ausgeben!«

»Es war nicht meine Idee, Chef. Meine Tochter Emily hat daran gedacht. Aber ich kann trotzdem einen ausgeben. Ein Bier?«

»Ja, danke, ein Bier.«

Und vielen Dank an Emily, sagte sich Jean-Jean. Er begann, den Bericht zu lesen: »... Sperma eines Kaukasiers. Bei keiner Samenbank bekannt. In genetischer und biologischer Hinsicht nichts Auffälliges ...«

Kurz, ein ganz normaler Typ. Ganz normal. Jean-Jean warf den Bericht in eine Schublade. Das Bild des verstümmelten Kopfs tauchte vor seinen Augen auf.

Momo wartete vor dem Kinderfreizeit-Zentrum. Natürlich war seine Mutter mal wieder zu spät. Nachmittags half sie in der Drogerie aus, und dort wurde sie immer aufgehalten. Alle anderen Kinder waren gegangen. Normalerweise hätte er im Hof warten müssen. Aber ausgerechnet heute musste Karine, die Erzieherin, pünktlich weg. Sie hatte ihn beiseite genommen:

»Hör zu, Momo. Es ist fast Viertel vor sieben Uhr, ich muss gehen. Ich habe einen Termin beim Zahnarzt und muss mir einen Zahn ziehen lassen, verstehst du? Du bleibst im Hof und wartest auf deine Mama. Wenn du etwas willst, klingelst du bei Monsieur Porieux, ja?«

Monsieur Porieux war der Hausmeister, ein großer alter Mann, der immer im Unterhemd herumlief und schimpfte. Den würde Momo bestimmt nichts fragen. Karine hatte Monsieur Porieux Bescheid gegeben:

»Monsieur Porieux, ich muss gehen. Sehen Sie von Zeit zu Zeit mal nach dem Jungen, seine Mutter ist noch nicht da, danke.«

»Bei der Sozialhilfe kommt sie bestimmt nicht zu spät! Spricht er wenigstens Französisch?«

Karine hatte gequält gelächelt und war in ihren Strandjeep, Spezialserie »Mer du Sud«, gestiegen. (Er war mit Palmenaufklebern dekoriert). Der Hausmeister hatte seine vor Dreck schwarze Fenstertür geschlossen, um sich seine bevorzugte Vorabendserie anzusehen: »Amours et Pause-Café«, ein brasilianischer Monumentalfilm, Lifeaufnahmen in einem Fünfzehn-Quadratmeter-Zimmer.

Momo hatte erst ein bisschen am Springbrunnen gespielt, und als er völlig durchnässt war, war ihm das langweilig geworden. Er hatte seine Murmeln herausgeholt. Verflixt, jetzt war eine auf das Nachbargrundstück gerollt! Er war über den Zaun geklettert und hatte sich auf den umgegrabenen Boden fallen lassen, der als Rasen eingesät werden sollte. Hier war es schon lustiger als drinnen. Aber die Zeit wurde ihm doch lang! Wo blieb seine Mutter bloß?

Plötzlich sah er ihn. Den Mann. Er saß in seinem Lieferwagen. Ein alter, hässlicher, grauer Wagen. Er lächelte Momo durch das geöffnete Fenster zu. Er machte ihm ein

Zeichen, näher zu kommen. Momo zuckte die Schultern. Es war verboten, mit Männern zu sprechen, deren Namen man nicht kannte, denn oft wollten sie Dinge mit einem anstellen, Dinge, die wehtaten. Der Mann stieg aus. Noch immer lächelnd, kam er auf ihn zu. Er hatte große, glänzende, gelbe Zähne.

Und spitz dazu.

Momo musste an das Märchen denken, das ihnen die Erzieherin erzählt hatte, das Märchen von dem kleinen Mädchen, das zu seiner »Großmutter« ging, auf einen als Oma verkleideten Wolf traf und es nicht einmal merkte, obwohl er eine so komische Stimme, komische Augen und so große Zähne hatte. War das Rotkäppchen blöd!

Der Mann mit den Augen, die funkelten wie Murmeln, und den spitzen Zähnen beugte sich zu ihm herab.

Ohne weiter nachzudenken, schlug ihm Momo den Rucksack auf die Nase und rannte weg, so schnell er konnte. Er hörte ihn hinterherlaufen, und sein Instinkt sagte ihm, dass das kein Spiel war. O nein!

Das Freizeitzentrum war neu und noch nicht ganz fertig gestellt. Rund um das Hauptgebäude war noch alles Baustelle. Um diese Zeit menschenleer. Momo rannte durch den Bauschutt, ohne sich umzudrehen.

19.15 Uhr. Marcel sah verstohlen auf seine Uhr. Noch eine Stunde, und er wäre zu Hause.

Hoffentlich würde Madeleine bald ihre Sozialwohnung bekommen und mit den Kindern dort einziehen. Paulo winkte ihm von weitem zu, zog den eisernen Rollladen der Werkstatt herunter und ging, gefolgt von Ben. Jean-Mi servierte schäumendes Bier und unterhielt sich mit der neuen Bedienung. Es war die Ruhe vor dem nächtlichen Sturm. Der klapperdürre Riese, der für gewöhnlich Rasierklingen verschluckte und Feuer spuckte, saß ruhig an einem der kleinen runden Tische und trank seine giftgrüne Pfefferminzlimonade. In der Ferne ein Hupkonzert. Marcel träumte vor sich hin.

Plötzlich zupfte ihn jemand am Ärmel. Entnervt drehte er sich um. Nadja sah ihn an, verzweifelt, außer Atem. Sie biss sich auf die Lippe, war offenbar kurz davor, in Tränen auszubrechen. Verblüfft beugte er sich zu ihr vor. Wie klein sie war!

»Kann ich Ihnen helfen?«

»Mein Sohn, er ist verschwunden, ich kann ihn nicht finden!«

»Wo sollte er denn sein?«

»Im Freizeitzentrum der Schule. Ich bin zu spät gekommen, und er war nicht da, er ist auch nicht zu Hause, er ist nirgendwo, man muss ihn suchen.«

»Machen Sie sich keine Sorgen, wir kümmern uns darum. Ich begleite Sie zum Kinderzentrum. Wir gehen den Weg zusammen ab, einverstanden?«

Marcel schaltete sein Walkie-Talkie ein, um Bescheid zu geben, dass er sich auf die Suche nach einem verschwundenen Kind machte.

Er ging neben ihr und beobachtete sie aus den Augenwinkeln. Sie rang unablässig die Hände – lange schmale Hände. Sie weinte nicht, sagte kein Wort. Der Weg war ziemlich steil, doch sie hielt problemlos mit ihm Schritt. Die Leute sahen ihnen neugierig nach, ein Polizist und eine besorgte Frau … Anlass zu köstlichen Spekulationen.

Plötzlich blieb sie stehen.

»Normalerweise wartet er hier, hinter dem Gitter, auf mich. Der Hausmeister sagt, er hätte geschlafen und nichts gesehen. Momo ist ein lebhaftes Kind, er ist wahrscheinlich über den Zaun geklettert.«

Vor dem Zaun ein großes Stück umgegrabenes Land, hinter dem Freizeitzentrum eine Baustelle. Der künftige Spielplatz. Marcel sagte sich, dass das Kind vielleicht dort gespielt und sich verletzt hatte. Er ging langsam weiter. Oder vielleicht … nein, daran wollte er lieber nicht denken.

»Ich habe Angst wegen dieses Verrückten, der die Leute umbringt und zusammennäht.«

Sie hatte also auch daran gedacht.

»Seien Sie unbesorgt, wir werden ihn finden. Wie alt ist er denn?«

»Momo? Sechs Jahre. In einem Monat wird er sechs.«

Marcel sah sich suchend um. Dabei bemerkte er nicht einmal den Lieferwagen, der ein Stück die Straße hinauf parkte.

Der kleine Mann hatte sich auf seinem Sitz zusammengekauert. Er folgte ihnen mit den Augen. Noch fünf Minuten, und er hätte den Jungen gehabt. Wenn er nicht in diese große Blechröhre gekrochen wäre … Unmöglich, ihm zu folgen, der Durchmesser war zu klein. Also hatte er die beiden Ausgänge mit Zementsäcken versperrt. *Ah, dieser kleine Idiot will nicht rauskommen? Dann soll er drin bleiben! Und jetzt die beiden anderen, die plötzlich aufgekreuzt sind.* Er duckte sich noch etwas tiefer, für den Fall, dass Marcel den Lieferwagen entdecken würde.

Marcel rief:

»Momo! Momo!«

Es war so schwarz wie in einem tiefen Loch. Momo schwitzte unvorstellbar. Die Kehle brannte ihm vor Durst. Das Blech über ihm war so glühend heiß, dass er es nicht berühren konnte. Die Röhre hatte den ganzen Tag in der Sonne gelegen. Und auch jetzt waren es im Inneren bestimmt noch fünfundvierzig Grad. Er lag auf dem Bauch und rang nach Luft. Der widerliche Kerl hatte die Ausgänge mit seinen Säcken versperrt. Momo hatte geschoben und geschoben, aber sie waren zu schwer.

Er sah wieder das verzerrte Gesicht des über ihn gebeugten Mannes. Hörte seinen pfeifenden Atem. Er weinte ein bisschen, ein kurzes, trockenes Schluchzen. Er hatte das Gefühl, schon seit Stunden hier zu schmoren. Er hörte sein Herz, das laut, so laut schlug. Er dachte: Maman, Maman. Nichts anderes. Nur Maman, Maman. Quälend.

Eine Stimme. Eine Männerstimme rief ihn. Ganz in der Nähe. Fast hätte er geantwortet. Er hielt sich zurück. Und wenn es nun der Mann wäre? Trotz der Hitze wurde er von einem Zittern geschüttelt, das er nicht unterdrücken konnte. Er biss die Zähne zusammen, um nicht mehr zu weinen. Die Stimme entfernte sich. Momo lauschte angespannt.

Und plötzlich – er glaubte, sein Herz bliebe stehen – hörte er die Stimme seiner Mutter. Weit entfernt. Gedämpft. Aber sie war da. Jetzt ganz nah. Momo richtete sich auf, stieß sich dabei den Kopf an dem Blech, ohne es zu bemerken, und schrie:

»Maman, ich bin hier, Maman!«

Niemand kam, niemand antwortete. Sie hörte ihn nicht, sie war zu weit weg! Momo verdrehte entsetzt die Augen. Sie würden weggehen, sie würden ihn hier lassen … Eine Idee. Schnell, eine Idee! Er zog seinen Schuh aus und begann gegen die Röhre zu schlagen, eins, zwei, drei … eins, zwei, drei, Maman, Maman!

Marcel hielt inne. Ein Geräusch zu seiner Rechten. Eine Ratte? Nein, ein regelmäßiger Ton. Der Wind? Und wenn der Junge da war, wenn er verletzt war? Die Dämmerung nahm zu. Die Sonne war untergegangen. Marcel blickte sich um. Doch er sah nichts. Nadja suchte etwas weiter weg den Bauschutt ab.

Das Geräusch wurde schwächer. Schwoll wieder an. Marcel folgte ihm. Es kam näher: Eins, zwei, drei ... Eins, zwei, drei ... Jemand hämmerte regelmäßig gegen etwas. Marcel legte die Hände wie ein Sprachrohr an den Mund:

»Momo, warte, wir kommen! Momo, wo bist du?«

Stille. Dann ein kleines, ersticktes Stimmchen:

»Hier, in der Röhre!«

Marcel lief zu der Röhre, Nadja lief zu Marcel. Er hob mit einem Ruck den schweren Zementsack hoch und warf ihn hinter sich. Er bückte sich und hatte plötzlich ein kleines Gesichtchen vor sich, das von Schweiß, Tränen und Rotz bedeckt war. Der Junge war halb erstickt.

Er zog ihn heraus. Nadja stürzte sich auf ihn und umarmte ihn leidenschaftlich. Marcel überlegte. Das Kind hatte die Zementsäcke nicht hierher ziehen können. Und schon gar nicht vor beide Öffnungen. Jemand hatte sie absichtlich dorthin gelegt. Damit Momo in der Röhre erstickte? Oder war es einfach nur ein dummes Spiel?

Nadja wischte Momo das Gesicht ab, schimpfte ihn in ihrer Sprache aus und sagte dann:

»Bedank dich bei dem Monsieur!«

»Es ist nicht meine Schuld. Der andere ist schuld, der, der mich fressen wollte. Es war ein Wolf, ich habe einen großen Wolf gesehen. Weißt du, Maman, wie in der Geschichte ...«

»Lügner, ich reiße dir den Kopf ab! Lügner, du bringst deine Mutter noch ins Grab!«

»Aber es stimmt! Er hat gesagt: ›Komm, komm, damit ich dich fressen kann!‹«

Marcel griff ein:

»Wer wollte dich fressen? Wie sah sein Gesicht aus?«

»Er hatte einen großen Kopf mit langen weißen Zähnen und großen roten Augen.«

»Momo, denk genau nach. Ich will dir ja gerne glauben, aber erzähl nicht irgendwas …«

Momo beharrte:

»Und überall Haare!«

Marcel seufzte. Wie Frank in diesem Alter, als die Schreckgespenster unter seinem Bett wuchsen und sich gierige Saurier in der Toilette versteckten.

»Im Augenblick kommen wir nicht weiter, lassen Sie nur. Soll ich Sie nach Hause bringen?«

»Nein, nein, das ist nicht nötig. Vielen Dank.«

»Falls er doch eine genauere Beschreibung abgeben sollte, sagen Sie mir Bescheid, warten Sie …«

Marcel riss ein Blatt von seinem Strafzettelblock ab und schrieb seinen Namen und seine Telefonnummer darauf. Das war zwar gegen die Vorschriften, aber das war Marcel egal.

»Marcel Blanc, das bin ich«, erklärte er unbeholfen.

Sie nahm den Zettel, schob ihn in ihre Tasche und sagte eilig:

»Ich heiße Nadja, Nadja Allaoui. Sag auf Wiedersehen, Momo!«

»Auf Wiedersehen, Monsieur le Policier.«

»Auf Wiedersehen, Momo. Versuch, dich an das Gesicht des Wolfs zu erinnern, und wenn du dich daran erinnerst, komm zu mir und erzähl es mir, damit ich ihn jagen und finden kann, einverstanden?«

Momo nickte zerstreut. Maurice folgte ihnen mit den Augen, als sie sich entfernten. Sein Blick glitt über den Lieferwagen, ohne ihn zu bemerken. Graublaue, schmutzige Lieferwagen gab es überall.

Sobald sich Marcel abgewandt hatte, ließ der kleine Mann den Motor an. Seine Gedanken überstürzten sich. Wenn ihn das Kind erkannt hatte, war er verloren. Und wenn es ihn nicht erkannt hatte, würde das bald geschehen, irgendwann, allein schon, wenn er an der Autowerkstatt vorbeikäme. Der Junge musste verschwinden. Und zwar so schnell wie möglich.

KAPITEL 6

Jean-Jean schluckte den letzten Bissen seines Krabben-Ananas-Mozzarella-Sandwiches hinunter und wischte sich die Finger an einem Kleenextuch ab, das sie als Papierserviette bezeichneten. Ramirez kam mit der Miene eines traurigen Nilpferds herein. Er verströmte einen Geruch nach Knoblauch und Piment, der Jean-Jean daran erinnerte, dass er sich aus reiner Gutherzigkeit für den alljährlichen Hammelspießbraten der Feuerwehr eingeschrieben hatte. Ramirez hüstelte. Jean-Jean sah ihn geduldig an.

»Also, Chef …«

»Also was?«

»Also der Kerl da, der Martin aus dem Tierheim …«

»Lass dir Zeit, wir haben es nicht eilig …«

»Na ja, also, er wohnt am Boulevard des Espaliers, ein hübsches Haus, sehr sauber und alles, aber es liegt absolut nicht in der Nähe des Platzes, na ja, also …«

»Also was?!«, fauchte Jean-Jean, fasste sich dann wieder und fügte mit einem leicht verkniffenen Lächeln hinzu: »Ja bitte, du sagtest?«

»Ich habe mir gedacht, wenn ich, Ramirez, ihn vernehme, wird er nicht gerade gesprächig sein, zwangsläufig, da ich ein Polizist bin, also ja, wissen Sie, Chef, ich habe eine Cousine, die in der Rue Masséna arbeitet …«

»Die Nutte?«

»Ja, Josianne, na ja, also, ich habe sie zum Tierheim geschickt, sie sollte so tun, als hätte sie ihren Hund verloren, einen Pudel. Also, sie ist hingegangen, sehr korrekt gekleidet, verstehen Sie, vornehm und alles, blablabla, und dann hat er sie zum Essen eingeladen, also …«

»Das ist ja aufregend. Werden sie heiraten?«, knurrte Jean-Jean, sein Brüllen unterdrückend.

»Nein. Aber am Ende war er betrunken, Josianne versteht sich auf ihre Sache, das können Sie mir glauben, und er hat ihr erzählt, dass er die Hunde manchmal klaut und sie in ein Labor bringt, wo man Experimente an lebenden Tieren vornimmt. Er verkauft sie ihnen, verstehen Sie. Nichts gehört und nichts gesehen … daran verdient er offenbar ganz gut. Und meine Cousine lässt fragen, ob sie die Spesen einreichen darf.«

»Willst du dich über mich lustig machen? Hat sie sich etwa nicht bezahlen lassen?«

»Doch, aber sie sagt, dass sie unter dienstlichem Befehl stand, dass sie sich für uns abgestrampelt hätte, denn ihr ist das alles ja schließlich egal, nicht wahr?«

Jean-Jean musterte Ramirez aufmerksam. Ramirez schwitzte ungerührt. Jean-Jean dankte Gott, dass er ihn nicht als Ramirez hatte zur Welt kommen lassen. Das war im Moment übrigens das Einzige, was er Gott zugute halten konnte: Seine Frau war gestern mit Kindern, Kajak und lautem Getöse nach Korsika aufgebrochen. Und Mélanie hatte ihm soeben eröffnet, dass ihr »Verlobter« – offenbar gab es so etwas noch –, ein pickeliger Junge, der die Offiziersschule der Gendarmerie besuchte, Urlaub habe und sehr, sehr misstrauisch sei … Er trommelte mit den Fingern auf die Schreibtischplatte, ließ die Gelenke knacken und atmete tief ein.

»Gut. Wo ist Costello?«

»Strandüberwachung, Chef.«

»Er macht Tanga-Strings-Überwachung, jawohl!«, brüllte Jean-Jean in einem Anfall lächerlicher Bösartigkeit. »Bring ihn her. Ich habe die Nase voll davon, der Einzige zu sein, der in diesem Haus arbeitet.«

Ramirez verschwand mit der Miene eines niedergeschlagenen Nilpferds. Wenn Costello öfter auf das Hinterteil der Touristinnen schielen würde als auf den Kulturteil von Le Monde, hätten sie zumindest ein Gesprächsthema.

Jean-Jean las den Bericht in drei Ausfertigungen und ohne jeglichen Tippfehler, den Ramirez dagelassen hatte. Eigenartig, dieser Typ redete wie ein Bauer und war in der Lage, Schriftstücke zu verfassen, die den Prix Goncourt verdient hätten.

Während dieser Überlegungen fächelte sich Jean-Jean nachlässig mit dem Bericht Luft zu, und plötzlich machte etwas unter seiner halb kahlen Schädeldecke »klick« – ein Funke, ein Glimmen, die Eingebung, die es dem Menschen ermöglicht hatte, das Feuer zu erfinden, das Rad und den Cocktailshaker.

»Ja natürlich!«

Jean-Jean erhob sich und verließ sein Büro.

Falls ihn noch einmal ein Tourist fragen sollte, wo das Meer war, würde Marcel sich die Kugel geben. Das Meer lag genau hinter ihm, zwar etwas verborgen durch das neue Kongresszentrum, aber doch erkennbar an seinen berühmten weißen Schaumkronen und dem Azurblau des Wassers. Eigentlich kaum mit einem Parkplatz zu verwechseln.

Ein Kind weinte, weil seine Waffel auf den Boden gefallen war, genau vor die gierige, schmutzige Zunge eines

Schäferhundes. Noch dazu verabreichte ihm die Mutter eine Ohrfeige.

Nadja hatte nicht angerufen. Marcel hatte Jean-Jean den Vorfall gemeldet und war für seine Initiative gelobt worden. Marcel hatte Madeleine die Geschichte erzählt und war nur angemurrt worden:

»Natürlich, sobald eine Frau mit dem Hintern wackelt, zerreißt du dich! Aber die Kinder und ich, wir hätten in der Röhre krepieren können ... Du setzt dich nur für andere ein! Wie gut, dass wir bald verschwinden, mit dir habe ich immer nur gelitten!«

Gestern, bei Jean-Mi, hatte er seinen Freunden die Geschichte erzählt. Jeder hatte dazu eine Erinnerung parat gehabt.

»Wenn ich Blödsinn angestellt habe, habe ich von meiner Mutter eine Tracht Prügel mit dem Pantoffel bekommen!«

»Einmal wäre ich beinahe überfahren worden, sie hat mich halb umgebracht, die Ärmste ...«

»Selbst wenn sie uns die schlimmsten Strafen auferlegt haben, wir lieben sie doch immer noch! Meine ist letztes Jahr gestorben, das hat mir vielleicht einen Schlag versetzt ...«

»Und du?«

»Meine Mutter ist gestorben, als ich neun war«, antwortete der kleine Mann, den Blick ins Nichts gerichtet.

Kurzes verlegenes Schweigen.

»Wer kommt morgen zum Match?«

Marcel sagte sich, dass es schrecklich sein musste, seine Mutter so jung zu verlieren. Er hatte seine Mutter noch, und sie rief ihn jede Woche an. Welch ein Glück!

Jean-Jean stand vor der Werkstatt. Er sprach mit Costello, der stolz seine neue goldene Uhr zur Schau stellte, extra flach.

»Hör zu, Tony, ich will die Namen von allen Mitarbeitern des Labors, an das Martin seine Hunde verkauft, die Adressen und alles. Geh zu Martin und bring den Namen des Labors in Erfahrung. Besorg mir das alles, und zwar schnell. Weißt du, was? Ich glaube, wir sind auf dem richtigen Weg.«

»Sicher, aber nichts beweist, dass der Hund aus dem Tierheim kam.«

»Und nichts beweist uns das Gegenteil. Überleg mal, ein Labor, das bedeutet Skalpelle, Instrumente, die *schneiden,* das heißt, dass sich jemand, der ein bisschen krank ist, mit Tieren vergnügen kann …«

»Und warum geht unser ›Homo Psychopatos‹ dann nicht weiter seinen kleinen Vergnügungen nach, sondern erprobt seine Fähigkeiten an Menschen?«

»Du bist einfach genial, Tony, weißt du, dass du genial bist? Er macht nicht weiter, weil er rausgeflogen ist! Genau das will ich! Deshalb beschaffst du mir jetzt die Namen aller Entlassenen des Labors!«

Jean-Jean versetzte Tony einen kräftigen Schlag auf die Schulter, der sich daraufhin brummend entfernte. Hochzufrieden drehte er sich um. Der kleine Mann stand mit einem freundlichen Lächeln neben ihm und wischte sich die Hände an einem alten Lappen ab.

»So, er ist fertig, Sie können fahren …«

»Na ja, das ist auch nicht zu früh, danke. Salut!«

Jean-Jean stieg in den Wagen und ließ den Motor an.

Das Lächeln auf den Lippen des kleinen Mannes erstarb augenblicklich, seine Hände waren feucht, und das Blut trommelte in seinen Schläfen. Verfluchte Bullen! Idiot von

Martin! Offenbar war für Martin die Lebenszeit abgelaufen. Der kleine Mann schwang sich auf sein Moped und fuhr mit Vollgas an. Diesmal würde ihn niemand aufhalten, seine Sache zu Ende zu bringen.

Costello sah auf seine neue Uhr: 20.00 Uhr. Er tupfte sich die Stirn mit seinem marineblauen seidenen Einstecktuch ab und drückte mit seinem nikotinverfärbten Zeigefinger auf den Klingelknopf. Keine Antwort. Er klingelte noch einmal, diesmal lange. Die Sprechanlage blieb stumm. Dabei war Monsieur Martin da gewesen, als er vor knapp zwanzig Minuten angerufen hatte. Wenn dieser Kauz sich abgesetzt hatte …

Plötzlich öffnete sich die Haustür, und heraus trat ein elegant gekleideter Herr mit einem Dobermann an der Leine, der zur Begrüßung die Zähne fletschte. Castello trat schnell ins Haus und wedelte eilig mit seiner Polizeimarke unter der Nase des Mannes herum, ehe ihm der Dobermann den Arm abbeißen konnte. Der Mann vergaß vor Schreck zu schlucken, und der Speichel lief ihm am Kinn herunter. Polizei! Das bedeutete eine schmutzige Geschichte!

Costello stürmte die Treppe in den vierten Stock hinauf und erreichte atemlos Martins Wohnungstür. Er klingelte erneut. Obwohl er das Klingeln hörte, sagte er sich automatisch, dass sie vielleicht nicht funktionierte. Er klopfte kräftig an die Tür. Ein Klicken, und sie drehte sich in den Angeln. Doch es war nicht Martin, der öffnete.

Martin saß in einem schwarzen Ledersessel neben der Stereoanlage. Das heißt, sein Körper. Der Kopf lag neben einem von Madonna unterschriebenen Foto auf dem Fernseher. Das Blut spritzte noch heraus wie eine kleine Fontäne von Erdbeersaft.

Während er fassungslos die Szene zu begreifen suchte, brach ihm mit einem Mal der Schweiß aus. Hinter seinem Rücken öffnete sich die Tür! Er schnellte herum, die Pistole auf die Tür gerichtet, die ins Schloss fiel. *Er* war es gewesen, der geöffnet hatte! Schon war Costello in dem Hausflur. Eilige Schritte auf der Treppe. Er beugte sich über das polierte Geländer. Eine undeutliche Gestalt rannte die Stufen hinunter.

»Halt! Halt, oder ich schieße!«

Trotz seines Bluthochdrucks stürmte Costello die Treppe hinunter, immer vier Stufen auf einmal nehmend. Er zielte auf gut Glück, ohne den Flüchtigen zu treffen, der sich vorsichtig an der Wand entlangbewegte. Noch ein Stockwerk. Der kleine Hausflur war dunkel. Costello tastete nach dem Türöffner, wertvolle Sekunden, die er verlor, fand ihn, drückte und stand dem anmutigen Dobermann mit seinen gefletschten Zähnen gegenüber.

Der ehrbare Herr zog an der Leine.

»Hör auf, Fifi, der Herr ist ein Polizist, er ist nicht böse!«

»Jemand ist aus dem Haus gerannt, haben Sie ihn gesehen?«

»Nein, aber dahinten ist eine Bande von Punks, eine wahre Schande, diese Punks, nicht wahr, Fifi?«

»Los, aus dem Weg!«

»Bleiben Sie bitte höflich!«

Als der Dobermann hörte, dass sein Herr die Stimme hob, nahm er Costellos linken Unterarm zwischen seine Zähne.

»Rufen Sie den Hund zurück, oder ich jage ihm eine Kugel in den Kopf!«

Entsetzt zog der gut gekleidete Herr den Hund zur Seite und machte den Weg frei. Costello rannte mit gezogener Waffe auf den Bürgersteig.

»Der ist verrückt! Komm, Fifi, ein Verrückter, die ganze Polizei ist eine Bande Irrer! Verrückt! Verrückt!«

Während er behutsam die Tür schloss, malte er sich schon den Brief aus, den er ans Rathaus schicken würde.

Costello blieb keuchend auf dem Bürgersteig stehen, eine Hand aufs Herz gepresst, in der anderen die Waffe. Unter den spöttischen Blicken der Punks, die sich um eine Bank versammelt hatten, lief er erst nach rechts, dann nach links. Natürlich nichts! Der Mörder war im Zentrum verschwunden. Die ganze Szene hatte nicht länger als fünf Minuten gedauert. Fünf Minuten, die ausreichten, um dreißig Jahre guten und pflichteifrigen Dienstes zunichte zu machen. Es blieb ihm nur noch, Jean-Jean anzurufen …

Marcel sah aus den Augenwinkeln das Moped, das bremste. Der kleine Mann sprang ab. Ein freundschaftlicher Gruß von weitem. Sein Overall war wirklich ekelhaft, all diese Flecke … Er könnte ihn von Zeit zu Zeit waschen. Man sah, dass er Junggeselle war, dieser Glückspilz!

Martins Wohnung wurde peinlich genau durchsucht. Doktor Herblain richtete sich mühsam auf und brummte:

»Man kann nicht gerade behaupten, dass Sie mir Zeit zum Däumchendrehen lassen … Na ja, ich würde sagen, es handelt sich um eine Enthauptung mit einem Jagdmesser. Er hat ihm die Kehle durchstochen und dann gegen die Klinge gedrückt, so etwa, um den Kopf vom Körper zu trennen, verstehen Sie?«

»Sehr gut, danke.«

»Mit einem guten Messer braucht man dazu keine besondere Kraft. Es ist immer eine Frage der Werkzeuge, wissen Sie …«

»Das Türschloss wurde nicht aufgebrochen«, überlegte

Jean-Jean laut. »Also hat Martin selbst geöffnet. Er hegte offenbar kein Misstrauen …«

»Das war ein Fehler. Mein armer Jean-Jean, all das ist wirklich nicht lustig, aber ich muss trotzdem gehen.«

»Lassen Sie mich raten, Ihre achtundachtzigjährige Großtante heiratet noch einmal?«

»Nein, warum sagen Sie das? Die Taufe meines Patenkindes, nichts weiter.«

»Ah, Entschuldigung. Wenn man bedenkt, dass es Leute gibt, die behaupten, es gäbe keine Familien mehr …«

»Ich bin sicher, dass Sie zu denen gehören, die für den PACS, die Ehe ohne Trauschein, gestimmt haben«, entgegnete Doc 51 streng. »Aber wir sprechen uns in zwanzig Jahren wieder.«

In zwanzig Jahren bin ich auch Großvater, dachte Jean-Jean, während Doc 51 steif und übertrieben vorsichtig das Zimmer verließ. Beim sonntäglichen Mittagessen werde ich die Schwiegersöhne ertragen und die Babys kitzeln müssen, während sich meine Töchter mit den Verdiensten ihrer besseren Hälfte brüsten.

Er lächelte. Man hörte kaum den Pastis in dem Flachmann schwappen, der in der linken Gesäßtasche von Doc 51 steckte.

Costello trat seufzend näher.

»Der Mörder hat sich in Luft aufgelöst.«

»Kein Wunder. Gut, die Jungs von der Spurensicherung sind fertig, gehen wir. Lass die Wohnung versiegeln. Die ganze Geschichte stinkt, Costello, sie stinkt. Wie hat der Mörder wissen können, dass du kommen würdest? Und wenn er es nicht wusste, warum hat er dann Martin getötet? Was wissen wir über Martins Umgang?«

»Nicht viel. Offenbar ein Einzelgänger. Höchstens mal Damenbesuch.«

»Das bringt uns nicht weiter. Nun, wir werden das morgen sehen. Mir reicht's für heute. Ich gehe ins Bett.«

»Ins Bett gehen ist nicht alles, man muss sich auch ausruhen …«, wagte Ramirez einzuwerfen, um die Stimmung etwas aufzuheitern, aber Jean-Jean blieb wie aus Marmor.

Das Telefon klingelte. Madeleine sah auf ihren Wecker: 23 Uhr. Hatte die Schwiegermutter einen Herzinfarkt? Natürlich, genau in dem Moment, wo sie sich hingelegt hatte. Sie stand auf und nahm den Hörer ab. Die Stimme einer Frau. Einer jungen Frau. Mit einem eigenartigen Akzent.

»Könnte ich bitte Monsieur Marcel sprechen?«

»Marcel, ein Weib für dich!«, schrie Madeleine, von glühender Eifersucht erfasst.

Nackt und noch nass tauchte Marcel erschrocken aus dem Badezimmer auf. Er nahm den Hörer.

»Ja bitte?«

»Er stand nackt unter der Dusche!«, plärrte Madeleine in die Sprechmuschel.

Marcel schob sie mit dem Handrücken zur Seite.

»Hallo, entschuldigen Sie, der Fernsehapparat …«

Madeleine kniff ihn heftig in den Oberschenkel.

»Monsieur Marcel?«, sagte Nadja außer Atem. »Momo sagt, er hätte den Mann schon vorher gesehen. Vor unserem Haus. Das heißt also, dass dieser Irre weiß, wo wir wohnen, nicht wahr? Was soll ich nur tun? Warum will er mir Momo nehmen? Ich wollte Sie nicht anrufen, aber …«

»Hm, hören Sie, beruhigen Sie sich, ich komme vorbei, das wird das Beste sein …«

»Um sie aufs Kreuz zu legen, natürlich, du Schuft!«, schrie Madeleine in einem Anfall von Wahnsinn und trat Marcel gegen das rechte Schienbein.

»Au, Dreckstück! Nein, ich sagte: Ich komme. Bis gleich.«

»Vorsicht, er hat Aids!!!«

Marcel hängte ein und packte Madeleine am Arm.

»Bist du verrückt geworden oder was?«

»Sie ist es, mit der du mich betrügst, stimmt's? Ihretwegen willst du dich scheiden lassen! Nicht mal eine Französin! Du widerst mich an … Du entehrst die Familie! Mistkerl!«

Marcel zog sich an und zwang sich, ihr nicht zuzuhören. Er nahm seinen Revolver und seinen Blouson.

»Und warum ziehst du keine Uniform an, wenn du arbeiten gehst? Sag, warum?!«

Madeleine klammerte sich an ihn, sie war jetzt den Tränen nahe. Er zwang sich, ruhig zu sprechen und dem Wunsch, sie an die Wand zu schleudern, nicht nachzugeben.

»Weil es außerhalb meiner Dienstzeiten ist. Wir trennen uns nicht ihretwegen. Ich kenne diese Frau kaum«, fügte er mit fester Stimme hinzu. »Wir trennen uns, weil es zwischen uns aus ist. Das weißt du ganz genau. Hör zu, Madeleine, geh mir ausnahmsweise mal nicht auf die Nerven, mir tut der Schädel weh.«

»Und mir das Herz, und das ist deine Schuld!«

Madeleine brach in Tränen aus. Marcel tätschelte zerstreut ihren Kopf und ging. Er konnte kein Mitleid mehr für sie empfinden. Er hatte sie geliebt, sie war die Mutter seiner Kinder, aber sie nahm ihm auf unbeschreibliche Weise die Luft zum Atmen, und er hätte nicht einmal genau sagen können, warum.

Madeleine lehnte an der Wand und schniefte. Von einer Ausländerin gehörnt! Und wenn sie daran dachte, dass sie diesem Ekel noch letzte Woche das Erbrochene von den Schuhen gewischt hatte – das Leben war eine Schande!

Der kleine Mann war nicht zufrieden. Er saß vor dem Fernseher und sah sich zerstreut die Weltmeisterschaft im Mittelgewicht an. Die Boxer waren außer Atem. Zweite Runde. *Die Linke, Himmel noch mal, deine Linke! Duck dich, duck dich, verdammt noch mal, nein, was für ein Idiot! O verdammt, in die Vollen!* Die Glocke. Kurze Pause für die schwitzenden Männer. Mund halb geöffnet, Shorts zerrissen, Schweiß rinnt über die muskulösen Oberkörper, die sich zu schnell hoben und senkten. Atmen. Sich wieder in den Griff bekommen. *Es ist nicht so schwer, sich selbst zu überwinden. Ich tue das ständig.* Der kleine Mann trank gedankenverloren und in kleinen Schlucken sein Bier.

Es gibt nicht so viele Labore in der Gegend. Irgendwann werden sie das Richtige finden. Und damit werden sie auch mich finden. Diese dreckigen, besessenen Schnüffler, die ihre stinkenden Nasen dauernd in die schmutzige Wäsche anderer steckten. Und wenn sie mich gefunden haben, werden sie mich einsperren und mir Implantate in den Kopf setzen, unter die Kopfhaut, das haben sie auch letztes Mal schon versucht, und ich habe mir die Haut mit der Rasierklinge aufschlitzen müssen, um die verdammten Dinger zu finden, das hat geblutet, zum Teufel, bring ihn um! Los, schlag zu! Die Linke, verflucht! Ich muss etwas finden. Eine Sicherheit. Ein … Tauschobjekt. Der kleine Mann entspannte sich plötzlich und lächelte. Er hatte eine Idee.

Marcel klopfte leise an Nadjas Tür. Es war besser, um diese Zeit so wenig Lärm wie möglich zu machen. Vor allem wegen der Nachbarn … Sie öffnete sich. Nadja trat beiseite, um ihn vorbeizulassen.

»Kommen Sie herein.«

Ein alter, von Falten zerfurchter Mann, der mit gekreuzten Beinen vor einem niedrigen Tisch hockte, musterte ihn.

Erzürnt wandte er sich an Nadja. Sie lächelte Marcel nervös zu.

»Er fragt, wer Sie sind …«

Dann wieder an den Alten gewandt:

»Das ist der Polizist, er kommt wegen Momo …«

Sie wiederholte den Satz auf Arabisch.

Der Alte nickte, ohne dass sich sein misstrauischer Gesichtsausdruck veränderte. Er schenkte Tee in Gläser und reichte Marcel eines davon. Marcel hockte sich hin. Man konnte nicht behaupten, dass diese Stellung wirklich bequem wäre. Er hörte seine Knochen und Gelenke knacken. Nadja blieb stehen, ihr Gesicht war angespannt, besorgt.

»Warum hat es jemand auf Momo abgesehen? Wir haben kein Geld, wir haben nichts. Ein Verrückter, nicht wahr? Warum verhaften Sie ihn nicht?«

»Wen denn verhaften? Wir wissen nicht mal, ob es überhaupt jemanden gibt.«

Marcel wollte nicht die Möglichkeit in Betracht ziehen, bei Momos Angreifer und dem, den er im Stillen den *Puppendoktor* nannte, könne es sich um ein und dieselbe Person handeln.

Plötzlich tauchte Momo völlig verschlafen auf. Er weinte. Nadja nahm ihn in die Arme.

»Es ist alles gut, mein Liebling.«

An Marcel gewandt erklärte sie:

»Jetzt weint er häufig und hat Albträume … So, komm, es ist vorbei …«

»Ich will nicht gefressen werden …«

»Niemand wird dich fressen, du bist ein großer Junge. Komm, sag dem Polizisten guten Tag.«

»Nein. Warum ist er hier? Ich will nicht, dass er hier wohnt.«

Marcel räusperte sich. Nadja zuckte die Schultern.

»Er wohnt nicht hier. Er ist nur gekommen, um dich zu besuchen.«

»Genau, hallo Momo!«, sagte Marcel. »Du hattest also den Mann, der dich von der Schule abgeholt hat, schon vorher gesehen?«

»Nein!«

Marcel erhob sich seufzend. Knack! Das waren die Knie! Er hatte den flüchtigen Eindruck, dass der Alte höhnisch grinste. Nadja streichelte Momo, der mit halb geschlossenen Augen gähnte, die Wange.

Marcel fuhr sich mit der Hand durchs Haar. Auf dem Balkon zirpte eine Zikade. Es roch nach Minze und Zimt.

»Na gut, ich glaube, ich sollte gehen.«

»Ich habe Sie umsonst kommen lassen, es tut mir Leid, aber vorhin hat er gesagt … ich bin wohl überempfindlich …«

»Das macht nichts. Also, ciao Momo, schlaf gut. Auf Wiedersehen, Monsieur.«

Momo zog Marcel am Hosenbein.

»Hast du auch ein Motorrad?«

»Warum, wer hat denn noch ein Motorrad?«

»Der Wolf, er war auf seinem Motorrad unten vor dem Haus.«

Marcel war mit einem Schlag wieder hellwach.

»Wie war denn sein Motorrad?«

»Alt. Hässlich.«

»Und welche Farbe hatte sein Helm?«

»Er hatte keinen Helm, er hatte eine Schirmmütze.«

»Hatte er braune oder blaue Augen?«

»Weiß nicht. Braun?«

»Hatte er einen Motorradoverall an?«

»Bist du verrückt? Doch nicht für ein so kleines Motorrad! Er hatte etwas Blaues an, wie Papa …«

Marcel sah Nadja an.

»Er meint einen Blaumann.«

Marcel frohlockte. Vielleicht war es ganz einfach ein Bauarbeiter!

»Und wie groß war er? Größer als ich?«

»Nein, wie Opa …«

Marcel sah den Großvater an, der ungefähr einen Meter sechzig groß sein musste. Marcel spürte schon Jean-Jeans dankbaren Händedruck.

»An was erinnerst du dich noch?«

»Ich weiß nicht.«

»Trug er Schmuck?«

»Er war doch kein Mädchen!«

»Ich weiß, aber ein Armband, eine Uhr, eine Kette …«

»Eine Kette mit einem Anhänger und einem Freund von Jesus drauf.«

»Einem Freund von Jesus?«

Nadja griff ein:

»Er meint eine religiöse Figur.«

»Vielleicht ein Heiliger?«

Momo zuckte die Schultern.

»Hast du auch ein Motorrad?«

»Nein, ich habe kein Motorrad«, antwortete Marcel, »aber ich habe ein Auto. Wenn du willst, fahre ich mal mit dir spazieren.«

»Mit Mama?«

»Ja natürlich.«

Nadja hüstelte. Der Alte sah sie misstrauisch an. Eine Fliege summte. Er zerquetschte sie mit einem Schlag. Marcel zuckte zusammen und widmete seine Aufmerksamkeit wieder dem Kind.

Ohne Vorwarnung schloss Momo die Augen und sank auf das Sofa.

»Er ist eingeschlafen«, erklärte Nadja.

Marcel öffnete die Tür.

»Na, dann gehe ich mal. Ich halte Sie auf dem Laufenden. Aber machen Sie sich keine Sorgen, jetzt werden wir ihn schnell finden ...«

Nadja lächelte – ein unsicheres Lächeln. Sie beugte sich zu ihm vor, um das Licht auf dem Hausflur anzuschalten. Er spürte, wie ihre nackte Schulter ihn streifte ...

»Was die Spazierfahrt im Auto angeht, wenn Sie Lust haben ...«

»Sie haben sicher viel Arbeit ...«

Sie flüsterten auf dem Hausflur und sahen sich dabei in die Augen.

»Ich kann mir frei nehmen. Wir könnten ein Picknick machen ...«

»Ich weiß nicht.«

»Das scheint ja eine Familienkrankheit zu sein!«

Nadja lächelte. Diesmal war es ein richtiges Lächeln. Mit einer freundschaftlichen und tröstenden Geste drückte Marcel kurz ihre Schulter. Festes, zartes Fleisch.

»Na ja, darüber können wir ja noch reden. Schlafen Sie gut.«

Er schlich auf Zehenspitzen die Treppe hinab. Als er unten war, hob er den Kopf. Die Tür war geschlossen. Er trat auf die Straße. Ein leises Geräusch über ihm. Er drehte sich um. Nadja hängte auf dem Balkon Wäsche auf. Sie sah ihn an. Er lächelte. Sie lächelte. Marcel fühlte sich unbeholfen. Er winkte ihr kurz zu, stieg, rot vor Verwirrung, in seinen Wagen und ließ den Motor an.

KAPITEL 7

Gewitter lag in der Luft. Die Atmosphäre war geladen, auch auf dem Polizeirevier. Eine Dame in einem zerrissenen Seidenkostüm weinte hemmungslos: Man hatte sie mit Fußtritten traktiert und ihr ihren Schmuck entrissen. Ein gereizter Polizist holte ihr ein Glas Wasser. Ein feister Hüne versuchte, drei Halbwüchsige zu erwürgen, die ihn, außer Reichweite, verspotteten. »Man« hatte im Kino sein Portemonnaie gestohlen.

»Stimmt überhaupt nicht, das sagt er nur, weil wir dunkelhäutig sind, der Rassist!«

»Stellt euch nicht dumm, wir haben euch schon lange im Visier. Setzen Sie sich, Monsieur, wir kümmern uns gleich um Sie.«

Ein Dealer in Handschellen auf einer Holzbank warf nervöse Blicke nach rechts und links wie ein defekter Automat.

Eilige Polizeibeamte liefen mit Akten vorbei, andere mit Gummiknüppeln.

Jean-Jean öffnete eine schmutzig graue Tür. Ramirez hob überrascht den Kopf. Ihm gegenüber auf einem Plastikstuhl saß ein dickbäuchiger alter Mann in Shorts und blutbeflecktem gelbem T-Shirt, sein Haar war ähnlich gelb und kerzengerade hoch stehend wie ein Wald von Gitanes mit

Maispapier. Jean-Jean deutete mit dem Kinn auf den Dicken:

»Brauchst du noch lange?«

»Ich bin gleich fertig mit ihm. Dann komme ich.«

»Was hat er angestellt?«

»Er hat eben seine Frau umgebracht. Ein paar Schläge mit einer Glasflasche. Erst hat er sie ihr auf ihrem Kopf zertrümmert, und dann, zack, in den Bauch gerammt.«

»Warum haben Sie das getan?«

Der Mann zuckte die Schultern, antwortete nicht. Ramirez antwortete an seiner Stelle:

»Sie wollte immer, dass er den Hund ausführt und den Mülleimer runterträgt. Und zwar jeden Abend, genau dann, wenn der Spielfilm im Fernsehen anfängt. Kannst du dir das vorstellen? Er hat seit fünfzehn Jahren nie den Anfang eines Films sehen können.«

»Sie hätten sich einen Videorecorder kaufen sollen.«

»Ach, wissen Sie, ich und dieses moderne Zeug …«

Jean-Jean wandte sich seufzend an Ramirez.

»Gut, wenn du fertig bist, kommst du. Der kleine Blanc hat was Neues.«

Ramirez nickte zerstreut und widmete sich wieder genussvoll dem Gattenmörder.

»Hat sie Ihnen auch verboten zu rauchen?«

»Na, klar, das war das Erste, was sie mir verboten hat. Ich musste zum Rauchen auf den Balkon gehen. In meinem Alter, stellen Sie sich das vor.«

Jean-Jean schloss die Tür.

Hinter ihrer Textverarbeitung verschanzt, spitzte Mélanie einen Bleistift, der Blick finster, die Bewegungen langsam und geschmeidig.

»Sie machen das gut, sagen Sie!«, rief Jean-Jean spöttisch und setzte sich hin.

Mélanie wurde knallrot und schlug rasch die Beine übereinander. Jean-Jean musterte sie.

»Sie sind ja richtig braun geworden! Hat Ihr Freund *Sie* mit auf seine Yacht genommen, ha, ha, ha?!«

»Ha, ha, ha! Nein, aber er ist gestern Abend *abgereist* und kommt in einem Monat wieder.«

Jean-Jean lächelte sie selig an.

»Na ja, da müssen wir uns aber ganz schön ranhalten … ich meine, bei all der Arbeit, die wir haben.«

»Von mir aus können wir gleich loslegen …«, meinte Mélanie und leckte an ihrem Stift.

Jean-Jean war plötzlich schweißgebadet. In diesem Augenblick klopfte es an die Tür. Es war das Trio Infernal: Ramirez, Blanc und Costello.

Mélanie zog sofort den Stift aus dem Mund und machte sich sehr geschäftig daran, irgendetwas zu notieren. Jean-Jean musterte seine Mitarbeiter und bog mit drohender Miene bunte Büroklammern auseinander. Dann erteilte er ihnen mit höchst professioneller Stimme genaue Instruktionen.

Im Toilettenraum des Bistros spritzte sich Marcel Wasser ins Gesicht. Er warf einen Blick in den Spiegel über dem Waschbecken und fand sich hässlich. Hakennase, Falten, zu graue Augen, zu großer Mund, rotes Kraushaar und ein gewaltiger Schnauzbart: wie ein walisischer Bergarbeiter. Dabei war seine Mutter aus Marseille und sein Vater aus Toulon. Keine Spur von Exotik in der Familie. Er musste wieder an Jean-Jean denken, der nichts von der Sache mit dem Angriff auf das Kind hatte wissen wollen:

»Ich habe allmählich die Nase voll von Ihren Geschichten, Blanc. Man hält Dienst und Vergnügen gefälligst auseinander, verstanden!«, hatte er gebrüllt, während Mélanie mindestens tausend Anschläge pro Minute tippte, die Augen auf die Tastatur geheftet.

Dann hatte Jean-Jean düster hinzugefügt:

»Blanc! Was ich Ihnen jetzt sage, bleibt unter uns, verstanden?«

»Natürlich …«

»Sie sind zurzeit im Dienst nicht bei der Sache. Halten Sie den Mund! Ihr Privatleben geht mich nichts an, aber ich gebe Ihnen einen Rat: Nehmen Sie sich in Acht.«

»Ich tu meine Arbeit, Capitaine. Der Rest ist meine Sache.«

»Und ich, ich kann Ihnen sagen, dass Sie eine böse Überraschung erleben werden. Ihre Araberin, Ihre reizende Familienmutter, Ihre Vier-Sterne-Witwe, ist eine Nutte.«

»Wie bitte?«

»Sie haben mich ganz richtig verstanden. Und jetzt können Sie gehen«, hatte Jeanneaux ihn abgefertigt und ihm zwei maschinegeschriebene Blätter ausgehändigt.

Marcel hatte gegrüßt und das Büro verlassen. Die Ohren brannten ihm vor Wut. Dieser Jeanneaux glaubte wohl, er könne sich alles erlauben. Im dunklen Treppenhaus hatte er einen Blick auf die Papiere geworfen. Zwei Protokolle von zwei Verhören. Das Erste von einem gewissen Karime Abdache, Lebensmittelhändler. Die Worte sprangen ihm ungeordnet in die Augen. *Hinterzimmer, Nadja Allaoui.* Er zwang sich, ruhig zu atmen, und las bis ans Ende der zweiten Seite. Abdache hatte vorübergehend Nadjas Dienste im Hinterzimmer seines Ladens angeboten. Das war einige Monate nach dem Tod ihres Mannes gewesen, der sie ohne einen Sou zurückgelassen hatte. Er war gestorben, bevor die Situation geregelt war. Abgeschlossene Sache, offenbar kein Rückfall, so die Notiz, die Rudy la Fouine an das zweite Blatt geheftet hatte.

Nichts Dramatisches, hatte sich Marcel gesagt und mehrmals tief durchgeatmet. Ein paar schlecht honorierte Ausrutscher. Das war keine Berufung, vielmehr der Beitrag einer mittellosen Frau zum Unterhalt. Er wusste, dass die Nadja, die er vor sich gehabt hatte, die wahre Nadja war, versicherte er sich, indem er eine grässliche Grimasse im Spiegel schnitt. Die Sonne prallte auf die abblätternde grüne Farbe und störte eine Spinne, die in eine Toilettenkabine verschwand. Er trocknete sich das Gesicht mit seinem blauen Hemdsärmel ab. Gut, jetzt musste er wieder an die Arbeit.

Er ging die Treppe hinauf, durchquerte die Bar, traf auf Jean-Mi, der schweißgebadet schäumendes Bier servierte. Marcel war nur für zwei Sekunden pinkeln gegangen; er hatte bis achtzehn Uhr Dienst.

Draußen war es heiß wie immer. Marcel postierte sich wohlweislich unter einer Palme. Er dachte an seinen letzten Streit mit Madeleine zurück. Eine Gestalt zu seiner Linken zog seinen Blick an. Es war Nadja, die auf der anderen Straßenseite den Bürgersteig entlangkam, ohne ihn anzusehen. Momo drehte sich nach Marcel um, ließ die Hand seiner Mutter los und rannte über die Straße zu ihm.

»Momo! Was machst du denn da?«, rief Nadja.

»Guten Tag, Monsieur le Policier!«

»Hallo, Momo … kommst du von der Schule?«, fragte Marcel verdattert.

»Ich hab keine Schule, es sind Ferien. Weißt du das etwa nicht?«

Nadja hatte die Straße überquert, um ihn zurückzuholen.

»Entschuldigen Sie, er belästigt Sie …«

Plötzlich klammerte sich der Junge an Marcels Beine und vergrub den Kopf in seiner Hose. Marcel fasste ihn unters Kinn und hob seinen Kopf hoch.

»Was ist denn?«

»Dahinten, da ist er, dahinten!«

Marcel sah sich nach allen Seiten um.

»Wo? Wo?«

»Da, auf dem Motorrad!«

Die Ampel war auf Grün umgesprungen. An der Straßenecke hörte man ein Moped knattern. Marcel rannte los wie ein Verrückter: vergebliche Liebesmüh. Die Leute sahen ihm verwundert nach. Er kam zu Nadja zurück. Die Leute stießen sich mit den Ellenbogen an. Jean-Mi auf der Café-Terrasse schüttelte vorwurfsvoll den Kopf: Dieser Marcel hatte zurzeit nicht alle Tassen im Schrank.

Ramirez war außer Atem. Er war die drei Stockwerke zu Alfreds Refugium hochgestiegen.

»Drei Etagen hochsteigen, bei dieser Affenhitze, das bringt mich um.«

Alfred sah ihn spöttisch an:

»Hoffentlich bist du nicht jedes Mal in diesem Zustand, wenn du was besteigst …«

Ramirez strich sein graues, im Nacken zu langes Haar mit der flachen Hand glatt.

»Sei nicht so arrogant, Schönheit. Also, was gibt's Neues?«

»Steht alles da drin.«

Alfred reichte ihm die Akte, die in einer Plastikhülle steckte.

»Kannst du überhaupt lesen?«

»Keine Sorge, es ist nicht für mich, es ist für Jeanneaux.«

»Na, dann bin ich ja beruhigt.«

Der kleine Mann hatte seinen Lieblingsplatz eingenommen und lag ausgestreckt auf dem Sofa. Er sah die Nachrichten im Fernsehen. Erdbeben in Kurdistan. Tausende von Verschütteten. Die Rettungsmannschaften wühlten in den Trümmern, förderten erdrückte, zerfetzte Körper zu Tage. Irgendwo unter dem Schutt war eine Frau, man hörte sie klopfen und rufen. Die Retter gruben weiter und brüllten, sie solle durchhalten.

Von plötzlichen Krämpfen geschüttelt, warf der kleine Mann den Kopf zurück, verdrehte die Augen und begann zu stöhnen, die Zähne fest zusammengebissen. Dann entspannte sich sein Körper, und er schleuderte die Bierdose gegen den Fernseher. Das Bier bespritzte die blonde Journalistin mit der nagelneuen Dauerwelle, rann über den Bildschirm wie schäumende Tränen. Der kleine Mann vergrub das Gesicht in den Kissen und begann sich jammernd hin und her zu wiegen.

In diesem Augenblick klingelte es. Er sprang mit einem Satz auf die Füße, trocknete sich die Augen, fuhr sich mit den Fingern durchs Haar, warf einen prüfenden Blick in den Spiegel. Alles war in Ordnung, außer der Flüssigkeit auf dem freundlichen Gesicht der Journalistin. Er wischte schnell mit dem Lappen über die Mattscheibe. Jetzt war's noch schlimmer, wie eine schmutzige Windschutzscheibe an einem Regentag. Erneutes Klingeln. *Verdammt, wie spät war es? Wer konnte das sein? Die Bullen? Tief durchatmen. Sich unter Kontrolle haben. Nicht seine Rolle vergessen.* Er öffnete die Tür, zu allem bereit.

Vor ihm stand Marcel, ein albernes Lächeln im Gesicht. Der kleine Mann konnte seine Erleichterung nicht verbergen.

»Ach, du bist es!«

»Ja, ich bin gerade im Viertel auf Streife. Erwartest du jemanden? Störe ich?«

»Nein, nein, ich hatte schon befürchtet, es könnte jemand Lästiges sein. Komm rein, ich habe gerade eine Dose Bier aufgemacht, die hat alles voll gespritzt, ich war eben dabei, sauber zu machen …«

»Ich wollte dich mal was fragen … ist mir etwas peinlich, aber …«

So, jetzt schnell ein Machospruch …

»Was willst du? Die Adresse eines Stundenhotels? Das Horoskop der nächsten Woche? Los, zier dich nicht …«

»Ha, ha, ha! Nein, ich wollte nur fragen, ob du mir für Sonntag deinen Lieferwagen leihen könntest.«

»Ist deiner kaputt?«

»Ähm, nein, aber Madeleine will ihre Schwester in Fayence besuchen, und weil ich gerne ein bisschen spazieren fahren würde, ein bisschen durchlüften …«

»Genau, ich seh schon. Eine Spritztour ganz allein, eine Lustpartie in der freien Natur …«

Er betonte die Silben »Spritz« und »Lust« und leckte sich dabei über die Lippen.

»Eigentlich hatte ich vor, eine Freundin mitzunehmen«, erwiderte Marcel und setzte eine lammfromme Miene auf.

»Aus dem Kindergarten, nehme ich an. Sag mal, hast du sie noch alle? Kannst du nicht warten, bis du geschieden bist, bevor du die arme Madeleine betrügst?«

Marcel wurde rot und fummelte an seiner Mütze herum.

»Ich wusste gar nicht, dass du so scharf auf Couscous bist …«, fügte der kleine Mann hinzu.

Marcel gab keine Antwort, der kleine Mann aber registrierte, dass sich Marcels Faust leicht ballte.

»Na ja, war nur so dahingesagt, klar kann ich dir den Wagen leihen. Pass trotzdem auf.«

Er kratzte sich an der Brust, zwischen den Beinen, tat müde und gähnte. Marcel dankte ihm kurz, setzte seine Dienstmütze wieder auf und ging. Zum Glück konnte man auf seine Freunde zählen, sagte er sich. Auch wenn er bestimmte Bemerkungen nicht sehr schätzte.

Kaum war die Tür zugefallen, reckte der kleine Mann, die Augen voller Hass, den Mittelfinger zu einer obszönen Geste.

Er wurde lästig, dieser Marcel. Was glaubte der eigentlich? Dass er das Glück gepachtet hatte? Dass er das Recht hatte, gegen die Regeln zu verstoßen und damit durchzukommen? Ach, übrigens, der Kopf eines kleinen Frankreich-Algeriers auf dem Körper eines Bullen, das wär doch mal was!

Der kleine Mann ging zur Gefriertruhe, öffnete sie, nahm etwas heraus, das in Alufolie eingepackt war, wickelte es aus und fing an, kräftig zu kauen.

Er nagte die kleinen Knochen sauber ab und warf sie dann in den Mülleimer. Rülpste zufrieden. Was ähnelt mehr einem Hühnerknochen als der Knochen des kleinen Fingers!

Marcels Füße glühten in seinen Schuhen. Er hatte den Eindruck, sie seien zu doppelter Größe angeschwollen. Er wackelte mit den Zehen. Wenn er nur die Schuhe ausziehen und seine Füße ins Brunnenbecken halten könnte! Diese Schweine, die in Sandalen herumstolzierten … Na ja, Sonntag würde alles besser: Er würde Nadja und Momo auf eine Spazierfahrt mitnehmen. Wenn sie wollte. Er hatte sie noch nicht gefragt.

Diese Woche, totale Flaute, keine Morde. Als hätte der Irre selbst Urlaub genommen oder er brütete gerade einen besonders widerlichen Coup aus. Marcel war kein Optimist.

Er sah auf die Uhr. Wieder ein Tag überstanden. Heute Abend Training mit seinen Freunden. Er würde spät nach Hause kommen. Madeleine hätte schon gegessen. Umso besser. Der Anwalt hatte gesagt, es sei nur noch eine Sache von Wochen. Aber er durfte die eheliche Wohnung nicht verlassen. Das würde sich bei der Verhandlung negativ auswirken.

Jean-Mi, Paulo, Jacky und Benn saßen schon im Wagen. Jean-Mi riss ihn mit lautem Hupen aus seinen Gedanken. Marcel deutete auf seine Uhr. Seine Lippen formten »zehn Minuten«. Die anderen schimpften. Gesprächsfetzen drangen an sein Ohr, wenn der Verkehrslärm für kurze Zeit nachließ.

»Stell dir vor, sie hat eine Woche ausgehalten, diese Frau, eine Woche, ohne zu essen, ohne zu trinken, im Dunkeln beerdigt!«

»Ich wäre längst verrückt geworden, glaube ich ...«

Ein R-25 setzte hektisch zurück, ramme die Stoßstange des hinter ihm parkenden Panda. Das Geräusch zersplitternder Scheinwerfer. Marcel machte sich wütend auf den Weg. Ein gelungener Abschluss eines Arbeitstages!

Ramirez schleppte sich dahin. Vier Labore hatte er schon abgeklappert. Trotzdem interessant, all diese Recherchen. Er liebte die Wissenschaften. Wie unbedeutend wir doch waren, wenn man mal darüber nachdachte. Versuchskaninchen für den lieben Gott, vielleicht? Dieser furchtbare Gedanke ließ ihn trotz der Hitze schaudern. Wie auch immer, er hatte seine Arbeit getan, Jean- Jean würde zufrieden sein. Und er, Ramirez, hatte seine Ruhe.

Die Analysen hatten nichts ergeben. Man musste anderswo weitersuchen. »Ihr müsst anders denken.« Jean-Jean überflog die Namensliste, die Ramirez ihm ausgehändigt hatte. Die Liste mit den Angestellten, die innerhalb der letzten fünf Jahre aus den Forschungslaboren »in vivo« entlassen worden waren. Gut, man musste die Namen, die Adressen usw. überprüfen. Reine Routinesache. Aber Jean-Jean spürte, dass dies eine heiße Spur war.

»Mélanie, die Sache ist so heiß, dass ich fast verbrenne!«

»Oh, Capitaine, Sie gehen aber ran!«

Der kleine Mann war gereizt. Er hatte Hunger. Einen Bärenhunger. Er lief in seinem mit leeren Bierdosen übersäten Wohnzimmer im Kreis wie ein Tiger im Käfig. Er brauchte Bewegung. Er nahm seine Schlüssel, die auf dem Tisch lagen, verließ das Haus. Die Nacht war heiß. Klebrig. Er ging zum Hafenviertel.

Zerbrochene Biergläser vor einer Bar. Technomusik, die aus dem geöffneten Cabrio-Dach wummerte. Gesichter, glänzend von Schweiß und Schminke. Feuchtfröhliche Deutsche. Genervte Motorradfahrer kurz vor 'ner Schlägerei. Kleine Zigeunerkinder, die Arme voller Rosen, die ihre Sprüchlein mit monotoner Stimme aufsagten. Ein Typ plärrte Folksongs mit Fistelstimme, übertönt vom Saxofonisten, der vor der Bar nebenan spielte. Knatternde Mofas. Schreie. Pfiffe. Ein weinendes Kind.

Der kleine Mann registrierte alles, während er dahinschlenderte. Plötzlich verlangsamte er den Schritt. Interessant, was er da sah … Ein Alter mit Buckel, quasi ein Zwerg, torkelte mitten auf der Straße und sang aus vollem Hals eine Opernmelodie. Der Blick des kleinen Mannes wanderte von dem Buckligen zu einer auffallend großen Blondine im roten Minirock, die vor einem Cocktail saß. Quasimodo und Esmeralda, zu einer Kreatur verschmolzen, der Traum eines jeden Bildhauers!

Der Bucklige war stehen geblieben, um sich mit einem dieser Feuerzeuge, auf denen nackte Mädchen klebten, die »I love you« sagten, eine Zigarette anzuzünden. Die Liebe, die totale Verschmelzung, die sollte er haben, feixte der kleine Mann und spielte dabei automatisch mit seinem Medaillon.

Der Alte steckte das Feuerzeug mit zitternden Händen in die Hosentasche und entfernte sich, ein Schritt nach links, ein Schritt nach rechts, wie ein Schlittschuhläufer auf Asphalt, bevor er eine Bar betrat, eine verräucherte Spelunke am Ende des Hafens.

Der kleine Mann zog zufrieden an seiner Zigarette, schnipste sie weg und steuerte auf die große Blondine zu. Sie schlürfte ihren Cocktail und trommelte mit ihren langen lackierten Fingernägeln auf den gelben Plastiktisch. Der kleine Mann pflanzte sich neben ihr auf. Die Blondine hob die Augen zu diesem Wicht und seufzte mit gereizter Miene. Sie hatte stark hervortretende Wangenknochen, einen leuchtend rot geschminkten Mund, bläuliche Ringe unter den Augen, ein ausgeprägtes Kinn und regelmäßige Zähne.

Der kleine Mann zog sein Portemonnaie hervor und zählte zerstreut ein Bündel mit Scheinen ab, ohne die Blonde anzusehen. Die drückte sofort ihre Zigarette aus und stand auf. Er ging an der Hafenmole entlang, sie folgte ihm leise schimpfend. Ihr roter Minirock spannte sich bei jedem Schritt. Das ist mein Tag heute, dachte der kleine Mann höhnisch.

Hinter dem Hafen, am Ende der Mole, gab es einen Parkplatz. Einen großen Parkplatz. Fast leer. Er wurde tagsüber von Strandbesuchern benutzt. Nachts war es ein Treffpunkt für Schwule, Paare, die Paare suchten, oder Freunde von Ausgefallenem … Niemand kam, um nachzusehen, was im Schutz der Palmen getrieben wurde. Am Ende des Parkplatzes und der Mole war ein Leuchtturm. Kurze Lichtlöcher wurden auf das ruhige Wasser geworfen.

Die Blondine hörte ihre eigenen Absätze auf dem Zement klappern. Wollte er mit ihr angeln gehen, oder was? Auf jeden Fall würde sie nach dem Wicht da nach Hause gehen, Schluss für heute Nacht. Morgen würde Lola ihr den Kleinen bringen, sie würden ins Kino gehen. Sie hatte ihm Rollerblades gekauft. Tausend Franc. Die drei Blow-Jobs von gestern Abend.

Er blieb stehen, um auf sie zu warten. In Gedanken verloren rempelte sie ihn an. Pech für sie.

Tatsächlich brauchte er nur leicht den Arm zu heben, um ihr sein Messer in den Bauch zu stoßen, gut zehn Zentimeter tief. Mit dem anderen Arm zog er sie an sich. Aus der Ferne würde man meinen – zwei Verliebte, die sich umschlangen.

Die Blondine musterte ihn überrascht. Sie riss den Mund auf, um zu schreien, doch es war ein Blutstrahl, der aus ihren Lippen hervorschoss und seine gierig geöffneten Lippen bespritzte. Der kleine Mann drehte die Klinge in ihrem weichen Bauch, zog sie dann bis zum Brustbein hoch und zerfetzte alles, was ihr in den Weg kam.

Die hellen Augen der Blondine fixierten ihn zornig und verzweifelt, ihre Lider flatterten heftig, das Blut quoll stoßweise und sprudelnd aus ihrem geöffneten Mund. Er tauchte den Blick in den ihren und sah sie sterben, an ihn gelehnt.

Es war das erste Mal, dass er tötete und dem Opfer, das voll bei Bewusstsein war, dabei in die Augen sah. Eine neue Erfahrung, eine Offenbarung. Er sah die ursprünglichsten Gefühle – Entsetzen, Schmerz, Hass, Ungläubigkeit – in diesen Pupillen, die auf sein Gesicht gerichtet waren, aufeinander folgen. Dann, plötzlich, erstarrte die Iris. Er hätte Lust gehabt zu rufen: »Hallo, ist da wer?«, aber er wusste, dass niemand mehr da war. Einfach fantastisch.

Die weich gewordene Blondine sackte kraftlos, aufgefangen von den muskulösen Armen des kleinen Mannes, in sich zusammen. Er umschlang ihre Taille und zog sie bis zu den Felsen der Mole, Steinblöcke, kunterbunt ins Meer geworfen. Dort legte er sie, vor den Blicken vorbeikommender Passanten geschützt, in eine Mulde.

Zwei junge Typen kamen herbeigeschlendert, ohne ihn zu bemerken, sie steuerten lachend auf den Parkplatz zu und hielten einander an der Hand. Der Jüngere, ein großer Krauskopf, blieb stehen, um sich zu erleichtern, direkt oberhalb des kleinen Mannes und der Blondine, die zwischen den Felsen versteckt waren. Der Urinstrahl floss den Stein hinab und verlor sich im Haar der Blondine. Die beiden Typen entfernten sich. Der kleine Mann schob die Frau in eine Vertiefung, dann wusch er sich im Meer.

Das Wasser war lau wie Samt, wie eine Liebkosung. Wollüstig tauchte sein nackter Körper hinein. Eine Möwe glitt über seinen Kopf hinweg, schimmernd unter den Sternen. Er liebte Möwen. Er winkte ihr nach. Mit seiner Mutter war er sonntags oft die Möwen anschauen gegangen und hatte ihnen trockenes Brot zugeworfen.

Er spülte die Klinge ab, die im schwarzen Wasser glitzerte. Seine Mutter hieß Jacinthe. Sanft wie eine Blume. Blond wie der Weizen. Sie lachte immer. Er erinnerte sich an ihr helles Lachen, ein kehliges Lachen, das im Wohnzimmer widerhallte, vermischt mit dem dröhnenden Lachen von Pierrot, ihrem nächsten Nachbarn. Ein richtiger Kleiderschrank, der Pierrot, mindestens zwei Meter groß und einen Meter breit. Es hatte ihm nicht gefallen, dass Pierrot sein neuer Papa werden sollte. Er mochte die Papas nicht. Er liebte nur seine Maman.

Stimmenlärm hinter ihm riss ihn aus seinen Erinnerungen. Er kam aus dem Wasser, trocknete sich notdürftig mit seinem zusammengerollten Slip ab, zog sich an und schlich geduckt zum Parkplatz. Fehlalarm, es waren nur Halbwüchsige auf ihren Mofas.

Der kleine Mann sah auf die Uhr. Zeit, sich zu seinem zweiten Rendezvous zu begeben. Er ging zum Lieferwagen, den er wohlweislich auf dem Parkplatz abgestellt hatte, zog zwei riesige schwarze Müllsäcke hervor, kehrte zu den Felsen zurück. Und – verpackt und los geht's!

Der Bucklige lehnte an der Theke und trank finster dreinblickend vor sich hin. Der Barmann rief ihn:

»He, Henri, rück dein Geld raus, ich will schließen! Höchste Zeit!«

»Warte, noch ein letztes Gläschen …«

»Denkst du! Ich hab keine Lust, die ganze Nacht hier zu verbringen. Also zahlst du jetzt, oder nicht?«

»Morgen … ich komme morgen wieder …«

»Das will ich dir raten! Ich warne dich, Freundchen, wenn du morgen nicht bezahlst, verpasse ich dir so eine hier!«

Der Barmann breitete die Hände aus und schlug sie zusammen, als wollte er eine Fliege zerquetschen. Henri zuckte die Achseln, stieß sich von zwei Tischen ab, warf einen Stuhl um, erreichte mühsam die verglaste Tür, prallte, den Kopf voran, dagegen.

»Du solltest dich schämen! Kannst ja nicht mal stehen! Wenn du mir die Tür zertrümmerst, zertrümmere ich dir den Schädel!«

»Ach, du kannst mich mal …«, zischte Henri zwischen seinen kariösen Zähnen.

Er zielte sorgfältig, den Kopf vorgeneigt, ein Auge geschlossen, berechnete seine Route und stürzte auf den menschenleeren Hafen hinaus. Er schoss durch die Tür wie eine Rakete. Ein Auto wich ihm mit wütendem Hupen aus.

Jemand rief ihn:

»He, he, komm mal her!«

Henri drehte sich um die eigene Achse, fand im letzten Augenblick an einem Metallgeländer Halt. Hörte er jetzt schon Stimmen?!

»Komm her, ich hab was zu trinken!«

Was für eine freundliche Stimme! Wenn er nur öfter solche Stimmen hören würde!

Der Barmann zog das Eisengitter herunter, klopfte dem torkelnden Henri auf die Schulter: »Salut, bis morgen!« und verschwand.

Henri blieb allein und seinem Schicksal überlassen im Hafen, und dieses Schicksal schwenkte freundlich eine Literflasche Rotwein, dort hinten, gleich neben dem blauen Lieferwagen.

Henri schwankte darauf zu, als tanze er einen Tango, und erreichte mehr schlecht als recht den Wagen. Au revoir, Henri! Das heißt, nein: Adieu …

Der kleine Mann legte seine Pakete auf dem Tisch ab. Er war völlig erschöpft. Erst hatte er die Blondine rumgeschleppt, dann den Buckligen. Bei dem Durcheinander in seinem winzigen Gärtchen (Backsteine, Planen, Brennholz, Autoteile) würden ein paar Plastiksäcke mehr oder weniger auffallen. Er packte seine Pakete nicht aus, legte die Blondine auf den Tisch. Wirklich nicht schlecht, die Mieze …

Er zog ihr das weiße blutbefleckte Oberteil aus und legte das zerfetzte Fleisch frei. Nette Brüste, aber zu klein. Dann machte er sich über den roten Minirock her, doch sein gieriges Lächeln erstarb sogleich. Diese Blondine steckte zweifelsfrei voller Überraschungen: Sie trug nicht nur kein Höschen – sie war ein Typ! Wütend ohrfeigte sie der kleine Mann.

Bei dem Buckligen gab es wenigstens keine Überraschungen. Der kleine Mann zog den Schraubenzieher heraus, den er ihm ins linke Ohr gerammt hatte, wischte die Hirnteile mit einem Putzlappen ab und nahm sein Nähzeug zur Hand. An die Arbeit! Noch eine schlaflose Nacht. Eine Nacht, wie er sie liebte.

Madeleine wälzte sich schwerfällig im Bett, versuchte, ihre (sommers wie winters) kalten Füße an die brennenden Waden von Marcel zu pressen, der seine Beine angewidert zurückzog.

»Wie gemein du sein kannst!«, stöhnte Madeleine und kniff ihn in den Arm.

Marcel gab keine Antwort, tat so, als würde er schlafen.

Nadja schlief nicht. Sie war mit zwei Freundinnen im Kino gewesen, es war spät, und sie lief schnell.

Nadja lief schnell. Sie lief immer schnell. Eine alte Angewohnheit noch aus der Zeit ihrer Ehe, als sie immer Angst gehabt hatte, von fremden, zudringlichen Männern angesprochen zu werden. Ihre Ehe. Eine ferne, weit zurückliegende Zeit. Manchmal erinnerte sie sich nicht einmal mehr richtig an die Züge von Moussa, ihrem Mann. Sie hatten zu den zweihunderttausend Tuareg-Flüchtlingen gehört, die zwischen 1993 und 1994 aus Mali geflohen waren. Richtung Algerien, dann Frankreich, über eine den Rebellen bekannte Schlepperorganisation.

Es war bald drei Jahre her, dass Moussa auf der Baustelle vom Gerüst gestürzt war. Danach war das totale Chaos ausgebrochen, Geldmangel und die ständige Angst, zusammen mit Momo ins Flugzeug gesteckt zu werden, Richtung Fundamentalismus. Niemals würde sie in die Stille der Wüste zurückkehren, niemals. Sie zog den Lärm der Großstadt vor, das einfache, das moderne Leben. Lieber sterben als zur mageren Herde zurückzukehren und die Dünen rauf und runter zu klettern. Sie war nicht gestorben, als sie ein Stück von ihrem Körper ausgeliehen hatte. Nichts von ihrer Seele. An dem Tag, als sie mit Hilfe einer militanten Hilfsgruppe ihre Papiere bekommen hatte, hatte sie Karim ins Gesicht gespuckt.

Ihr Schwiegervater war nicht wirklich progressiv, aber er war ein guter Mensch. Moussa … er war nett zu ihr gewesen, aber es war keine Leidenschaft. Er hatte nicht verstanden, dass Nadja Stunden mit der alten Lehrerin aus dem fünften Stock verbrachte, um Lesen und Schreiben zu lernen. Er hatte nicht verstanden, dass Nadja sich schon ganz oben in einem Büroturm sah, im »Working Girl«-Kostüm, den Diplomatenkoffer in der Hand. Im Grunde, so sagte Nadja sich, hatten sie sich nie richtig verstanden.

KAPITEL 8

Schon kurz vor sieben Uhr morgens war es heiß und schwül.

Jean-Jean wärmte sich den Kaffee vom Vortag auf und knabberte an einem kalten Hühnerschenkel. Ausgerechnet an seinem freien Tag, dem einzigen Tag, an dem er ausschlafen konnte, musste so ein Idiot um halb sieben eine falsche Nummer wählen und ihn wecken! Ausgeschlossen, wieder einzuschlafen. Viel zu heiß in der Wohnung. Viel zu laut auf der Straße. Der Kaffee kochte pfeifend über. Jean-Jean machte schimpfend die Herdplatte sauber. Wusste nicht mehr, ob er schon Zucker in die Tasse gegeben hatte, gab einen Würfel hinein. Rührte. Probierte. Zu süß. Er leerte die Tasse im Spülbecken aus.

Schon wieder das Telefon. Wenn das derselbe Schwachkopf war, konnte der was erleben! Jean-Jean hob ab.

»Hallo!«

»Bonjour, Capitaine …«, säuselte eine Stimme.

»Wer ist am Apparat?«

»Sagen Sie, mögen Sie lieber Brust oder Keule?«

Sprach dieser Schwachkopf von seinem Hühnchenteil?

»Ist das ein TV-Spiel, oder was?«

»Gehen Sie zur Place Jean-Jaurès. Dort erwartet Sie eine Überraschung.«

Plötzlich wurde Jean-Jean hellhörig.

»Eine … überraschende … Überraschung.«

Die Stimme war gedämpft, einschmeichelnd, sanft, eindeutig feindselig. Jean-Jean musste an die zischende Zunge einer Schlange denken. Bilder aus dem Trickfilm *Das Dschungelbuch* tauchten vor seinem geistigen Auge auf. Jean-Jean verjagte sie und konzentrierte sich, so gut es ging, auf den keuchenden Atem am anderen Ende der Leitung.

»Waren Sie das, der mir das Geschenk in den Wagen gelegt hat?«

Kleines Klapperschlangenlachen am Ende der Leitung.

»Haben Sie sich darüber gefreut?«

»Wollen Sie mir noch viele Geschenke machen?«

»Ganz viele, Capitaine, ganz viele! Jetzt muss ich aber Schluss machen: Ich habe noch nicht gefrühstückt. Ich habe viele köstliche Sachen in meiner Gefriertruhe. Vielleicht lade ich Sie demnächst mal ein … Wiederhören!«

»Halt, warten Sie!«

Die Schlange hatte schon aufgelegt. Jean-Jean dachte nach und schlüpfte in eine saubere Jeans. Niemand hatte seine Privatnummer. Strengstens verboten, sie weiterzugeben. Wenn jemand mit ihm sprechen wollte, rief das Revier erst bei ihm an, um zu fragen, ob sie die Nummer weitergeben durften. Also? Wie hatte er das fertig gebracht?

Place Jean-Jaurès: der übliche Posten von Marcel. Heute Morgen aber hatte Marcel keinen Dienst. Als Jean-Jean eintraf, war der Krankenwagen schon da, er parkte an einer Ecke. Jean-Jean hatte ihnen gesagt, sie sollten warten, bevor sie sich annäherten. Sie hatten gewartet.

Es war noch früh, und so war der Platz fast menschenleer. Die Stadt hatte noch diesen Geruch nach Frische, nach Sauberkeit, nach Neuem, der den Eindruck erweckte, dass alles noch möglich war, dass das Unerwartete noch geschehen konnte.

Auf der Caféterrasse saß eine Bande von Halbwüchsigen – die Augen gerötet nach einer durchwachten, verräucherten Nacht –, aß schweigend Mengen von Croissants und trank Kaffee. Eine Familie frühstückte – die Koffer neben dem Vater, dessen Kopf unter einer Kapitänsmütze steckte. Austeilung von Ohrfeigen. Tränen. Zwei Prostituierte, Schminke auf Halbmast, Haare zerzaust, lasen mit finsterer Miene, Seite an Seite, die Zeitung. Ein Straßenfeger, der fegte. Eine alte Dame auf einem Fahrrad, ein Baguette unter den Arm geklemmt. Ein Lieferantenwagen, mitten auf der Straße geparkt. Die noch erträgliche Morgensonne. Die Ruhe …

Er ließ den Blick noch einmal über den Platz schweifen.

Auf der Bank neben dem Brunnen saß ein alter Mann. Ein gräulicher Schlafsack bedeckte ihn bis zum Kinn. Den Kopf auf die Schulter geneigt, schien er zu schlafen. Jean-Jean beobachtete ihn eine Weile. Nicht die geringste Bewegung. Irgendetwas krampfte ihm den Magen zusammen. Eine Vorahnung. Eine unangenehme. Vielleicht war es ja nur ein Clochard, der schlief, aber …

Er näherte sich in seinem wiegenden Gang. Er beugte sich über den reglosen Mann. Nicht nötig, ihm auf die Schulter zu klopfen. Die bläuliche Starre der Lippen, die verdrehten Augen sagten mehr als genug. Er winkte verstohlen die drei Polizisten herbei. Sie stellten sich ringsherum auf, um den Passanten, die sich die Augen ausguckten, den Blick zu versperren: Ausweiskontrolle? Verhaftung eines Terroristen? Polizeiliche Übergriffe? Hatte man nicht mehr das Recht, sich drei Sekunden auf eine Bank zu setzen? »Schon recht so bei all diesem Gesindel, das ständig betrunken herumlungert«, lautete der Kommentar des Pseudo-Kapitäns mit seiner lahmen Familie.

Jean-Jean schlug den zerschlissenen Schlafsack zurück. Einem der Polizisten, einem blutjungen, wurde übel. Überrumpelt erbrach er sich in sein Käppi. Seine Kollegen musterten ihn streng. Er entschuldigte sich mit hilflosen Gesten: Es war seine erste Leiche.

Der Kopf des alten Henri steckte auf dem Körper des blonden Transvestiten. Ein befremdlicher Anblick, dieser alte Raubvogelkopf auf dem Rumpf, der mit Spitzen bedeckt war. Die mageren Arme von Henri ruhten auf dem roten Lederminirock. In seinen mit Altersflecken übersäten Händen hielt er einen Kopf. Ein Kopf, der sich von hinten präsentierte, mit dichtem blondem Haar, in dem die steifen Finger von Henri vergraben waren. Das Gesicht des blonden Kopfes steckte halb unter dem Minirock. Jean-Jean lüpfte den Rock ein Stückchen. Der junge Polizeibeamte stöhnte und fiel in Ohnmacht, zum großen Erstaunen der Schaulustigen.

Es muss gesagt werden, dass der kleine Mann meisterhafte Arbeit geleistet hatte. Ein entblößtes Geschlecht, das zwischen den steifen Lippen der Blondine steckte – freudlose Paarung toten Fleisches.

Jean-Jean stand einen Augenblick erschüttert da und brachte kein Wort heraus. Dann zuckte er die Achseln und rief den Krankenwagen. Er wartete, den finsteren Blick auf die Leichen geheftet. Warum hatte es der Irre ausgerechnet auf ihn, Jean-Jean, abgesehen?

Die Sirene des Krankenwagens heulte ohrenbetäubend. Wirklich logisch, die Sirene wegen einer Leiche einzuschalten. Diese Burschen hatten nichts im Kopf. Und die Toten auch nicht mehr.

Nach und nach erwachte die Stadt. Der Platz füllte sich mit Menschen. Jeder ging seinen Beschäftigungen nach. Jean-Mi trat unausgeschlafen und missgelaunt seinen Dienst an. Jacky trotzte einem Bus mit fünfzig entfesselten Italienern, die alle gleichzeitig in seinen winzigen Laden drängten. Paulo und Ben unterhielten sich vor der Werkstatt, die Augen auf die Polizisten gerichtet, bis der kleine Mann das Eisengitter hochzog. Ein neuer Tag begann, während die Blondine und der Bucklige gemeinsam auf ihren Palast zusteuerten: das Leichenschauhaus.

Jean-Jean sah dem Krankenwagen nach, der mit seiner makaberen Fracht davonfuhr. Er hätte gern in Ruhe auf einer Terrasse einen Kaffee getrunken. Er zögerte einen Augenblick, dann aber siegte sein Pflichtbewusstsein: Auf ins Polizeirevier. Als er seinen Wagen anließ, sah er Marcel Blanc, eine Luftmatratze unter dem Arm, zwei Gören an den Fersen: ein Mädchen von drei, vier Jahren und einen Jungen von etwa zehn. Jean-Jean hupte, rief ihn durch das geöffnete Wagenfenster. Marcel näherte sich überrascht.

»Guten Tag, Chef. Was ist los?«

»Haben Sie heute frei?«

»Heute Vormittag. Ich bringe die Kinder zum Strand.«

»Papa, ist das Kommissar Jean-Jean?«

»Sei still, Sylvie …«

»Schon wieder ein Mord«, raunte Jean-Jean widerwillig. »Dort auf der Bank.«

»Man hat jemanden auf der Bank umgebracht?«

»Man hat die Leiche auf der Bank gefunden. Ich müsste sagen, die Leichen … ein Alter und eine Blondine – zusammengenäht.«

»Was soll das heißen ›zusammengenäht‹, Papa?«

»Nichts, Liebling, gar nichts.«

»Mensch, bist du blöd!«, höhnte ihr großer Bruder.

»Kommen Sie bei mir vorbei, wenn Sie Ihren Dienst antreten«, sagte Jean-Jean, die Augen auf die Luftmatratze mit den springenden Delfinen geheftet.

»Verstanden. Mit Ihrer Erlaubnis gehe ich jetzt, weil …«

Die Kinder zerrten ungeduldig an seinen Händen. Jean-Jean nickte verständnisvoll. Er kannte den Albtraum der Väter, die sich um ihre Kinder kümmern mussten.

Am Strand angelangt, entdeckte Marcel Caro, die Frau von Jacky. Er ließ sich neben ihr nieder. Damit ihre drei Handtücher nebeneinander Platz hatten, brauchte er nur die Schuhe der Nachbarn ein wenig zur Seite zu schieben. Caro hänselte Marcel liebevoll, weil sein Gesicht so viel brauner war als der restliche Körper.

»Mann, was für'n Spießer! Sicher ein Nordlicht!«

»Ich habe im Moment nicht viel Zeit, an den Strand zu gehen. Mit dieser Geschichte …«

»Und? Immer noch nichts?«

»Nichts. Und, und ganz im Vertrauen, heute Morgen gab's einen neuen Mord.«

Der Nachbar zur Rechten spitzte die Ohren und stellte sein Transistorradio leiser.

»Schon wieder! Aber das ist ja Wahnsinn!«, rief Caro angewidert aus.

»Du sagst es …«

Marcel grub seine Zehen in den glühend heißen Sand. Caro sah ihn ernst an.

»Sag mal, Marcel, dieser Typ, hat der's auf dich abgesehen, oder was?«

»Das frage ich mich allmählich auch«, antwortete Marcel finster.

Ballspielende Halbwüchsige bedachten sie mit einem ausgiebigen Schwall von Sand und wurden von einem ebenso ausgiebigen Schwall von Flüchen verjagt. Marcel ertappte sich dabei, sich diese Rabauken in den geschickten Händen des *Puppendoktors* vorzustellen. Dann verscheuchte er diese Gedanken rasch, die seiner Uniform unwürdig waren. Apropos Uniform: Hatte Madeleine daran gedacht, sie zu bügeln?

Jean-Jean stützte den Kopf in die Hände und schüttelte ihn, als könnte er so eine Lösung hervorbringen. Das einzige Ergebnis war eine Migräne und ein sonderbar rasselndes Geräusch. Er gab den magischen Ansatz auf und überflog noch einmal die von Ramirez aufgestellte Liste mit den Laboren. Wie sollte man herausfinden, welches das Richtige war? Niemand würde zugeben, dass er illegal mit Tieren handelte. Und wenn … Jean-Jean griff zum Telefon.

»Costello? Ich möchte wissen, ob Martin in einem Labor gearbeitet hat … Ja. So schnell wie möglich.«

Er legte auf und nahm die Akte erneut zur Hand, um die ganze Geschichte noch einmal zu rekapitulieren. Die Ergebnisse der Routineermittlungen. Kein Zeuge in Sicht. Kein Motiv. Kein Indiz, das dazu angetan wäre, den Mörder zu identifizieren, von dem man lediglich wusste, dass er weiß war, kräftig, geschickt, in der Lage zu ejakulieren, und dass er mit großer Sicherheit eine Gefriertruhe besaß, was bei mindestens dreißig Prozent der männlichen Stadtbevölkerung der Fall war. Und dass er etwas gegen Jean-Jean hatte, von dem er die Privatnummer in Erfahrung gebracht hatte, obwohl sie nicht im Telefonbuch stand. Aber wie?

Und wie hatte der Mörder wissen können, dass Costello Martin verhören wollte?

Er seufzte, versuchte es mit einem anderen Ansatz, diesmal ausgehend von den Opfern. Aber auch hier war kein

Schema zu erkennen. Herblain hatte bestätigt, dass der Kopf der Blondine, die dem Buckligen eine letzte Fellatio besorgt hatte, der eines Mannes war. Hatte der Mörder ihn wie eine Frau geschminkt? Oder handelte es sich ganz einfach um einen der vielen Transvestiten, die in Hafennähe ihrem Gewerbe nachgingen? Er hatte Rudy la Fouine das Foto von dem Kopf gezeigt für eine eventuelle Identifizierung.

Eine blonde Kassiererin, ein Bartträger, ein fixender Clochard, ein Fettleibiger, ein Hund, ein blonder Transvestit, ein Buckliger. Steckte eine Logik dahinter wie bei diesen Tests, bei denen man in einer Serie von Zahlen die nächste raten musste? Waren es symbolische Opfer, die für den Mörder oder für die Gesellschaft etwas darstellen sollten?

Wenn man berücksichtigte, dass der Transvestit die Erscheinung einer Frau besaß, konnte man sagen, dass es zwei Blondinen, zwei Alte und ansonsten Exemplare ohne gleiche Merkmale gab.

Mann, Frau, es war immer eine Mischung Mann-Frau. Gehörte der Mörder ins Milieu der Transvestiten, oder war er ein total Verklemmter?

Sechs Uhr schon! Heute Abend war Training. Jean-Jean erhob sich. Es würde ihm gut tun, auf etwas einzuschlagen.

Nachdem er zwei Stunden geschwitzt hatte, fühlte sich Jean-Jean besser. Aus den Augenwinkeln beobachtete er Blanc, der mit seinen Kumpels, dieser ganzen Bande von der Place Jean-Jaurès, herumblödelte.

Die beiden Mechaniker von der Werkstatt waren auch da, der Kleine und der Große. Jean-Jean konnte sie nicht riechen; er schob ihnen die Schuld für die Pannen seines geliebten Lagunas in die Schuhe. Sicher unterhielten sie sich gerade über die Morde, denn Blanc sprach im Flüsterton und warf immer wieder einen flüchtigen Blick zu ihm herüber. Dieser Idiot sollte sich in Acht nehmen. Dies war nicht der richtige Augenblick, seine Vorgesetzten zu reizen.

Nach dem Training hatte der kleine Mann einen Bärenhunger. Er lehnte eine Essenseinladung bei Jean-Mi und Elsa ab und eilte nach Hause, wo er sich über eine große Platte Frischfleisch hermachte. Er hielt sich strikt an seine Diät, wie ein Spitzensportler. Teile seiner Opfer zu verschlingen regenerierte seinen Körper. Das Fleisch war saftig, aber er musste daran denken, die Messer zu schleifen. Tiere, die wenig laufen, neigen dazu, zäh zu werden.

Gesättigt schlief er auf seinem Sofa vor dem Fernseher ein – großes Volleyball-Finale. Schade! Endlich gewann einmal Frankreich, und er sah nicht zu.

KAPITEL 9

Marcel hupte zwei Mal. Das Fenster öffnete sich, und Nadja streckte den Kopf heraus. Sie winkte ihm zu.

»Wir kommen sofort!«

Als Marcel sie am Vorabend angerufen hatte, hatte er nicht damit gerechnet, dass sie einwilligen würde und war völlig erstaunt gewesen, dass sie ohne Umschweife Ja sagte. Er hatte sich zunächst bitter gefragt, ob sie ihn als potenziellen Kunden ansah, war aber dann zu dem Schluss gekommen, dass dem nicht so war. Sie verhielt sich ihm gegenüber völlig natürlich. Kein Eifer, besonders liebenswürdig zu sein, stellte er fest und lächelte verstohlen unter seinem Schnauzbart.

Fünf Minuten später kam sie, an der einen Hand Momo, in der anderen einen riesigen Korb und eine Decke. Marcel beugte sich zur Seite und öffnete ihr die Tür. Madeleines bissige Stimme hallte in seinem Kopf wider: Könntest du nicht mal etwas galant sein, siehst du nicht, dass ich zu tragen habe?! Er stieg aus und machte den Kofferraum auf, um den Korb und die Decke zu verstauen.

»Was ist denn da drin? Ach, du lieber Himmel, Sie haben ja Ihr ganzes Silber mitgenommen!«, scherzte er.

»Dein Auto ist schmutzig, Monsieur le Policier, und ganz verbeult«, meinte Momo.

»Ein Freund hat es mir geliehen«, antwortete Marcel lächelnd und entschlossen, einen angenehmen Tag zu verbringen. »Sitzt du, Momo?«

»Ja, ja.«

Momo hatte eine Kiste mit Schraubenmuttern gefunden, die nach Größe und Durchmesser geordnet waren, und machte sich jetzt daran, sie durcheinander zu bringen.

Nadja warf einen kurzen Blick zum Fenster ihrer Wohnung hinauf. Marcel sagte nichts, ließ den Wagen an und fuhr schnell davon, ehe sie es sich anders überlegen konnte.

Er fühlte sich unwohl auf dem von Dornen des Ehebruchs gesäumten Weg. Aber er war ein fröhlicher Schuft, der Lust hatte zu singen. Er dachte an einen Film, den er auf Madeleines Drängen hin im Mitternachtskino gesehen hatte: *Das Bildnis des Dorian Gray*, und ein Satz aus diesem Film fiel ihm ein: »Ich bin der Himmel und die Hölle«. Nun, in diesem Augenblick war auch er, Marcel Blanc, der Himmel und die Hölle, der Blitz und die Sonne, die Wolken und der Regen, er war alles, was man wollte, solange man ihn nur in Ruhe ließ.

Die Straße schlängelte sich über die unbewaldeten Hügel wie eine Narbe auf der runzligen Wange eines Afrikaners, und Marcel fühlte sich wie ein Forschungsreisender. Heute würde er weder an Morde noch an Jean-Jean oder an Madeleine denken, sondern nur an Nadja.

Sie fanden ein nettes Plätzchen zum Picknicken, wo nicht allzu viele Präservative und Bierdosen herumlagen, und ließen sich dort in aller Ruhe nieder. Marcel öffnete den Korb:

»Sie hätten nicht so viel vorbereiten sollen, Sie haben bestimmt die ganze Nacht gearbeitet.«

»Ich dachte, Sie hätten vielleicht Hunger, und ich koche gern.«

Eine Perle, sie war eine Perle, eine Heilige, eine Oase! Fast schweigend, aber munter verputzte Marcel zwei Teller Couscous, leerte eine Flasche marokkanischen Wein und kaute bedächtig an einem Stück etwas pappigem Kuchen. Völlig entspannt. Seit Monaten hatte Marcel sich nicht mehr so ruhig gefühlt. So friedlich. So beschützt. Nadja sprach wenig. Befangenheit? Schüchternheit? Sie schien sich nicht zu langweilen. Sie lächelte. Marcel fühlte sich in eines jener Bilder versetzt, die er so gerne mochte: Ausflugslokal am Meer, Ruderpartien, volkstümliche Feste …

Momo schoss seinen Ball gegen einen Baum. Marcel stützte eine Hand ins Gras. Das ohrenbetäubende Zirpen der Zikaden erweckte die Illusion, auf einem Tier mit gelbem, struppigem Fell und regelmäßigem Atem zu sitzen. Marcel hatte das Gefühl zu leben. Er lächelte Nadja an und legte seine Hand auf ihre. Sie zog sie nicht weg.

»Sie sind verheiratet, nicht wahr?«

»Ja, ich habe zwei Kinder, einen Jungen, Frank, und ein Mädchen, Sylvie.«

»Lieben Sie Ihre Frau nicht mehr?«

»Nein«, antwortete Marcel ruhig. »Wir leben in Scheidung. Sie will es nicht akzeptieren, aber es ist besser so.«

Nadja beugte sich zu ihm herüber.

»Sie dürfen Ihre Frau nicht verlassen.«

Marcel beugte sich zu ihr und küsste sie. Momo, ganz damit beschäftigt, einen Ameisenhaufen zu zerstören, sah nicht zu ihnen.

Die Augen fest an sein Fernglas gepresst, wippte der kleine Mann mit der Fußspitze.

»Kein Kind von Traurigkeit, unser Marcel, ein richtiger Draufgänger, jawohl! Madeleine wird sich freuen, wenn sie das erfährt …«

An den schwarzen Geländewagen gelehnt, den er sich in der Werkstatt ausgeliehen hatte, trank er sein lauwarmes Bier, dann zerdrückte er die Dose in einer Hand.

Marcel würde weniger lachen, wenn er seine Tussi in Scheiben geschnitten vorfände, und auch das Kind würde hübsch zugerichtet sein, dafür verbürgte er sich.

In seinem stetig wachsenden Hass, wünschte sich der kleine Mann für einen Augenblick, in das Fleisch all seiner Freunde zu schneiden, all derer, die sich um ihn kümmerten, ihm zulächelten, ihm freundschaftlich auf die Schulter klopften. Er würde ihnen mit ihrer Freundlichkeit das Maul stopfen, und zwar mit Hammerschlägen.

Ich weiß, dass mein Äußeres täuscht. Dass mein kleiner Wuchs sie zu freundlicher Nachsicht treibt. Aber sie wissen nicht, wie stark ich bin. Muskelkraft und Geisteskraft, völlig durchtrainiert, Schnelligkeit und Tatendrang. Euer Lächeln ist wie eine Ohrfeige. Wenn Maman da wäre, würde sie es nicht zulassen, dass sich irgendjemand über mich lustig macht. Niemals.

Als er an seine Mutter dachte, fröstelte ihn kurz. Er schüttelte den Kopf und griff wieder zum Fernglas. Sie räumten die Picknickreste ein. Momo hüpfte lachend um sie herum. Nadja kämmte ihre langen dunklen Locken. Marcel schnäuzte sich. Man musste schon so blöd sein wie der arme Marcel, um sich mitten im August einen Schnupfen einzufangen. Der durchdringende Lärm der Zikaden ging ihm auf die Nerven. Er träumte kurz von einer Napalmwolke, die die Olivenbäume in Brand setzen würde. Dann stieg er wieder in seinen Geländewagen und hielt sich zum Losfahren bereit.

»Komm, Momo, wir gehen …«

»Jaaa, ich komme … Warum hast du dasselbe hässliche Auto?«

»Dasselbe hässliche Auto wie wer?«
»Wie der Wolf ...«
»Was sagst du da, Momo?«
»Ich habe gesagt: Warum hast du dasselbe hässliche Auto, warum willst du meine Mutter heiraten?«
»Momo, das reicht!«
Nadja wollte ihm eine Ohrfeige verpassen, doch er wich geschickt aus. Marcel machte eine beschwichtigende Geste.
»Habe ich dasselbe Auto wie er?«
»Ja. Und warum hast du einen Schnauzbart wie Astérique?«
»Astérique?«
»Er meint Asterix. Momo, du kriegst gleich Prügel ...«
»Mir egal, ich erzähle Großvater, dass du den Polizisten geküsst hast ...«
»Momo!«
Nadja versuchte sich an einer weiteren Ohrfeige, verfehlte ihn aber. Marcel fuhr los. Endlich ein konkreter Hinweis. Was auch immer Jean-Jean davon halten mochte, er spürte, dass die beiden Fälle miteinander zu tun hatten. Davon musste er ihn überzeugen.

Auch der kleine Mann fuhr los, folgte ihnen im Abstand von etwa dreihundert Meter; sein Gesicht war durch die getönte Scheibe und die verspiegelte Sonnenbrille geschützt. Der Zorn nagte an ihm wie Säure. Er hatte den metallischen Geschmack von Blut im Mund. Sobald sie die Stadt erreicht hatten, bog er ab, um nach Hause zu fahren.

Nachdem er Nadja und Momo abgesetzt hatte, fuhr Marcel pfeifend zu dem kleinen Mann, um ihm den Lieferwagen zurückzubringen. Anschließend wollte er auf dem Revier vorbeigehen, um zu sehen, ob Jean-Jean da war. Madeleine und die Kinder würden nicht vor neun oder zehn Uhr abends zurückkommen, er hatte also Zeit. Er musste Jean-Jean über den Wagen des Verdächtigen informieren.

Der kleine Mann öffnete ihm sofort. Auch er schwitzte.

»Komm rein, Marcel, willst du ein Bier?«

»Ja, gerne, ich komme um vor Durst.«

»Na, wie war die Spazierfahrt?«

»Geruhsam … Und was hast du gemacht?«

»Siesta!«

Der kleine Mann warf ihm eine gut gekühlte Bierdose zu, die Marcel im Flug auffing. Sie tranken schweigend. Es war angenehm in dem Zimmer mit den geschlossenen Fensterläden. Im Hintergrund lief der Fernseher. Marcel trank sein Bier aus und wischte sich den Mund ab.

»Gut, ich muss los …«

»Willst du noch eines?«

»Keine Zeit, ich muss auf dem Revier vorbei …«

»Arbeitest du denn heute?«

»Nein, es ist wegen der Morde, ich muss mit Jeanneaux sprechen.«

»Gibt's was Neues?«

»Ich darf nicht darüber reden, verstehst du, entschuldige …«

»Ja, ja, ist doch klar. Also, dann bis morgen.«

»Bis morgen! Und noch mal danke!«

»Nicht der Rede wert, wir Männer müssen doch zusammenhalten, was?«

Die Tür schloss sich vor dem breiten Lächeln des kleinen Mannes.

»Wir Männer müssen doch zusammenhalten.« Diese Bemerkung ging Marcel durch den Kopf. Er hätte ihm gerne einen ähnlichen Dienst erwiesen, aber seit er ihn kannte, hatte er ihn nie mit einem Mädchen gesehen. Man hätte meinen können, er hätte ein Problem mit Frauen. Allerdings sah er mit seiner Sonnenbrille und seinem hageren Gesicht auch nicht eben anziehend aus. Eine eigenartige Idee, übrigens, am helllichten Tag in einem dunklen Zimmer eine Sonnenbrille zu tragen … Marcel war am Revier angekommen und grüßte den Wachposten.

»Ist Jeanneaux da?«

»Oh! Marcellino! Machst du Überstunden oder was? Ja, er ist da.«

Kaum hatte sich die Tür geschlossen, war das Lächeln des kleinen Mannes erloschen. Ein Nerv ließ seine Wange zucken, und Schweiß rann ihm die Schläfen hinunter. Er ging ins Badezimmer, das mit nackten Mädchen tapeziert war, um sich Wasser ins Gesicht zu spritzen. Sein Spiegelbild über dem Waschbecken war bleich. Er stellte fest, dass er vergessen hatte, seine Sonnenbrille abzunehmen. Er gefiel sich so, mit dem metallisch glänzenden Balken quer über dem Gesicht – wie der Widerschein einer Messerklinge.

»Mon Capitaine?«

»Kommen Sie rein, Blanc.«

»Entschuldigen Sie die Störung, aber ich muss mit Ihnen sprechen …«

»Das tun Sie doch schon, oder?«

Jean-Jean zündete sich eine Zigarette an, setzte sich auf die Schreibtischkante und fixierte Marcel übel gelaunt.

»Es ist wegen der Morde. Und dem Kind in der Röhre …«

»Der Sohn Ihrer … Freundin?«, bemerkte Jean-Jean mit verächtlicher Miene.

»Freundin oder nicht, man hat wirklich versucht, das Kind umzubringen«, fuhr Marcel unerschüttert fort, »dessen bin ich mir ganz sicher, und ich bin auch sicher, dass es unser Verrückter war.«

»Ich bewundere Ihre Sicherheit, Blanc. Was soll ich denn auf meinem nächsten Lottoschein ankreuzen?«

»Das Kind hat die Automarke seines Angreifers erkannt. Ein marineblauer Renault Express.«

Jean-Jean erhob sich und streckte sich, Schmerzen in den Lendenwirbeln, zu viel Anspannung.

»Hören Sie, Blanc, Sie sind nicht mit den Morden betraut, sondern mit dem Verkehr, nicht wahr? Ich werde mich um den Express kümmern, aber wenn Sie mich meine Zeit mit Blödsinn vergeuden lassen, versetze ich Sie in irgendein Dorf, in dem es mindestens dreihundert Tage pro Jahr regnet!«

Marcel bedankte sich, grüßte und ging. Das Erste, was er als frisch gebackener Lieutenant tun würde, wäre, Jean-Jean eine reinhauen. Durch diesen Gedanken getröstet, machte er sich gut gelaunt auf den Weg nach Hause. Madeleine erwartete ihn, das Essen war fertig, die Kinder brüllten.

KAPITEL 10

Gepeinigt von Albträumen mit zerstückelten, entstellten Körpern, die unvermutet hinter ihm auftauchten, hatte Jean-Jean fast die ganze Nacht kein Auge zugetan. Die Besessenheit des Mörders, in seinem Bezirk zu agieren, brachte ihn noch mehr auf als die Grausamkeit der Verbrechen. Nach dem Beispiel der Kopfjäger, die er bewunderte, jagte Jean-Jean Verbrecher, ein hartnäckiger, unnachgiebiger Polizist, doch die Beweggründe derer, die er verfolgte, waren nicht sein Hauptinteresse.

Sobald er auf dem Revier war, hatte er Ramirez und Costello kommen lassen und ihnen präzise Aufgaben zugeteilt – eigentlich eher, um sich zu beschäftigen, als aus Überzeugung, denn im Augenblick war seine einzige Überzeugung, dass er im Dunkeln tappte. Bei der Aussicht, nicht in Urlaub fahren zu können, platzte ihm plötzlich der Kragen:

»Ramirez, du gehst zur Zulassungsstelle und lässt dir von dem Computertypen die Namen aller Fahrzeughalter nennen, die einen marineblauen Express haben, der mehr als drei Jahre alt ist. Costello, hast du Erkundigungen über Martin eingezogen?«

»Martin hat nie in einem Labor gearbeitet. Ehe er im Tierheim angestellt wurde, war er im Schlachthaus tätig.«

»Er schien ja eine wahre Berufung zu haben. Gut, mach mir die Kerle ausfindig, die auf deiner Liste aus dem Labor stehen, alle, die rausgeflogen sind und noch in der Gegend wohnen. Sieh auch beim Finanzamt nach. Dann legt ihr mir die Ergebnisse vor. Mélanie, holen Sie mir bitte einen Kaffee.«

Auch Marcel hatte schlecht geschlafen. Er hatte sich hin und her gewälzt. Jeder Atemzug von Madeleine schien zu pfeifen: »Sssschwein, Sssschwein«. Er hatte geträumt, dass ihm schwarz gekleidete Richter die Schulterstücke vom Uniformhemd rissen. Schweißgebadet, bleich und verquollen war er aufgewacht.

Beim Anziehen dachte er an das, was ihm Ramirez erzählt hatte, die Geschichten aus dem Labor, über Vivisektion und Kannibalismus.

Madeleine hatte eine grauenvolle Nacht hinter sich. Sie hatte immer wieder dasselbe Bild vor sich gesehen: Marcel mit einer anderen Frau. Dieser Lump ahnte nicht, dass sie ihn beobachtet hatte. Und zwar durch einen unvorhersehbaren Zufall.

Verärgert über ihren Schwager, einen Angeber, der ständig Streit suchte und behauptete, bei einer echten Ratatouille müsse man die Zucchini schälen, hatte sie den Besuch bei ihrer Schwester abgekürzt.

An der Zahlstelle der Autobahn hatte sie den alten blauen Express erkannt und sich zu ihm durchgeschlängelt, um dem kleinen Mann fröhlich zuzuhupen. Irgendetwas hatte sie zurückgehalten, vielleicht die Statur des Fahrers, er war zu groß. Und plötzlich hatte er sich umgedreht, und sie hatte Marcel erkannt! Fast wäre ihr das Herz stehen geblieben. Marcel auf der Autobahn, und er war nicht allein! Eine Frau reichte ihm Kleingeld, lächelte ihm zu. Gott sei

Dank, waren die Kinder damit beschäftigt gewesen, sich zu zanken und zu ohrfeigen und hatten nichts bemerkt. Es stimmte also, er betrog sie! Oh, aber sie würde diesen Schurken stellen, würde ihn auf frischer Tat ertappen und ihn mit der Nase in seinen Dreck stoßen!

Erst im Morgengrauen war sie endlich eingenickt.

Nachdem sie ausgiebig weinend ihre Hausarbeit erledigt hatte und die Kinder in den Segelclub gegangen waren, war sie plötzlich allein gewesen. Der Nachmittag versprach unendlich lang zu werden. Madeleine machte sich einen Tee, sie hatte gelesen, dass warme Getränke bei Hitze besser den Durst löschten als kalte. Kaum hatte sie ihn getrunken, begann sie furchtbar zu schwitzen und stürzte sich auf die Karaffe mit eiskaltem Wasser. Die Zeit schleppte sich dahin. Als sie gegen drei Uhr zum dritten Mal den Geschirrschrank aufräumte, überkam sie eine plötzliche Wut, und sie beschloss, zu Marcel zu gehen und ihm eine Erklärung abzuverlangen. Auf der Straße könnte er sich nicht weigern, ihr zu antworten, dazu würde er viel zu sehr einen Skandal fürchten.

Sie zog sich sorgfältig an – rosafarbener, gehäkelter Bolero, Zigeunerrock und goldene, hochhackige Sandalen –, plusterte ihr rotblond gefärbtes Haar auf und schminkte sich stärker als gewöhnlich.

Der Verräter! Allein schon bei dem Gedanken geriet ihr das Blut in Wallung.

Madeleine trat hinaus in die Hitze, sie fühlte sich sehr weiblich und stark, was bei ihren üppigen Formen durchaus den Tatsachen entsprach.

Der Platz war leer: Marcel war nicht auf seinem Posten! Sie wurde blass, suchte in den umliegenden Straßen und kam in dem Moment zum Brunnen zurück, als der kleine Mann aus der Werkstatt trat.

»Tag, Madeleine, wie geht's?«

»Ich suche Marcel, hast du ihn nicht gesehen?«, erkundigte sie sich in einem so kühlen Ton, dass ihr Akzent fast pariserisch klang.

»Er ist vor einer Viertelstunde weggegangen …«

»Wohin?«

»Keine Ahnung, auf Streife sicherlich. Was ist denn los? Stimmt was nicht?«

»Und mit deinem Express stimmt alles? Salut.«

Ohne noch etwas hinzuzufügen, hatte sich Madeleine auf dem Absatz umgedreht. Sie hatte alles verstanden, sie brauchte keine weiteren Erklärungen, dieser Mistkerl lieh ihm sein Auto und sicherlich auch seine Wohnung! Ah, sie war doch nicht auf den Kopf gefallen. Na, die würden schon sehen! Innerhalb von zehn Minuten erreichte Madeleine zerzaust, schwitzend und außer Atem das Haus des kleinen Mannes. Mein Gott, war das steil! Was für eine Idee, in einem verlassenen Viertel oben auf einem Hügel zu wohnen! Sie mochte nur neue, hochmoderne Häuser mit Stahl und Glas und allem Komfort.

Sie legte eine Pause ein, um den Feind zu beobachten. Kein Geräusch drang durch die Mauern, von denen der Putz abbröckelte. Aus einem übervollen Müllsack war Gips auf die halb verwelkten Hortensien gerieselt. Die Mütze eines Gartenzwergs ragte aus einem Haufen Bauschutt. Eine wahre Müllhalde, dieser Garten! Man sah gleich, dass er allein lebte, in seinem Dreck erstickte wie alle Männer, die keine Frau hatten, die sich um sie kümmerte …

Sie legte die Hand auf die Klinke der alten Tür. Verriegelt. Ehebrecher, aber vorsichtig.

Madeleine ging langsam um das Haus herum und stieß einen zufriedenen Seufzer aus: Der Küchenfensterladen war nicht geschlossen. Erfolglos versuchte sie, das Fenster aufzudrücken.

Ein Kipplaster näherte sich mit ohrenbetäubendem Getöse. Madeleine holte tief Luft, und als er scheppernd auf ihrer Höhe angekommen war, ließ sie ihre Handtasche kreisen und schleuderte sie mit aller Kraft gegen die Scheibe, die mit einem trockenen Knall zerbrach. Madeleine hielt den Atem an. Der Lastwagen hatte an der roten Ampel angehalten, sodass man sie von den gegenüberliegenden alten Häusern aus nicht mehr sehen konnte. Sie schob die Hand durch das Loch und drehte den Fenstergriff um. Das Fenster öffnete sich, und Madeleine stieg ohne Schwierigkeiten über den Mauerrand. Die Ampel schaltete auf Grün. Der Lastwagen fuhr wieder an. Mit klopfendem Herzen stand sie in der Küche, doch nichts rührte sich. Kein Laut. Mit ihrer Nagelfeile bewaffnet, machte sich Madeleine auf den Weg zum Wohnzimmer, bereit, den Unzüchtigen die Augen auszustechen.

Kaum war Madeleine gegangen, hatte Jacky den kleinen Mann gefragt:

»Sag, war das nicht Madeleine, mit der du gerade geredet hast?«

»Ja, sie sucht Marcel.«

»Hast du ihr nicht gesagt, dass er wegen dieser Schlägerei auf dem Parkplatz ist?«

»Das wusste ich nicht.«

»Wann du wohl mal endlich auf das Acht gibst, was um dich herum passiert!«, lächelte Jacky.

Schnauze, du Wurm!, dachte der kleine Mann und winkte ihm freundschaftlich zu. Er ging zurück in die Werkstatt und wischte sich nachdenklich die ölverschmierten Hände an der Latzhose ab.

Madeleine wusste also wegen des Lieferwagens Bescheid. Sie war Marcel auf der Spur. Und da er nicht auf seinem Platz war, glaubte sie vielleicht sogar, er würde seine Dienstzeit für eine kurze Nummer nutzen.

Er lächelte, als er sich die wütende, zerzauste Madeleine vorstellte, die durch die heißen Straßen rannte, um ihren brünftigen, zukünftigen Exmann zu suchen.

Doch plötzlich erstarrte sein Lächeln. Wo könnte Marcel nach Madeleines Ansicht sein Stelldichein haben? Nicht im Hotel, nicht bei dem Mädchen, nicht zu Hause. Und nicht weit entfernt, um nicht zu lange abwesend zu sein. Blieb nur die Wohnung eines verständnisvollen Freundes …

Der kleine Mann sprang auf sein Moped.

»Ich fahre zum Schrottplatz, bin gleich wieder da. Ich brauche eine Batteriezündanlage.«

»Ja, ja, aber beeil dich …«

»Bis gleich!«

Madeleine war durch das Haus gegangen. Ein verdunkeltes Schlafzimmer, in dem es muffig roch, ein Wohnzimmer mit abgenutzten Möbeln, ein schwarz-weißgefliestes Bad, eine Toilette, die offenbar seit fünfzig Jahren nicht mehr geputzt worden war. Das Haus war schmutzig, aber leer. Sie hatte sich getäuscht. Vielleicht hatte sie sich ja alles nur eingebildet, vielleicht betrog Marcel sie gar nicht? Oder sollte sie besser sagen »noch nicht«?

Sie ging in die Küche zurück und betrachtete die zerbrochene Scheibe. Na gut, schließlich war eine Scheibe nichts Dramatisches. Ihr Blick fiel auf die riesige Gefriertruhe. Fast so groß wie die Dinger, in denen man Mumien aufbewahrte. Wie lange wollte sie schon so eine haben, doch Marcel weigerte sich … Aber was fing ein Junggeselle mit einem so großen Ding an? Sie trat näher, um die Marke besser sehen zu können, und öffnete automatisch den Deckel.

Madeleine hörte nicht das Moped, das vor dem Haus hielt. Sie starrte verstört und entsetzt auf das Durcheinander von gefrorenen Gliedern, und ihr Verstand weigerte sich energisch, die wahre Bedeutung dessen zu erfassen, wie sie sah.

Die Stimme knallte wie ein Peitschenhieb hinter ihrem Rücken.

»Na, Mado, eine kleine Besichtigung?«

Sie zuckte zusammen und fuhr verblüfft herum.

Der kleine Mann sah sie an, die Augen waren hinter der Sonnenbrille verborgen, die Lippen über seinen spitzen Zähnen hochgezogen, die Hände hielt er hinter dem Rücken.

»Rechts oder links?«, fragte er mit sanfter Stimme.

»Was?«, stammelte Madeleine, die plötzlich den heftigen Drang verspürte, zu urinieren.

»Rechts!«, versicherte der kleine Mann und zog langsam die Hand vor, die ein glänzendes Hackbeil hielt.

In einem Anfall von animalischer Panik wollte Madeleine durch das Fenster fliehen. Das gut geschärfte Beil sauste auf sie zu und trennte ihren Knöchel ab. Madeleine versuchte zu schreien, doch kein Laut drang aus ihrer Kehle. Schwerfällig fiel sie rücklings in die offene Gefriertruhe. Der kleine Mann beugte sich lächelnd über sie. Das Blut spritzte aus dem abgetrennten Knöchel in sein Gesicht, und er leckte sich die Lippen. Madeleine spürte, dass sie verloren war, doch plötzlich erfasste sie ein unkontrollierter Hass, der unendliche Wunsch zu leben, und sie schnellte hoch wie eine Sprungfeder und stieß dem kleinen Mann mit aller Kraft die Nagelfeile in den Hals, verfehlte jedoch die Schlagader.

Er stieß ein Grunzen aus wie ein verletztes Tier, schlug

wütend mit dem Hackbeil zu und schnitt ihr die Kehle durch, wie man einen Holzscheit spaltet. Er zog die Klinge aus der Wunde und schlug wieder und wieder auf den zuckenden Körper ein, die Nagelfeile steckte noch immer in seinem Hals. Als er endlich außer Atem innehielt, waren von der einst üppigen Frau nur noch zerstückeltes Fleisch und Knochen übrig.

Er zog sich mit einem Ruck die Nagelfeile aus dem Hals, Blut schoss aus der Wunde, und er lief ins Badezimmer.

Als Marcel erschöpft nach Hause kam, fand er die Kinder im Wohnzimmer. Es war ihnen gelungen, ein Pornovideo oben vom Schrank herunterzuziehen, das sie jetzt ansahen. Ohrfeigen, Schreie, Tränen.

»Wo ist eure Mutter? Herrgott noch mal, ist sie denn verrückt, euch solche Schweinereien ansehen zu lassen?«

»Und warum guckst du dir nackte Frauen an?«

»Frank, halt den Mund. Ein Freund hat sie uns geliehen. Wir haben sie nie angeschaut. Madeleine!«, brüllte er lautstark.

»Sie ist nicht da!«, brummte Frank.

»Wo ist sie?«

»Wissen wir nicht! Wir haben nicht mal mehr Cola«, quengelte Sylvie.

»Können wir uns einen Zeichentrickfilm ansehen?«, fragte Frank.

»Ja, aber haltet den Mund, Papa ist müde.«

Sogleich setzte eine Kissenschlacht ein, die fast ebensolchen Lärm verursachte wie zwei Presslufthämmer. Während er ein Aspirin schluckte, fragte sich Marcel nach dem Sinn der Fortpflanzung. Dann brüllte er los und hockte sich schließlich vor den Fernseher, Sylvie auf dem Schoß, Frank zu seinen Füßen.

Um neun Uhr abends war Madeleine noch immer nicht da. Marcel begann, sich Sorgen zu machen. Madeleines Mutter war seit fünfzehn Jahren tot. Ihr Vater, an Alzheimer erkrankt, lebte in einem Altersheim. Er rief seine Schwägerin an, die ihm erklärte, Madeleine sei schon immer etwas verrückt gewesen, was ihm nicht im Geringsten weiterhalf. Wo mochte sie nur sein? Bei einer Freundin aus dem Fitnesscenter? Bei einer dieser grässlichen Freundinnen, die ständig Marcels Leben mit »guten Ratschlägen« beeinflussen wollten? Obgleich es ihm schwer fiel, rief er alle ihre Freundinnen an. Nichts. Oder man hatte ihn angelogen.

Er sah im Kleiderschrank nach. Alles war da. Sie hatte nicht einmal ihr Beauty-Case mitgenommen. Sie hatte doch wohl keinen Liebhaber?! Gab sie sich so sehr ihrer Leidenschaft hin, dass sie die Zeit darüber vergaß? Nein, unmöglich, Madeleine war – leider – eine anständige Frau, eine vorbildliche Mutter, eine mustergültige Diktatorin. Marcel begann, sich ernsthafte Sorgen zu machen. Er rief seine Freunde an. Niemand hatte Madeleine gesehen, ausgenommen der kleine Mann. Sie hatte ihn, Marcel, nachmittags gesucht, erklärte er.

Gesucht? Warum? Gab es eine Verbindung zwischen dieser Suche und ihrem Verschwinden? Marcel ließ sich beschreiben, wie sie gekleidet gewesen war, und nachdem er die Kinder, denen er erzählt hatte, dass Madeleine eine Freundin im Krankenhaus besuchte, ins Bett gebracht hatte, rief er auf dem Revier an. Es war fast Mitternacht.

Niemand, auf den Madeleines Beschreibung zutraf, war verunglückt oder verhaftet worden.

Marcel setzte sich in einen Sessel und zündete sich eine Zigarette an. Was war nur geschehen? Nicht eine Sekunde lang dachte er daran, dass Madeleine dem Mörder zum

Opfer gefallen sein könnte. Alles, was er fürchtete, war, dass sie von seinem Ausflug mit Nadja erfahren hatte. Das würde sie benutzen, um die Unterhaltszahlungen in die Höhe zu treiben.

Am Morgen musste er den Tatsachen ins Auge sehen: Madeleine war verschwunden.

Montagmorgen, 8.30 Uhr. Jean-Jean leerte seinen dritten Becher mit wässrigem Kaffee und seufzte. Dieser Idiot von Blanc hatte es geschafft, dass ihm seine Frau davongelaufen war! Das ganze Revier machte sich heimlich darüber lustig. Jean-Jean hatte dem alten Georges den Fall übergeben: reine Routine. Sichergehen, dass sie sich nicht bei einem »Freund« versteckte, die Bahnhöfe und Flughäfen überprüfen etc. Ansonsten musste er auf Costello warten, der die beiden Typen aufgesucht hatte, die in den letzten fünf Jahren aus tierärztlichen oder medizinischen Laboren entlassen worden waren und einen blauen Lieferwagen der Marke Renault besaßen.

Hätte der kleine Mann das gewusst, hätte er sich ins Fäustchen gelacht. Es war unmöglich, seine Entlassung herauszufinden, denn er hatte schwarzgearbeitet. Solange sie nicht dem Richtigen die richtige Frage stellten, war er nicht in Gefahr. Jedes Mal, wenn er an die Versager dachte, die ihn hinausgeworfen hatten, bekam er schlechte Laune. Ihn vor die Tür zu setzen wie ein Schwein, nur weil er seiner Leidenschaft des Zerlegens gefrönt hatte. Die Tiere waren ohnehin zum Sterben verurteilt! Ah, im Schlachthaus damals, das war eine gute Zeit gewesen! Dort hatte er den armen Martin kennen gelernt. Im Schlachthaus bezahlte man ihn sogar dafür. Aber das Schlachthaus hatte geschlossen. Wer war also schuld daran, dass er sich im Tierheim hatte versorgen müssen?!

Er gähnte. Er hatte schlecht geschlafen, die Stimmen in seinem Kopf wollten nicht schweigen, sie sprachen alle gleichzeitig, die der Psychiater, tückisch wie Schaben in einem schmutzigen Spülbecken, die von Pierrot, als das Beil auf ihn niedersauste, so schrill, dass es Glas zum Springen gebracht hätte, die von Maman, kalt wie der Wind im Winter. Er war aufgewacht, als Maman begonnen hatte, Kröten zu spucken.

Er öffnete schwungvoll den Deckel der Gefriertruhe und betrachtete das, was von Madeleine übrig geblieben war. Was sollte er nur mit der machen? Er schnitt sich eine Scheibe Fleisch ab, an der er nachdenklich herumkaute. *Da Marcel zwei Frauen liebte, wäre es da nicht eine nette Idee, sie zu vereinen? Ein Spezialpaket »Der Harem des Marcel Blanc«?* Der kleine Mann spuckte die Knochenreste in den Mülleimer. *Das Problem ist, dass ich Madeleine nicht zu Hause behalten kann. Falls die Bullen all ihre Bekannten abklappern … Ich kann nicht das Risiko einer Hausdurchsuchung eingehen, selbst wenn sie illegal ist, die Konsequenzen wären zu unangenehm. Das gilt auch für die anderen Körperteile. Ich muss sie alle verschwinden lassen. Aber wie?*

Er sah auf die Uhr. Fast neun Uhr. Er hatte nicht gemerkt, wie die Zeit vergangen war. Er nahm alle Körperteile aus seiner Gefriertruhe und stopfte sie in einen großen Müllsack.

Der alte Georges war eine gepflegte Erscheinung. Mit seinem silbergrauen Haar und seinen ausgezeichneten Manieren kam er immer gut bei den Leuten an, und darum übertrug man ihm gern die unangenehmen Aufgaben, etwa die Ankündigung eines Todesfalls, die Suche nach lieben Vermissten oder das Eingreifen bei nächtlichen Schlägereien.

Er ging die Liste der Namen durch, die ihm Marcel gegeben hatte, und beschloss, mit Da Costa, Jean-Michel und Elsa anzufangen, die nur vier Straßen entfernt wohnten. Er klopfte seinem Kollegen, einem jungen Kerl, der auf den Namen Max hörte, auf die Schulter.

»Auf geht's, Max!«

Max seufzte. Er hatte nur zwei Stunden geschlafen. An den Abenden, an denen er keinen Bereitschaftsdienst hatte, spielte er den DJ in einer Heavy-Metal-Disco. Die Ohren dröhnten ihm noch, und er hatte den Eindruck, der Alte rede von der anderen Seite des Zimmers aus mit ihm. Wie von Radar geleitet, steuerte er auf den Wagen zu. Georges hielt ihn zurück:

»Bist du verrückt oder was? Bei dieser Hitze gehen wir zu Fuß, da können wir im Schatten laufen.«

Ohne Eile machten sie sich auf den Weg.

Nachdem er die Kinder in den Segelclub geschickt hatte, hatte Marcel literweise bitteren, heißen Kaffee in sich hineingeschüttet, und dann den Kopf unter kaltes Wasser gehalten. Stechende Kopfschmerzen quälten ihn. Er wünschte sich sehnlichst, Nadja anzurufen, aber er wollte sie nicht bei der Arbeit stören. Natürlich wünschte er sich auch, dass Madeleine wieder auftauchen würde, wenn möglich lächelnd und einverstanden mit der Scheidung.

Auf dem Revier empfing man ihn wie einen Aussätzigen. So als hätte er plötzlich das Lager gewechselt und befände sich nun auf der Seite der Opfer aus der Rubrik Vermischtes, der »Kunden«, die den ganzen Tag kamen, ebenso dumm wie ein Arzt, der Mumps bekam, oder ein Krankenpfleger, der sich beim Tragen der Bahre das Bein brach.

Eigentlich begann sein Dienst erst am Mittag, und er wusste nicht, was er machen sollte.

Plötzlich dachte er an den kleinen Mann. Wenn Madeleine etwas erfahren hatte, dann zwangsläufig von ihm. Er beugte sich zu der Dienst habenden Polizistin am Empfang vor, eine Dunkelhaarige, die so muskulös war wie ein professioneller Ringer.

»Wenn jemand nach mir fragt, ich bin gleich zurück, es dauert nicht länger als eine halbe Stunde.«

»In Ordnung, mein armer Marcel. Nur Mut!«

Ohne sich durch diese wenig tröstlichen Worte aufhalten zu lassen, lief Marcel, der durch das unendliche Warten und die Nervenanspannung überreizt war, auf die Straße.

Um Punkt neun Uhr klingelte er bei dem kleinen Mann. Der erstarrte. Schon die Polizei? Er schlug eilig den Deckel der Gefriertruhe zu, in der der große, bis zum Rand gefüllte Müllsack lag. Zu spät. Was sollte er tun? Ein zweites, gebieterisches Klingeln. Er schob ein Messer in den Ärmel und knöpfte sorgfältig die Manschette seines Blaumanns zu. Die Klingel ertönte zum dritten Mal, noch länger und eindringlicher. Der kleine Mann atmete tief durch und ging, um zu öffnen. Durch den Türspalt sah er Marcels wütendes Gesicht.

»Sie ist hier, gib's zu?«

Also gut!

»Was redest du da? Du bist ja verrückt, Marcel!«

»Geh aus dem Weg!«

Marcel stieß den kleinen Mann heftig beiseite und trat in das Zimmer mit den schmutzigen Fensterscheiben.

Ich mag es nicht, wenn man mich so herumstößt. Ich mag das nicht, o nein, ich mag das nicht!

»Madeleine!«

Sie wird dir nicht antworten, mein Freund!

»Aber Marcel, ich habe dir doch gesagt, dass sie nicht hier ist!«

»Warum hast du dann so lange gebraucht, um die Tür aufzumachen?«

Weil ich erst das Stück Busen von deiner Frau aufessen musste.

»Ich war auf dem Klo. Ist das vielleicht verboten?«

»Wie hat sie es erfahren, hm? Wie hat sie es erfahren?«

»Was? Wovon redest du denn, Marcel?«

Marcel zögerte, stürzte in die Küche. Das Herz des kleinen Mannes wäre fast stehen geblieben. Aber Marcel kam schon zurück, er drehte sich um sich selbst wie ein aggressiver Boxer.

»Hast du ihr das mit dem Express erzählt?«

Das brauchte ich nicht zu tun.

»Bist du verrückt oder was? Für wen hältst du mich?«

»Ich bin sicher, dass sie es erfahren hat. Sonst wäre Madeleine nicht gegangen. Aber wo kann sie nur stecken, verdammt noch mal?!«

Du sitzt fast drauf.

»Hast du ihre Schwester angerufen?«

»Ja, sie hatte sich mit ihrem Schwager gestritten. Sie ist vorgestern gegen fünf Uhr losgefahren, und seither haben sie nichts von ihr gehört.«

Sie wäre besser bei ihr geblieben, das ist sicher. Gut, beruhigend auf ihn einwirken.

»Hör zu, meiner Ansicht nach machst du dir ganz umsonst Sorgen. Sie ist völlig verstört wegen der Scheidung. Vielleicht braucht sie einfach Abstand, um wieder zu sich zu kommen.«

Marcel stand an den Resopaltisch gelehnt und ließ den Blick durch die Küche gleiten: der Kühlschrank, das Spülbecken, die Gefriertruhe, das Fenster … Seufzend trat er einen Schritt vor.

»Entschuldige, ich verliere noch den Verstand. Weißt du,

auch wenn wir uns trennen, habe ich Madeleine doch immer noch gern. Hast du gesehen, dass deine Fensterscheibe kaputt ist?«

Bei mir ist noch mehr kaputt.

»Oh, das ist nicht weiter schlimm, ich habe beim Öffnen etwas heftig daran gerüttelt ...«

»Also, ich muss gehen. Wenn du irgendwas hörst ...«

Verschwinde, Marcel, spürst du nicht die schlechten Schwingungen?

»Du kannst dich auf mich verlassen. Das kommt alles wieder in Ordnung, du wirst sehen ...«

Der kleine Mann brachte Marcel zur Tür und klopfte ihm auf die Schulter.

Du bist groß, du bist muskulös, du wirst leiden, mein Freund. Aber du wirst nie genug leiden. Niemand leidet genug. Niemand hat genug Hunger.

»Nun komm, mach dir keine Sorgen, sie kommt schon zurück!«

Marcel lächelte schwach und ging mit gebeugtem Rücken durch das Gittertor.

Der kleine Mann schloss die Tür und lachte laut los. Er schob den Ärmel hoch. Die Spitze des Messers hatte seine Haut in der Ellenbeuge aufgeritzt. Das Blut perlte heraus. Nachdenklich leckte er es ab. O verflucht, 9.15 Uhr, er würde in der Werkstatt verdammten Ärger bekommen. Glücklicherweise könnte er immer noch sagen, dass Marcel nicht hatte gehen wollen. Außerdem hatte er Zeit bis zum Abend, um nachzudenken. Die Bullen würden vielleicht in der Werkstatt vorbeikommen, aber das wäre auch alles. Es ging schließlich nur um ein Verschwinden, sozusagen eine Flucht, eine Kleinigkeit.

Und wenn er die Stücke nachts in aller Ruhe braten würde? Wenn er die Knochen auslösen und in die Mülltonne werfen würde? Er könnte fast sicher sein, keine Schwierigkeiten zu bekommen. Überholt, Landru? Das konnte ihm egal sein, er strebte schließlich nicht nach Berühmtheit. Er strebte nach gar nichts, er wurde lediglich von Hass getrieben, einem weiß glühenden Hass, der sich langsam auf ein einziges Ziel konzentrierte.

KAPITEL 11

Costello war leicht verunsichert, als er die Briefkästen des Eingangs C von Blick F der Cité du Moulin überprüfte – besagte »Mühle« war abgerissen worden, um Platz für die »Cité«, die Wohnsiedlung, zu machen. An ihrem ursprünglichen Standort hatte man einen Kinderspielplatz angelegt, ein Quadrat aus Sand, vier Meter mal vier Meter, voll mit Zigarettenstummeln und Hundedreck.

Costello war verunsichert, denn wenn der Typ, den er suchte, Fernand Magnano, wirklich der Mörder war, könnte er vielleicht auch gegen ihn, Costello, eine Abneigung haben und versucht sein, ihn mit dem Springmesser zu kitzeln.

Magnano, 3. Stock. Costello seufzte und machte sich auf den Weg. Es kam gar nicht in Frage, den Aufzug zu nehmen, sonst lief er Gefahr, zwischen zwei Etagen von einer Bande kleiner Stadtratten festgesetzt zu werden. Das Treppenhaus war mit Graffiti besprüht, die die Vorzüge einer gewissen Bebette rühmten. Der Moralverlust seiner Zeitgenossen erstaunte ihn immer wieder. Bald wären die Frauen meistbietend zu ersteigern.

Außer Atem blieb er auf dem Flur des dritten Stocks stehen. Er entdeckte die graugrüne Tür mit der halb abgelösten Aufschrift *Magnano.* Costello klingelte. Die Tür öffnete sich fast augenblicklich, und er fuhr überrascht zusammen. Ein Hüne in einem leuchtend rosafarbenen Jogginganzug, Brustumfang etwa zwei Meter fünfzig, ein gelbes Handtuch um den Hals geschlungen, ein rosa Stirnband im dichten schwarzen Haar, starrte ihn an.

»Ja?«, bellte der Fleischberg.

»Fernand Magnano?«

»Ja?«

Der Typ ballte, wie zufällig, die Hände zu gewaltigen Fäusten.

»Polizei!«, sagte Costello und zückte rasch seine Dienstmarke.

»Ja?«

»Kann ich hereinkommen?«

»Ja …«

Der Koloss wich schwerfällig zur Seite. Seine Schenkel rieben beim Gehen aneinander. Costello trat in die winzige Zwei-Zimmer-Wohnung, voll gestellt mit Geräten zum Muskeltraining. Schweißgeruch schlug ihm entgegen. Der Koloss bearbeitete seelenruhig seinen Kaugummi.

»Also«, beeilte sich Costello hinzuzufügen. »Sie waren vom 5. September 97 bis zum 12. März 98 im Labor Vitez beschäftigt?«

»Ja.«

»Sie sind Besitzer eines marineblauen Nutzfahrzeuges der Marke Renault …«

»Hm?«

»Ein Express?«

»Ja.«

»Sie sind entlassen worden, weil Ihnen vorgeworfen wurde, anabolische Substanzen gestohlen zu haben, entspricht das den Tatsachen?«

»Hm?«

»Drogen …«

»Ja!«

»Wo waren Sie am Abend des zwölften August, vor acht Tagen also?«

Der Koloss machte eine Blase mit seinem Kaugummi und hüllte sich in Schweigen.

»Letzten Donnerstag, wissen Sie noch, wo Sie da waren?«, beharrte Costello.

Magnano setzte sich auf ein rot-grünes Gerät und stellte die Gewichte ein.

Costello packte allmählich die Wut.

»Letzten Donnerstag, am Abend, wissen Sie, wo Sie da waren?«

»Ja.«

»Und würden Sie die Güte besitzen, es mir zu sagen?«

»Ja.«

Costello atmete tief durch.

»Also, wo?«

Magnano deutete auf ein Plakat an der Wand: JOKER BUNKER, *Meisterschaftssaal.*

»Sie haben den Abend in Ihrem Sportclub verbracht?«

»Ja.«

»Gibt es Zeugen, die das bestätigen können?«

Herkules ließ seinen Kaugummi nachdenklich von der rechten in die linke Backe wandern. Costello hüstelte.

»Ich meine: Gibt es Personen, die Sie gesehen haben und die sagen können, dass Sie dort waren?«

»Ja.«

»Und von wie viel Uhr an waren Sie im Club?«

Magnano hob sieben Finger, dick wie Würste.

Costello notierte: *19 Uhr.*

»Und bis wann sind Sie dort geblieben?«

Zehn Finger.

»Sehr gut. Ich gehe jetzt. Wenn ich Sie noch mal brauche, komme ich wieder.«

»Ja.«

Da sich der Koloss nicht um ein Jota bewegte, fügte Costello hinzu:

»Wiedersehen.«

Als hätte dieses Wort eine Automatik in ihm ausgelöst, erhob sich Herkules sogleich, ging mit steifem Gang zur Tür, riss sie so heftig auf, dass sie an die Wand schlug. Costello drückte sich an ihm vorbei. Magnano sah ihm nach, ein Doppelzentner Fleisch, eingehüllt in leuchtendes Rosa, in den Augen ein vager Schimmer von Leben.

Vielleicht strebte er einen Eintrag ins Guinness-Buch der Rekorde an: »Beitrag zur Konversation – ein einziges Wort« …

Donnerstag, 12. August, war der Tag, an dem Juliette Delattre zwischen 20 Uhr und 20.30 Uhr verschwunden war. Wenn der Schrumpfkopf im rosa Jogginganzug im Joker Bunker gewesen war, konnte er nicht der Mörder sein. Das wenigstens ließe sich leicht überprüfen.

Der nächste Bursche, der einen marineblauen Express besaß, war Michel Renard. Laborassistent. Er war vor vier Jahren aus seinem Job geflogen.

Er war beim Arbeitsamt gemeldet gewesen und hatte zwei Jahre lang Arbeitslosenhilfe erhalten, doch nachdem sein elendes Appartement in Flammen aufgegangen war – er hatte im Bett geraucht –, war er auf der Straße gelandet. Ihm war nichts mehr geblieben als besagter Renault, in dem er jetzt hauste. Renard war Alkoholiker im letzten Stadium, und Costello, der vom Sozialamt genauestens informiert worden war, fand ihn am Rand eines öffentlichen Parks, die Füße aus dem geöffneten Fenster des Lieferwagens gesteckt, am Mund eine Literflasche Roten.

»Renard, Michel, wenn ich mich nicht irre?«

»Ich hab nichts verbrochen, Kommissar!«, protestierte Renard, wobei er kaum die Flasche von seinen aufgesprungenen Lippen entfernte.

»Antworte! Bist du Renard?«

»Das sagen sie wenigstens.«

»Wer?«

»Na, die Leute. Aber die erzählen ja sowieso sonst was …«

»Warst du in einem medizinischen Forschungslabor beschäftigt?«

»Möglich …«

»Renard, ich rate dir, etwas kooperativer zu sein, ich gehöre zur alten Garde, und du weißt ja, die zögert im Zweifelsfall nicht, gegen Verdächtige physische Gewalt anzuwenden!«

»Ja, Monsieur, ich habe in der Forschung gear-arbeitet!«

»Und warum bist du entlassen worden?«

»Sie waren neidisch, ich war zu gut.«

»Na, na … Sie haben dich rausgeworfen, weil du im betrunkenen Zustand auf den Abteilungsleiter eingeprügelt hast, deshalb hat man dich entlassen. Hättest du die Güte, mir zu sagen, wo du letzten Donnerstag warst, so zwischen acht und neun Uhr abends?«

»Wie soll ich denn das wissen? Ich, ich weiß ja nicht mal, welcher Tag heute ist …«

»Das ist übel für dich, denn dann kannst du damit rechnen, unter Mordanklage gestellt zu werden. Also, aufstehen und los!«

»Das ist eine Sau- eine Sauerei. Wie soll ich denn einen umlegen, ich kann nicht mal geradeaus pinkeln!«

»Das kannst du mir alles auf dem Revier erzählen, los geht's!«

Costello packte Renard am Kragen und zog ihn hoch. Ein Fliegengewicht, nur Haut und Knochen. Renard schwankte auf seinen Beinen und setzte sich schimpfend in Bewegung. Costello hörte nicht zu. Dieser arme Tropf war mit hundertprozentiger Sicherheit kein Serienmörder. Aber die Routine …

Unterwegs wandte sich Renard zu ihm um.

»Warum wollten Sie wissen, ob ich in einem La-Labor gearbeitet habe?«, fragte er mit schwerer Zunge.

»Weil ich eine Person suche, die in einem Labor beschäftigt war und die einen blauen Lieferwagen besitzt wie du.«

»Ich, ich kenne da einen.«

»Ach ja?«

»Ich bin doch nicht verrückt, oder was, ich weiß, was ich sage!«

»Ich bin ganz Ohr!«

»Ich hab Durst …«

»Soll ich dir dein Hirn mit ein paar saftigen Ohrfeigen beleben?«

»Nicht nötig, hab keine Neuronen mehr … Hab 'ne Kopfzirrhose, hat mir der Doktor gesagt.«

Costello seufzte und ließ die Gelenke seiner langen Finger knacken. Bestand Nächstenliebe nicht darin, seinen Widerwillen zu überwinden und die gleiche Zuneigung für die von Mutter Natur stiefmütterlich Behandelten zu empfinden? Er zog einen Hundert-Franc-Schein aus der Tasche.

»Damit kannst du deinen Durst für die nächsten zwei Tage löschen.«

Renard wollte danach greifen, doch Costello ließ den Schein rasch in seiner Hemdtasche verschwinden. Renard biss sich auf die Lippen.

»Gut, da war dieser Typ, hat mit mir gejobbt und hatte

die gleiche Karre wie ich. Aber der war ein Dreckschwein.«

»Dreckschwein? Was verstehst du unter dieser beleidigenden Vokabel?«

»Ein richtiges Schwein eben. Hat gern mit den Teilen rumgespielt.«

Costello stellten sich alle Nackenhaare auf.

»Mit Teilen von was?«

»Von Tiiiieeeren. Hatte den Job, sie zu erledigen, wenn sie nicht mehr zu gebrauchen waren. Machte dem einen Mordsspaß. Zerlegte sie in Stücke und spielte damit rum. Kein Respekt halt, verdammt noch mal! Konnte ihn nicht ausstehen, den Kerl. Weil ich nämlich die Viecher liebe, genauso wie Brigitte Bardot!«

Costello hätte vor Freude am liebsten mit den Füßen gestampft.

»Wie hieß er?«

»Weiß nicht mehr … Wie ’ne Automarke.«

»Wie bitte?«

»’ne Automarke halt!«

Sie waren vor dem Revier angekommen. Costello ließ Renard eintreten, ohne das Gespräch zu unterbrechen.

»Was war das für eine ›Automarke‹?«

»Weiß nicht mehr …«

Der wachhabende Polizeibeamte hinter der beigefarbenen Plastiksperre höhnte:

»Wie ich sehe, bringst du uns da einen dicken Fisch mit!«

»Bring den mal einstweilen an ein kühles Plätzchen, bevor er einen Herzschlag kriegt.«

Der Polizeibeamte zerrte den heftig protestierenden Renard mit.

Jean-Jean war eben dabei, einen neuen fluoreszierenden

Filzstift auf einem kartonierten Umschlag auszuprobieren, und hob kaum die Augen, als Costello außer Atem eintrat.

»Costello, zum Bericht«, kündigte er an.

Jean-Jean machte einen Augenaufschlag.

»Ich habe die beiden Verdächtigen gesehen«, fuhr Costello fort. »Mein Erster ist ein Gehirnamputierter, der nur ein Wort, nämlich ›ja‹, kennt. Mein Zweiter ist ein stark alkoholkranker Obdachloser. Und es bleibt ein lachender Dritter mit einem marineblauen Express, der im Labor Duteuil gearbeitet hat. Er hatte den Job, die Versuchstiere zu erledigen, und hatte Spaß daran, mit ihren Kadavern rumzuspielen.«

Jean-Jean spitzte die Ohren wie ein Vorstehhund.

»Wo kommt denn der auf einmal her?«

»Ein Kollege von Michel Renard, dem Clochard. Allem Anschein nach war er nicht im Personalverzeichnis.«

»Und weiter ...«

»Renard kann sich nicht mehr an den Namen seines Exkollegen erinnern. Ein richtiger Rotweinschwamm ...«

»Dann quetsch ihn aus!«

»Leicht gesagt ... Er kann sich nur an eines erinnern: dass er einen Namen hatte ähnlich wie eine Automarke.«

»Xantia? Laguna? Volvo?«

»Keine Ahnung.«

»Verdammt, wir brauchen diesen Kerl! Also gut. Lass deinen Renard seinen Rausch ausschlafen und verhör ihn später. Und schick Ramirez ins Labor; irgendjemand muss sich doch an diesen Phantom-Angestellten erinnern.«

»Ich zweifle daran, dass sie eingestehen werden, dass sie Leute schwarzarbeiten lassen. Außerdem haben sie gestern das Labor geschlossen, Jahresurlaub. Sie fangen erst wieder Ende August an.«

Ich bringe ihn um!, dachte Jean-Jean und knurrte:

»Okay, das ist alles!«

Costello hüstelte:

»Und was ist mit der Frau von Blanc – nichts Neues?«

»Nichts. Georges hat den ganzen Freundes- und Bekanntenkreis abgeklappert. Ich denke, sie ist ganz einfach durchgebrannt.«

Castello ging. Jean-Jean machte sich wieder an seine Schreibarbeit. Er fühlte den Sieg nahe, so nahe, dass er Angst hatte, er könnte sich bei der geringsten Bewegung in Luft auflösen.

Marcel war erschöpft. Nachdem er den kleinen Mann verlassen hatte, war er ziellos durch die Stadt gelaufen. Dann war ihm eingefallen, dass er mittags wieder Dienst hatte, und war nach Hause gegangen, um einen Happen zu essen und sich umzuziehen. Madeleine war nicht zurückgekehrt. Das Haus war leer, trostlos, überall lagen Kinderspielsachen herum. Die Tassen vom Frühstück standen noch auf dem Tisch, die Kaffeekanne auf dem Herd. Er müsste nur noch ein paar Kakerlaken organisieren, zwei oder drei Spinnennetze, und die Kulisse für die Tragödie wäre perfekt.

Er starrte auf das stumme Telefon. Eine Sekunde später war er dabei, Nadjas Nummer zu wählen. Eine näselnde Alt-Männer-Stimme antwortete. Er fragte nach Nadja, doch die Stimme radebrechte etwas, das Marcel nicht verstand.

»Nicht da! Arbeit!«, schrie der Alte schließlich.

»Danke. Wiederhören.«

Der Alte hatte schon aufgelegt. Marcel betrachtete den Hörer, legte auf. Er zog sich um und spritzte sich Wasser ins Gesicht. Seit dem Vorabend grübelte er und fühlte sich zunehmend benommen. Irgendetwas quälte ihn. Ein Gefühl von Angst, das ihn mehr und mehr durchdrang. Madeleine hatte ihn nicht verlassen, sie hatte sich mit aller Macht gegen die Scheidung gewehrt, sie konnte nicht begreifen, dass es aus war zwischen ihnen. Und deshalb war sie bestimmt nicht von heute auf morgen mit einem Typen durchgebrannt. Es war ihr etwas zugestoßen.

Der alte Georges lächelte Caro zu, die ihnen eine eisgekühlte Limonade anbot.

»Bei dieser Hitze sage ich nicht nein … Schneidern Sie?«

Er deutete auf die große Nähmaschine, die Stoffe, die Schneiderpuppe.

»Ein bisschen, um mir was dazuzuverdienen. Und außerdem legt Jacky, mein Mann, Wert darauf, dass ich gut gekleidet bin. Es ist natürlich viel günstiger, wenn man selbst nähen kann.«

»Kennen Sie Madeleine gut?«

Max unterdrückte diskret ein Rülpsen. Er schlief schon fast. Sie hatten Elsa Da Costa, die Frau von Jean-Michel, dem Kellner, verhört und eine Gruppe von dicken Frauen in Leggings in einem Fitnesscenter, dann hatten sie in einer Brasserie, die Georges kannte, zu Mittag gegessen. Frische Pasta mit Knoblauch und Miesmuscheln, dazu einen kühlen Rosé, das war gut, aber es lag schwer im Magen! Und das umso mehr, als sich Max gewöhnlich mit einem Nizzasalat und Mineralwasser begnügte. Hätten sie doch die Frau schon gefunden, dann könnte er jetzt nach Hause gehen und ein Verdauungsschläfchen halten.

Caro trank einen Schluck Limonade, bevor sie antwortete.

»Ja, das heißt, ich habe sie fast immer nur mit den anderen zusammen gesehen. Die beiden Männer, Marcel und mein Mann, sind befreundet.«

»Sie sind eine ganze Clique von Freunden?«

»Ja.«

»Und Sie glauben nicht – nun, die Frage ist etwas heikel –, dass Madeleine mit einem der anderen ...«

Max blickte auf. Diese Alten hatten vielleicht immer eine dreckige Fantasie!

»Soll das ein Witz sein?«, empörte sich Caro. »Jean-Michel Da Costa, der im Claridge arbeitet, ist nicht gerade ein Apoll, man könnte eher sagen der Weingott Bacchus, und Jacky ... Sie glauben doch nicht etwa, dass Jacques, mein Mann ...«

»Nein, nein, natürlich nicht«, protestierte Georges sanft.

»Und was Paulo und Ben betrifft, so dürfte wohl keiner Madeleines Typ sein. Madeleine bevorzugt gut gebaute Männer wie Marcel, und die beiden sind eher von der kümmerlichen Sorte, wenn Sie verstehen, was ich meine.«

»Ich verstehe«, sagte Georges, der die Stunde für gekommen hielt, ins traute Heim zurückzukehren. »Gut, dann wollen wir mal ... Max!«

Max zuckte zusammen und richtete sich auf. Georges erhob sich, Max unterdrückte ein Gähnen und folgte seinem Beispiel.

»Contadini und Lebec sind beide Junggesellen, ist das richtig?«

»Ja, sie arbeiten in der Autowerkstatt Palace.«

»Dort lassen wir unsere Wagen reparieren.«

»Ich weiß.«

»Contadini«, fügte Georges nachdenklich hinzu, »das sagt mir was ... Irgendwo hab ich den Namen schon mal gehört ...«

Caro lächelte den beiden Polizisten höflich zu. Sie hatte noch zwei Kleider fertig zu machen. Max trat stoisch von einem Fuß auf den anderen.

»Gut, dann wollen wir mal, und entschuldigen Sie die Störung«, sagte Georges zum Abschied.

Als sie aus dem Haus traten, schlug ihnen die Hitze entgegen.

Caro blieb noch so lange auf der Schwelle stehen, bis sie um die Straßenecke verschwunden waren. Was mochte nur mit Madeleine passiert sein? Hatte sie vielleicht Selbstmord begangen? Der arme Marcel musste wahnsinnig werden.

Marcel war wahnsinnig. Wie in Trance hatte er seinen Dienst wieder aufgenommen. Unmöglich, Nadja zu erreichen. Madeleine konnte sich nicht in Luft auflösen. Und wenn sie einen Geliebten hatte, hätte sie nicht vor Monaten aufgehört, die Pille zu nehmen. Es musste ihr etwas zugestoßen sein. Aber was?

Schweißgebadet inmitten des Hupkonzerts, sah Marcel die überhitzten Wagen sich in langen Metallbändern vorwärts schieben. Was immer Madeleine widerfahren war, es musste schlimm sein, so schlimm, dass sie nicht einmal den Kindern ein Lebenszeichen gab.

Kein Lebenszeichen.

Marcel spürte einen plötzlichen Schmerz in der Magengrube. Und wenn Madeleine irgendwo tot herumlag? Niedergestreckt von einem Herzinfarkt?

In der Werkstatt war alles ruhig. Paulo und Ben arbeiteten schweigend. Das Radio spielte ganz leise.

Der kleine Mann zog an seiner Zigarette und fummelte an einem verrußten Vergaser herum. *Eine Stunde, um den Backofen vorzuheizen. Vier bis fünf Stunden, um das Fleisch zu braten.* Schade, dass er Fleisch nur roh mochte.

Er würde alles den Hunden geben müssen. Er dachte an das entsetzte Gesicht von Madeleine zurück, an den Zorn, den Vorwurf in ihren Augen, und er lächelte still vor sich hin. Er stellte sich die großen schwarzen Augen von Nadja vor, weit aufgerissen vor Entsetzen, und er lächelte noch deutlicher, sodass der Chef, der eben vorbeikam, sich wunderte:

»Sag mal, erheitert dich die Arbeit derart?«

»Nein, nein, ich musste nur gerade an einen Belgier-Witz denken. Kennen Sie schon den von dem Typen …«

»Geh mir bloß nicht mit deinen blöden Witzen auf die Nerven«, knurrte der Chef.

Eines Tages schweiße ich dir die Arschbacken mit dem Lötkolben zusammen und deine Augen und dein dreckiges Maul dazu.

Sein zornverschleierter Blick nahm zwei Gestalten wahr, die auf die Werkstatt zukamen.

Der alte Georges, halb zerflossen vor Hitze, gefolgt von Max, am Rand der Narkolepsie, steuerten langsam auf sie zu.

»Messieurs … Polizei.«

»Nicht zu übersehen!«, rief Ben lachend.

»Wir hätten da ein paar Fragen« – Georges holte Luft und trocknete sich die Stirn – »was Madeleine Blanc betrifft. Sie wird vermisst.«

»Ja, wir wissen Bescheid.«

Paulo war näher getreten, und beide musterten Georges.

»Routinefrage: Wissen Sie, wo sie ist?«

»Keine Ahnung«, erwiderte Ben und wischte sich die Hände an seinem Blaumann ab.

»Madeleine kennen wir nicht so gut wie Marcel, wir Männer machen nämlich zusammen Karate«, erklärte Paulo.

»Ihres Wissens nach: War sie treu?«, erkundigte sich Georges und senkte dabei die Stimme.

»Bestimmt! Madeleine ist mehr der häusliche Typ, Kirche, Kinder, Küche. Sie dreht sich nie nach anderen Männern um.«

Schnell die Schussrichtung korrigieren.

»He, du vergisst den Schwimmlehrer, dem sie am Strand schöne Augen gemacht hat.«

»Sie hat nur mit ihm rumgeblödelt, das ist alles.«

»Ja, aber seit es mit Marcel nicht mehr klappt ...«

»Ach, hängt bei den beiden der Haussegen schief?«, wollte Georges wissen.

Jetzt den Todesstoß geben.

»Genauer gesagt, sie lassen sich scheiden.«

Seelenruhig füllte Georges mit seiner sauberen Handschrift die Seiten seines Notizbuchs. Blanc und seine Frau verstanden sich also nicht mehr. Und die treue Madeleine ließ sich am Strand anbaggern.

»Kennen Sie den Namen des Schwimmlehrers?«

»Nein«, antworteten die beiden Mechaniker wie aus einem Mund.

Georges stellte noch ein paar weitere Fragen, notierte die Antworten, sah Max an, der vor Müdigkeit schon fast schielte, klappte sein Notizbuch zu und steckte es in seine Tasche.

»So, Messieurs, jetzt lassen wir Sie weiter arbeiten. Contadini ... Ich kenne diesen Namen, nur woher? Haben wir vielleicht gemeinsame Bekannte?«

»Nicht dass ich wüsste.«

»Na ja, ist auch nicht so wichtig. Auf Wiedersehen, Messieurs.«

Georges und Max entfernten sich langsam. Der kleine Mann atmete tief durch. Er wusste sehr genau, woher er ihn kannte, den alten Georges. Selbst noch nach fünfunddreißig Jahren.

Während er mit einem Zahnstocher zwischen den Zähnen bohrte, grübelte Georges nach. Er hatte seinen Bericht fertig geschrieben und Max, der ihm auf die Nerven ging, nach Hause geschickt. Jetzt saß er im Wachraum vor einem Pastis und spielte Karten mit Marron, einem anderen Veteranen. Contadini, der Name ließ ihn an einen Hausbrand denken. Ja, einen Brand. Eine Gewitternacht. Trümmer … Aber wann? Und wo? Und warum? Das Bild von einer zerfetzten Leiche schoss ihm plötzlich durch den Kopf wie ein Blitz. Er sprang auf, stieß sein Glas um. Marron schimpfte:

»Jo, spinnst du, oder was?!«

»Jetzt weiß ich's! Der Brand von La Palombière!«

»Jo, alles in Ordnung?«

»Dort habe ich den Namen gehört, es war der von der Frau!«

»Von welcher Frau? Jetzt beruhige dich erst mal. Und dann erklär's mir.«

»Sie wurde unter den Trümmern gefunden mit ihrem kleinen Sohn, zwei Wochen nach dem Brand. Wir glaubten, sie wären verbrannt. In Wirklichkeit war es ein Kerl.«

»Was, ein Kerl?«

»Ein Kerl, der verbrannt war. Wir wussten nicht, dass es noch einen Keller gab.«

Marron leerte sein Glas in einem Zug.

»Jetzt mal der Reihe nach, ich versteh überhaupt nichts.«

»La Palombière, das war ein Besitz im Esterel, völlig abgelegen. Madame Contadini lebte dort mit ihrem Sohn, einem Jungen von etwa zehn Jahren. Dann war da dieses Gewitter, und der Blitz hat ins Haus eingeschlagen. Alles ausgebrannt. Wir haben verkohlte Knochen gefunden und glaubten, es seien die beiden gewesen. In Wirklichkeit aber hatten sie sich in den Keller geflüchtet, unter die Trümmer.«

»Waren sie tot?«, fragte Marron und unterdrückte ein Gähnen.

»Die Frau war tot. Schädelbruch. Aber der Junge, der lebte noch.«

»Donnerwetter!«

»Du sagst es. Zwei Wochen nach dem Brand kam der Bulldozer, um alles zu planieren, er hat dabei den Keller eingerissen, und man hat sie gefunden. Ich war jung damals. Doch ich erinnere mich noch genau an die Augen des Jungen, Augen, wie du sie noch nie gesehen hast, schlimmer als im Fernsehen.«

»War er denn nicht verhungert?«

»Marron, ich schwöre dir, es stimmt, was ich jetzt sage: Er hat seine Mutter gegessen.«

Marron starrte ihn ungläubig an.

»Was erzählst du da? Hast du zu viel getrunken?«

»Um zu überleben, hat er sie gegessen, verstehst du? Zwei Wochen in totaler Dunkelheit mit der Leiche seiner Mutter, und er halb tot vor Hunger und Kälte. Es war Winter, ich erinnere mich … Aber dann …«

»Aber dann, was?«, fragte Marron, der ganz offensichtlich nicht mehr mitkam.

Georges hatte immer schon zu denjenigen gehört, die sich zu viele Fragen stellten.

»Der Bursche, den ich heute Nachmittag verhört habe, das ist vielleicht dieser Junge, vom Alter her würde es hinkommen.«

»Es ist vielleicht nur derselbe Name. Und der verkohlte Mann, wer war der?«

»Ein Nachbar, wenn ich mich recht entsinne, ein guter Freund der Mutter, so der Junge, du weißt, worauf ich hinauswill. Er hat es nicht mehr aus dem Schlafzimmer geschafft, der Blitz ist durchs Fenster gekommen, und zack bumm!«, schloss Georges mit einer tragischen Geste.

»So ein Blitz ist was Heimtückisches«, stimmte Marron zu. »Gut, spielen wir die Partie nun zu Ende oder nicht?«

»Nein, ich muss nach Hause. Ich glaube, ich habe irgendwo noch die alten Notizbücher aus der Zeit. Ciao, Marron.«

Der alte und gewissenhafte Georges trat hinaus ins milde Dämmerlicht.

KAPITEL 12

Im milden Dämmerlicht legte der kleine Mann den ersten Gang ein und folgte ihm. Der alte Georges hatte an diesem Abend eine Verabredung. Seine letzte.

Georges ging an der Brücke vorbei und bog in die ruhige Straße ein. Es wurde langsam dunkel. Abseits vom belebten Stadtzentrum schien dieses Viertel wie ausgestorben. Der Duft nach Jasmin war wie eine letzte Liebkosung.

Georges hörte das Auto hinter sich bremsen. Er wandte sich um, wie immer bereit, einem Touristen eine Auskunft zu geben. Die Tür öffnete sich, und er beugte sich vor. Die große Schere wurde kraftvoll in seinen Adamsapfel gestoßen. Georges fiel vornüber, und die spitzen Klingen bohrten sich noch tiefer in sein Fleisch. Blut quoll aus seinem Mund auf die Plastikplane, die der kleine Mann auf dem Beifahrersitz ausgebreitet hatte. Er zerrte Georges ins Auto und zog die Tür mit einem kräftigen Schlag zu. Er warf seinen Blouson über den Sterbenden und drehte das Radio auf, um sein Röcheln zu übertönen.

Der alte Georges zuckte mehrmals und gab gurgelnde Laute von sich. Der kleine Mann schlug ihm zwei-, dreimal mit der Faust auf den Kopf, bis die Spitze der Schere im Nacken des alten Polizisten wieder heraustrat. Er rührte sich nicht mehr. Jetzt kam der kritische Teil. Wenn er in eine Polizeikontrolle geriete oder in einen Unfall verwickelt würde, wäre er geliefert. Er fuhr langsam und achtete sorgfältig auf den Verkehr, die Passanten, die Schatten …

Diese dumme Kuh von Madeleine hatte die Aufmerksamkeit auf ihn gelenkt. Jetzt ging es nicht mehr ums Vergnügen, sondern ums Überleben. Und falls man ihn wegen dieses Idioten von Marcel und seinem Ehegespons schnappen sollte, würde er vorher das Gör fertig machen. Er liebte Repressalien.

Zu Hause angekommen, wollte er gerade den alten Georges ausladen, als ihm plötzlich das Blut in den Adern gefror. Vom Gartentor löste sich eine Gestalt und kam auf ihn zu. Marcel! Er durfte sich nicht nähern. Er stieg eilig aus und ging ihm entgegen.

Verdammt, die Schere steckt noch in dem Hals des Alten! Sich devot geben. Beunruhigt und überrascht, ihn mit ausgestreckten Armen begrüßen.

»Was machst du denn hier, Marcel?«

»Ich habe auf dich gewartet. Ich habe die Kinder zu Madeleines Schwester gebracht. Hör zu, ich bin sicher, dass ihr etwas passiert ist.«

Hat dieser Idiot es doch erraten! Die Augen aufreißen als Zeichen der Aufrichtigkeit.

»Aber nein, das bildest du dir nur ein …«

»Du bist der Letzte, der mit ihr gesprochen hat, hat sie dir etwas erzählt?«

Was hätte sie mir schon erzählen sollen?

»Nein, das habe ich dir doch schon gesagt! Los, komm rein, willst du was trinken?«

»Nein, nein, ich bin mit Nadja verabredet. Ich habe keine Zeit.«

»Und wenn Madeleine zurückkommt? Die wird sich freuen, dass du mit Nadja zusammen bist.«

Rums! Das saß!

»Wenn du ihr nichts gesagt hättest, hätte sie es nie erfahren, und sie wäre noch da«, knurrte Marcel.

Überzeugend protestieren.

»Marcel!«

»Halt mich doch nicht für blöd, ich habe nachgedacht und bin sicher, dass du ihr alles erzählt hast. Übrigens warst du ja auch der Einzige, der Bescheid wusste. Du bist ein Drecksack!«

Provozier mich nicht, Junge. Schon gar nicht heute Abend.

»Du spinnst ja.«

Das Thema wechseln.

»Wo triffst du dich mit Nadja?«

»Sie kommt zu mir. Ich will zu Hause sein, falls Madeleine anruft.«

»Und der Kleine? Sitzt der am Fußende?«

Marcel hob drohend die Faust, der kleine Mann zog unterwürfig den Kopf ein.

Rühr mich an, Marcel, rühr mich nur an, und du bist ein toter Mann.

»Entschuldige, war nur so dahingesagt …«

Marcel zuckte die Schultern und ging mit großen Schritten davon. Als er die Grünanlage erreichte, zupfte ihn eine alte Frau am Ärmel; sie trug einen Nylonponcho und schob einen Einkaufswagen voller Tüten vor sich her.

»He.«

»Was? Ach Sie sind es. Ich hab's eilig.«

Marcel kannte sie vom Sehen. Eine alte, schwarze Prostituierte, die auf der Straße lebte. Sie arbeitete in den Kinos. Schnelle, gute Arbeit. Mit ihrer bunten Wollmütze, die sie sommers wie winters trug, ihrem Einkaufswagen und ihrem Poncho war sie stadtbekannt. Letzte Woche hatte er sie aus den Fängen einer Bande aggressiver Herumtreiber befreit, die ihr ans Zeug wollten. Es war das erste Mal, dass er sie wirklich ansah, und er fand sie nicht hässlich. Schöne graue Augen hinter den runden Brillengläsern. Man hätte nie gedacht, dass sie auf den Strich ging. Hinter seinem Rücken schlug die Tür zum Haus des kleinen Mannes zu.

»Haben Sie sich wegen der Dame gestritten?«, flüsterte sie.

»Ja, aber …«

»Er hat gelogen, sie war da, ich habe sie gesehen …«

»Was?«

»Sie ist gestern Nachmittag gekommen. Er war nicht zu Hause. Ich habe auf der Bank in der Grünanlage geschlafen. Und dann bin ich vom Höllenlärm dieses Lastwagens aufgewacht. Da habe ich sie gesehen. Vor dem Fenster.«

»Und dann?«

Unbewusst hatte auch Marcel die Stimme gesenkt. Sie flüsterten in der Dunkelheit.

»Dann ist der Lastwagen vorbeigefahren, und ich habe gesehen, wie sie ins Haus geklettert ist, sie hat eine Scheibe eingeschlagen.«

Das zerbrochene Küchenfenster!

»Ist sie wieder rausgekommen?«

»Ich habe sie nicht herauskommen sehen.«

»Wie sah sie aus?«

»Etwas füllig, blond, mit einem rosafarbenen Bolero.«

»Madeleine! Der Mistkerl!«

In seiner Erregung hatte er ihren Arm ergriffen und schüttelte ihn. Sie machte sich vorsichtig frei. Marcel drehte sich zu dem Haus des kleinen Mannes um, dessen Fenster in der Nacht leuchtete wie das böse Auge einer einäugigen Katze.

»Viel Glück«, flüsterte die Alte, als er sich zum Gehen umwandte.

Sie mochte den kleinen Mann mit seinem Blick, der so kalt war wie Raureif, nicht.

»Danke«, antwortete Marcel automatisch.

Schon war er am Tor, stieß es auf und klingelte an der Tür, bemüht, seine Wut zu beherrschen.

Der kleine Mann öffnete ihm langsam, seine Brillengläser funkelten auf dem schweißglänzenden Gesicht.

»Was ist denn nun schon wieder?«

Noch ehe er ausgesprochen hatte, hatte Marcel ihn zu Boden geworfen und stand jetzt über ihm, bereit, zuzuschlagen.

»Du bist verrückt, du bist verrückt, Marcel!«, protestierte der kleine Mann.

»Du dreckiger Lügner, sie war gestern Nachmittag hier, sie wurde gesehen! Ich schlage dir die Fresse ein!«

»Und woher soll ich wissen, wann sie hier war? Ich war gestern Nachmittag nicht da, ich war in der Werkstatt! Ich war in der Werkstatt, hörst du?«

Marcel, der ihn an der Kehle gepackt hatte, ließ ihn los.

Der kleine Mann rieb sich den Hals. Die Wunde, die ihm Madeleine zugefügt hatte, war wieder aufgeplatzt und blutete. Im Auto lag Georges … Er musste eine glaubhafte Geschichte erfinden, und zwar schnell. Marcels Atem ging heftig, seine Fäuste waren geballt. *Gefahr.*

Plötzlich stürzte Marcel in die Küche. Dem kleinen Mann stockte der Atem, er sprang auf und folgte Marcel, der anklagend vor der zerbrochenen Fensterscheibe stand:

»Und warum ist sie durch das Fenster eingestiegen, warum? Was wollte sie?«

Die breiten Hände wie zum Angriff vorgestreckt, rannte er wieder auf den kleinen Mann zu.

Ist das ein Albtraum oder was?

»Hör zu, Marcel, ich werde es dir erklären.«

Hätte ich nur daran gedacht, das Springmesser einzustecken, ehe ich die Tür geöffnet habe. Das Fleischmesser liegt zwar im Spülbecken, aber dieser Idiot von Marcel steht genau davor. Andererseits, einen Bullen bei mir zu Haus umlegen …

»Ich werde es dir erklären, beruhige dich …«

Etwas erfinden, etwas Gutes, an dem er lange zu beißen hätte.

»Madeleine hatte einen Liebhaber.«

»Lügner!«

Oh, sein Gesicht, nein, dieses Gesicht! Das war köstlich! Schreien:

»Ich schwöre es dir! Ich schwöre es dir, Marcel, schlag mich nicht!«

»Woher weißt du das? Los, raus mit der Sprache!«

»Ich habe ein Foto gefunden, von ihm und ihr. In einem Auto in der Werkstatt, es war hinter der Sonnenblende versteckt.«

»Was sagst du da?«

Geschafft, er geht mir auf den Leim, verdammt, ich bin gut!

»Ich sage dir, dass ich ein Foto von ihm und von ihr gefunden habe, auf dem man sieht, wie sie …«

Marcel spürte, wie ihn eine eigenartige Ruhe überkam.

»Erzähl weiter.«

»Ich habe das Foto genommen. Ich wollte es als Beweis behalten, falls …«

»Warte mal. Madeleine hat mit einem Kunden der Werkstatt geschlafen?«

»Das versuche ich dir schon seit einer Stunde zu erklären!«

»Wer ist es?«

Den Bogen noch etwas weiter spannen.

»Das kann ich dir nicht sagen.«

Marcel packte den kleinen Mann beim Hemdkragen. Ihn überkam glühender Zorn. Nach all den Eifersuchtsszenen, die sie ihm geliefert hatte, ging Madeleine fremd!

»Wer ist es? Das frage ich dich jetzt zum letzten Mal.«

Wer ist es? Mal sehen … Jaaa!

»Ein Bulle, verdammt noch mal, ein Bulle!«

Marcel ließ ihn los.

»Was?«

»Ein Bulle, sage ich! So, bist du jetzt zufrieden?«

Beim Anblick von Marcels verblüfftem Gesicht wäre der kleine Mann beinahe in schallendes Gelächter ausgebrochen. *Mein Gott, war er brillant aus der Sache rausgekommen! Der perfekte Schauspieler!*

»Seinen Namen!«

Das Unschuldslamm spielen.

»Also Marcel, ich weiß nicht, ob …«

»Seinen Namen!«

Hm … aber ja!

»Jeanneaux!«

»Das ist unmöglich! Nicht er!«

Fürsorge.

»Marcel, ist dir nicht gut?«

Marcel hob den Kopf, seine Miene war verstört.

»Wenn du mir irgendwelche Märchen erzählst …«

»Warum sollte ich?«

Warum sollte ich Leute umbringen? Warum solltest du deine Frau betrügen? Warum sollte es Kriege geben?

Marcel schwieg einen Augenblick. Dann deutete er auf das Fenster:

»Und die Scheibe?«

Verdammt noch mal, du bist nicht aus dem Konzept zu bringen, mein kleiner Marcellino!

»Ich denke, sie ist hergekommen, um sich das Foto zu holen. Denn es ist nicht mehr da, wo ich es versteckt hatte. Aber du musst verstehen, dass ich dir das nicht sagen konnte.«

»Und warum hat sie sich jetzt aus dem Staub gemacht?«

»Das weiß ich nicht, sie hat sich mir nicht anvertraut …«

»Und woher wusste sie, dass du es wusstest?«, beharrte Marcel, zutiefst erschüttert.

»Keine Ahnung. Vielleicht hat er ihr gesagt, dass das Foto verschwunden war, und sie hat sich gedacht, dass ich es genommen habe. Auf alle Fälle ist sie neulich nachmittags in die Werkstatt gekommen und hat mir gesagt, ich solle es zurückgeben, sie hat herumgebrüllt und war völlig durchgedreht. Ich habe mich dumm gestellt. Sie ist stinkwütend gegangen. Aber ich wusste nicht, dass sie hierher kommen würde. Als ich gesehen habe, dass das Foto weg war, habe ich verstanden …«

Ich komme um vor Durst. Dieser Kerl trocknet mich aus.

Marcel strich sich übers Gesicht. Der kleine Mann fuhr fort:

»Wann bist du mit Nadja verabredet?«

»Mist, das habe ich ganz vergessen! Wie spät ist es?«

»Fast halb neun Uhr.«

»Ich muss gehen. Jeanneaux, dieser Affe, ich kann's nicht fassen!«

Ich auch nicht. Er ist nicht der Typ, der dein Dickerchen aufreißen würde. Gut, ihm nach dem Mund reden.

»Es tut mir Leid, Marcel …«

»Ach, spar dir deine Tränen.«

Damit wandte sich Marcel ab, ohne den kleinen Mann

noch eines Blickes zu würdigen. Er brummte noch: »Jeanneaux, verdammt!«, dann fiel die Tür ins Schloss.

Der kleine Mann ließ sich wie eine Stoffpuppe auf das Sofa fallen und schüttelte sich vor Lachen.

Georges! Den hätte ich fast vergessen! Er erhob sich, holte seinen großen Seesack oben aus dem Schrank und vergewisserte sich, dass niemand im Garten und auf der Straße war. Marcel war verschwunden. *Und dieser Schwachkopf war die ganze Zeit keinen Meter von seiner Frau entfernt gewesen!*

Der kleine Mann schlich sich schnell zum Lieferwagen, öffnete die Hecktüren und verschwand im Inneren. Fünf Minuten später kam er wieder heraus und schleifte den unförmigen Seesack hinter sich her. Hopp, hopp, hopp, bis zur Tür. Er warf den schweren Sack auf den gefliesten Küchenboden, schloss die Tür zweimal ab und schenkte sich ein großes, eisgekühltes Bier ein. Der Schaum lief ihm übers Kinn, und er trank gierig und genüsslich.

Aber woher konnte Marcel wissen, dass Madeleine hier gewesen war?

Offensichtlich war irgendwas schief gegangen. Der kleine Mann war verärgert. Wie eine scharfe Klinge bohrte sich der Zorn in sein Inneres. Er griff zu der Säge und beugte sich über Georges. Die sollten ihr blaues Wunder erleben! Verbissen machte er sich an die Arbeit. Trotz der Blutspritzer blinzelten seine starren Schlangenaugen nicht ein Mal. Das würde sein ultimatives Meisterwerk werden.

Marcel war nach Hause gelaufen. Nadja erwartete ihn vor der erleuchteten Auslage des Eisenwarenhändlers und schien in die Betrachtung einer Hobbywerkbank versunken. Er legte ihr die Hand auf die Schulter. Sie wandte sich um und schmiegte sich wortlos an ihn. Dann betraten sie das Haus. Marcel spürte ihren weichen, festen Körper, der sich an ihn presste. Die automatische Treppenhausbeleuchtung flammte auf, und sie entfernten sich voneinander. Der Buchhalter aus dem dritten Stock kam ihnen entgegen, grüßte höflich und erkundigte sich nach Madeleine, nicht ohne einige misstrauische Blicke auf Nadja zu werfen, die ihn kühl musterte.

Kaum hatten sie die Wohnung betreten, nahm Marcel Nadja in die Arme und ließ sich in einen Sessel fallen. Sie wollte sich befreien. Er hielt sie fest. Ihre Lippen pressten sich aufeinander, wurden sanfter. Sie küssten sich, bis sie keine Luft mehr bekamen. Dann verkündete Marcel die Neuigkeit:

»Weißt du was, meine Frau hat mich mit meinem Chef betrogen …«

Nadja brach in schallendes Gelächter aus.

»Entschuldige, aber du siehst gerade wirklich aus wie ein Gehörnter!«

Das Schlimmste war, dass sie Recht hatte.

Jeanneaux sah auf seine Uhr. Zeit zum Aufbruch. Er machte das Licht aus und ging die Treppe hinunter. Unten alberten Ramirez und Marron ungestört herum.

»Hallo, Chef!«, rief Ramirez.

»Ja?«

Jean-Jean spielte nervös mit seinen Schlüsseln. Was wollten diese Idioten noch von ihm?

»Chef, kennen Sie den Fall von dem Sohn, der seine Mutter gegessen hat?«

»Ist das ein Ratespiel?«

»Nein, das ist Georges. Er ist wegen dieser Geschichte von der Frau, die von ihrem Sohn gefressen wurde, völlig aus dem Häuschen.«

»Hatte er getrunken?«

»Nein, Chef, wir haben Karten gespielt«, erklärte Marron. »Er hat von einer Villa gesprochen, La Palombière … Vor dreißig Jahren …«

»Nie gehört. Bis morgen.«

»Bis morgen, Chef.«

Jean-Jean trat in die Nacht hinaus. Er ging vor einem Fenster entlang, aus dem es nach Melone duftete. Der Duft der Melone erinnerte ihn an die Sommerabende, wenn er vom Strand kam, erschöpft vom Schwimmen und Laufen, die Haut von getrocknetem Salz überzogen, die Augen gerötet, und die Luft war mild, so mild …

Er hatte keine Lust, nach Hause zu gehen und allein unter seiner 60-Watt-Glühbirne zu Abend zu essen. Er entschloss sich zu einem Kinobesuch. Das war Sommer: Melone, Schweiß und Superhelden. Eine unbestimmte Erregung, die die Stadt vibrieren ließ, die Stadt auf der Jagd nach einem Vergnügen, das sich ihr entzog.

KAPITEL 13

Nadja stand auf und knöpfte ihr leichtes, eng anliegendes, grünes Sommerkleid aus Nylon zu, das ihre gebräunten Schultern zur Geltung brachte. Marcel strich sich automatisch durchs Haar. Er hatte den eigenartigen Eindruck, wieder nüchtern zu werden. Seine Gedanken begannen sich langsam zu ordnen. Er sah Nadja an, und ihm war, als würde ein Schleier vor seinen Augen zerreißen und ihm Zugang zu den wahren Farben der Welt geben.

Madeleine hatte sich immer über seinen Wunsch zu malen lustig gemacht. Und neben ihr hatte er stets das Gefühl gehabt, etwas tollpatschig und naiv, aber ein guter Kerl zu sein. Heute fühlte sich Marcel weder gut noch tollpatschig oder naiv. Er empfand vielmehr eine bislang unbekannte Intensität. Nadja trank ein Glas Wasser und sah ihn über den Rand hinweg an.

»Nun, großer, weißer Mann, was wirst du tun?«

»Ich muss mit Jeannaux reden. Ihn fragen, ob er weiß, wo Madeleine ist, ich habe nicht die Absicht, mich weiter vor meinen Freunden lächerlich machen zu lassen.«

»Und wenn du deine Madeleine gefunden hast? Werdet ihr dann wieder zusammenleben? Und ich kann verschwinden? Ende des Märchens aus Tausendundeiner Nacht?«

»So leicht wirst du mich nicht los. Ich bin nicht nur blöd

und gehörnt, sondern auch ein außerordentlicher Dickschädel.«

Sie lächelte ihn an, streichelte über seinen Schnauzbart.

»Ich muss gehen. Mein Schwiegervater wird sich Sorgen machen. Ich habe ihm gesagt, ich ginge mit einer Freundin ins Kino.«

Marcel erhob sich.

»Also gut, gehen wir.«

23 Uhr. Der kleine Mann hatte seine Arbeit beendet. Er war schweißüberströmt, sein T-Shirt voller purpurroter Flecke, so wie das eines Malers, der mitten in einer Schaffensperiode steckte. Er legte die Säge ins Spülbecken, drehte den Wasserhahn auf und wusch sein Werkzeug sorgfältig ab. Mit dem großen Schwamm entfernte er die Spritzer an den Wänden. Dann zog er sein verschmutztes T-Shirt aus, übergoss es mit Terpentin und zündete es an. Während es in dem weißen Spülbecken verbrannte, sammelte er die Abfälle ein, die er nach und nach sorgfältig auf das Ablaufbrett gelegt hatte, und warf sie in einen großen Müllsack, den er zum Lieferwagen trug, nachdem er sich vorher genau umgesehen hatte. Alles war ruhig. Ein leichter Wind wehte.

Er kam zurück und blieb vor seinem auf dem Tisch ausgestreckten Werk stehen. Großartig! Da stimmte alles: Ästhetik, Sinn, Kreativität, und ein Hauch Verfremdung. Zufrieden schnalzte er mit der Zunge und genehmigte sich eine weitere Dose Bier. Dann schlug er die undurchsichtige Plastikplane über dem Körper zusammen, band sie mit zwei vorbereiteten Gurten fest und brachte das Ganze mit einer Sackkarre zu seinem Lieferwagen. Nicht nötig, sich den Rücken zu verrenken.

Auf einer Bank unter Palmen kauerte die alte Prostituierte und versuchte, sich ganz klein zu machen. Im Laufe der Zeit hatte sie einen sechsten Sinn für Irre entwickelt, und dieser hier war ein Paradebeispiel! Irgendwann drehte sich der kleine Mann in ihre Richtung um, und seine Augen suchten die Dunkelheit ab. Schweißgebadet vergaß sie für einen Moment die ständige Kälte, die sie seit Jahren quälte.

Der kleine Mann legte den ersten Gang ein und verschwand. Zunächst nahm er den Weg zur wilden Müllkippe in den Hügeln. Er öffnete während des Fahrens die Beifahrertür und warf den mit »Abfällen« gefüllten Müllsack hinaus. Der Sack rollte langsam durch das gelbe Gras, ehe er an einem alten, zerfetzten Sessel liegen blieb. Ein Festessen für die Ratten.

Zweiter Halt: Jeanneaux' Wohnung. Mit Hilfe der Zulassung, die dieser Idiot hinter der Sonnenblende aufbewahrte, war es nicht schwierig gewesen, seine Adresse herauszufinden. Vornehmes Wohnviertel, schickes Haus, modern, mit breiten Balkonen, Grünpflanzen, goldenen Klingelknöpfen und einer marmorgefliesten Eingangshalle, die einem Lust machte, auf den Boden zu spucken. Der kleine Mann zog die Schirmmütze tief ins Gesicht, rückte seine Sonnenbrille zurecht, öffnete die Hecktür und lud seine Last aus.

Die Straße war menschenleer.

Ab jetzt war alles eine Frage des Glücks. Er schob die Sackkarre zu der verglasten Eingangstür und suchte den Namen. *Jeanneaux.* Ah, da! Er klingelte zweimal kurz. Aus der Sprechanlage ertönte eine Stimme:

»Ja?«

Der kleine Mann holte tief Luft.

»Chef, ich bin es, Ramirez. Chef, ich muss Sie unbedingt sprechen, es ist dringend.«

»Kann das nicht bis morgen warten?«

»Es ist wegen des Irren, Chef, ich habe Neuigkeiten.«

»Gut, komm rauf!«

Ein langer, aufgebrachter Seufzer mischte sich in das Surren des Türöffners. Ganz einfach, die Stimme dieses Fettklotzes Ramirez zu imitieren. Man brauchte nur seinen Akzent nachzuahmen. Der kleine Mann durchquerte eilig die Halle und schleifte seine Last hinter sich her. Glücklicherweise war der Aufzug bereits da. Die metallenen Türen öffneten sich geräuschlos. Er zerrte den Sack in die Kabine, schnallte die Gurte auf, zog die Plane mit einem Ruck weg und lehnte sein Werk sorgfältig gegen die Rückwand. Das Licht in der Kabine erlosch.

Von oben fragte eine gedämpfte Stimme:

»Wo bleibst du denn?«

»Der Aufzug funktioniert nicht, Chef!«, antwortete der kleine Mann und schlich aus der Kabine.

»Dann komm eben zu Fuß rauf, dritter Stock!«

Der kleine Mann bewegte sich rückwärts zum Ausgang. Er hörte Jeanneaux noch brummen: »Funktioniert nicht, funktioniert nicht, das würde mich wundern …«, und auf den Knopf drücken.

Gehorsam setzte sich der Aufzug in Bewegung und entschwebte anmutig in Richtung Jean-Jean.

Plötzlich hörte der kleine Mann vor dem Haus eine Autotür zuschlagen. Er versteckte sich schnell in der dunklen Kammer mit dem Müllschlucker und ließ die Tür angelehnt.

Dann geschahen mehrere Dinge gleichzeitig:

Die Sprechanlage surrte, gefolgt vom Klicken der sich öffnenden Tür.

Marcel trat ein, eilte zum Aufzug und rannte, als er feststellte, dass dieser besetzt war, die Treppe – zwei Stufen auf einmal nehmend – hinauf.

Die Aufzugtüren öffneten sich in Jean-Jeans Stockwerk. Da sich dieser in seinem lachsfarbenen Morgenmantel über das Geländer beugte, um zu sehen, wo Ramirez blieb, entdeckte er den Inhalt des Aufzugs nicht sofort.

Der kleine Mann war schon draußen und fuhr mit quietschenden Reifen an (soweit dies bei einem altersschwachen Lieferwagen möglich ist), als der halb erstickte Aufschrei ertönte.

Ungläubig starrte Jean-Jean ins Innere der Kabine. Da niemand ein- oder ausstieg, schloss der Aufzug – ein äußerst disziplinierter Mechanismus – seine Türen. Jean-Jean drückte auf den Knopf. Die Türen öffneten sich wieder. Er stellte sich kurz vor, einer der Mitbewohner hätte den Aufzug gerufen und dieses Grauen entdeckt! Er musste das rausziehen.

Er bückte sich und ergriff die Beine, als Marcel außer Atem und kochend vor Wut den Treppenabsatz erreichte.

»Ich muss mit Ihnen reden!«, keuchte er vorwurfsvoll.

Dann blieb er verblüfft stehen. Jean-Jean sah ihn abwesend an. Er schleifte einen Körper an den Beinen aus dem Lift! War jemandem schlecht geworden? Beunruhigt trat Marcel näher.

»Können Sie mir helfen?«, stieß Jean-Jean zwischen den Zähnen hervor.

Marcel nickte verdutzt und ergriff ein Bein. Dann hob er den Blick und sah in die glasigen Augen von Madeleine.

Madeleine, deren Kopf neben dem von Georges auf einen zweigeschlechtlichen Körper genäht war.

Übelkeit stieg in Marcel auf, der Schock traf ihn wie ein Vorschlaghammer mitten in den Magen, und er klappte benommen zusammen wie ein Taschenmesser.

Jean-Jean sah ihn verwundert an. Marcel drehte sich einmal um die eigene Achse, prallte mit der Stirn hart gegen die Wand und sackte in sich zusammen. Mit einer Hand stützte er sich ab, mit der anderen massierte er sich den Magen, unfähig, auch nur einen Ton herauszubringen.

Jean-Jean zog die Leiche aus dem Aufzug und machte sich daran, sie vom Gang in seine Wohnung zu zerren, ehe seine Nachbarn, zwei nette und auf äußerste Höflichkeit bedachte Rentner, ihre Nase zur Tür herausstrecken konnten.

Marcel beobachtete ihn fassungslos.

»Machen Sie die Tür zu«, flüsterte Jean-Jean und richtete sich auf.

Marcel gehorchte automatisch, erhob sich mühsam. Seine Hände zitterten.

»Wollen Sie einen Cognac, Blanc? Alles in Ordnung?«, fragte Jean-Jean, der selbst einigermaßen mitgenommen war.

Ohne eine Antwort abzuwarten, füllte er zwei Gläser bis zum Rand und reichte eines Marcel, der es in einem Zug leer trank.

Jean-Jean riskierte ein Auge auf das Ding. Auf den ersten Blick hatte sich der Mörder nicht gerade verausgabt, er hatte Georges Leiche lediglich rechts als Mann, links als Frau angezogen. Beim Oberkörper Hemd und Jacke in der Mitte durchgeschnitten und mit einem rosafarbenen Bolero auf der anderen Seite vernäht; beim Unterkörper eine halbe Hose und ein halber Zigeunerrock. Und neben dem würdigen Haupt des armen Georges hatte er den ausgebluteten Kopf irgendeines Weibstücks genäht. In gewisser Weise eine fleischliche Darstellung von Yin und Yang. Eine Schere steckte bis zum Heft in Georges Kehle.

Blanc deutete zitternd auf die Frau.

»Er hat sie umgebracht ...«

Der arme Blanc war ganz offensichtlich nicht bei Trost.

»Ja, ich hab's gesehen. Ich lasse jetzt den Mannschaftswagen kommen.«

»Mehr macht Ihnen das nicht aus?«

»Ich hätte Lust zu kotzen, aber ich halte mich zurück. Wollen Sie noch einen?«, fragte Jean-Jean knapp und deutete auf die Cognacflasche.

»Verflucht, Sie sind wirklich unglaublich! Madeleine ist *tot*, und Sie lässt das kalt!«

Jean-Jean bewegte sich vorsichtig rückwärts auf das Telefon zu.

»Sie stehen unter Schock, Blanc, setzen Sie sich doch …«

»Ich will mich nicht setzen«, schrie Marcel. »Sie liegt da, vor meinen Augen, und Sie sagen, ich soll mich setzen, sind Sie krank oder was?!«

»Hören Sie …«, begann Jean-Jean, dann hielt er inne und runzelte die Stirn: »Aber wo steckt eigentlich Ramirez?«

»Ramirez?«, wiederholte Marcel automatisch.

»Er hat geklingelt, ich habe ihm aufgemacht … Verdammt! Er hat die Stimme von Ramirez nachgeahmt! Dieser Dreckskerl kennt meine Adresse, und er kennt Ramirez! Sie sind einige Minuten nach ihm gekommen … Haben Sie niemanden gesehen, Blanc?«

»Wen soll ich gesehen haben?«, fragte Marcel verständnislos.

»Dabei hätten Sie ihm über den Weg laufen müssen!«, murmelte Jean-Jean und sah Marcel misstrauisch an.

Er wählte schnell die Nummer des Reviers. Marcel rührte sich nicht von der Stelle. Madeleine sah in seine Richtung, ein furchtbarer, stummer Vorwurf lag in ihrem Blick. Eigentlich war er nicht traurig, eher betäubt. Und verblüfft. Wie? Warum? Wer? Georges und Madeleine, das war mehr als ein Zufall.

Nachdem er mit dem Dienst habenden Lieutenant gesprochen hatte, hängte Jean-Jean ein.

»Leroy kommt mit dem Mannschaftswagen, dem Arzt und den Männern von der Spurensicherung. Nun sieh sich das einer an«, fügte er hinzu und deutete auf den Körper mit den zwei Köpfen, der auf dem gesprenkelten Marmorboden seines Flurs lag, »das ist einfach widerlich!«

»Schämen Sie sich überhaupt nicht?«, schrie Marcel außer sich.

»Schämen? Wieso schämen? Ich glaube, Sie stehen unter Schock, Blanc …«

»Und Sie? War es für Sie kein Schock? Und ihr, hat ihr das etwa keinen Schock versetzt?«

»Sicherlich, aber ich verstehe nicht ganz …»

Warum, zum Teufel, versteifte sich Blanc derart auf diese Frau?

»Sie haben sie nicht geliebt, für Sie war es nur ein Abenteuer!«, sagte Marcel und vergrub das Gesicht in den Händen.

»Von wem sprechen Sie eigentlich?«

»Von Madeleine, Himmel noch mal! Von meiner Frau, verdammt!«

Jean-Jean runzelte die Stirn.

»Von Ihrer Frau?«

Marcel sprang auf, stürzte sich auf Jean-Jean und packte ihn beim Kragen seines Morgenrocks.

»Machen Sie sich nicht noch über mich lustig! Es ist mir egal, dass Sie mit ihr geschlafen haben, aber das ist kein Grund, sich gegenüber ihrer Leiche respektlos zu verhalten!«

»Ihrer Leiche? Verflucht! Wollen Sie damit sagen, dass diese Frau … Ihre Frau ist?«

»Du Hund!«, tobte Marcel und war bereit zuzuschlagen.

»Blanc, das ist ehrlich kein Witz, ich habe Ihre Frau nie im Leben gesehen, woher sollte ich sie kennen?«

»Nie gesehen? Haben Sie sie mit einem Kopfkissen auf dem Gesicht geb …?«

»Aber ich habe nie … Sie sind ja verrückt«, brüllte Jean-Jean halb erstickt.

Die Türklingel gab einen gedämpften, aber beharrlichen Ton von sich. Marcel ließ Jean-Jean los und rieb sich die Augen, wie um in eine normale Welt zurückzukehren. Er öffnete sie wieder. Alles war unverändert. Die Leiche lag auf dem Boden, Madeleines blondes Haar war wie ein Kranz ausgebreitet. Jean-Jean hatte die Tür geöffnet. Man hörte Schritte auf der Treppe.

Madeleine … wie erbärmlich. Und während er an Madeleine dachte, spürte er noch Nadjas Wärme auf seiner Haut. Das Leben war wirklich grausam. Eine faulige Substanz, die niemals aufhörte, sich zu erneuern, sich vom Tod nährte, um neues Leben hervorzubringen.

Lieutenant Leroy stürmte herein. Er war schweißgebadet und tupfte sich das Gesicht mit einem großen, karierten Taschentuch ab, das Kommissar Maigret würdig gewesen wäre. Hinter ihm kamen zwei Sanitäter, die eine Bahre trugen, und die Männer von der Spurensicherung. Alle blieben wie angewurzelt auf der Schwelle stehen. Einer der Sanitäter konnte den Ausruf nicht unterdrücken:

»O Scheiße! Hast du das gesehen?!«

Der Arzt kam herein, sein Haar war zerzaust, das Gesicht schläfrig.

»Wo ich ausnahmsweise einmal früh im Bett war! Ah, siamesische Zwillinge, mal was anderes! Der Junge hat Fantasie. Ich sage ›der Junge‹, weil ich annehme, dass es sich immer noch um denselben handelt?«

»Ehm, Doktor, hören Sie …«

Jean-Jean zog ihn beiseite.

»Die Frau … der Kopf der Frau da, es ist der Kopf von der Frau des Typen, der da hinten in der Ecke steht, also keine Witze bitte, hm?«

»Verstehe«, flüsterte der Arzt. »Mein Beileid, Monsieur«, fügte er an den verblüfften Marcel gewandt hinzu.

Als er sich neben der Leiche niederkniete, knackten seine alten Knie.

Marcel schenkte sich noch einen Cognac ein.

Jean-Jean hatte sich inzwischen angezogen. Er steckte sein rosafarbenes Hemd in die Jeans und schlüpfte in seine Turnschuhe.

»Gut, Blanc, es hat keinen Sinn hier zu bleiben. Kommen Sie mit, wir fahren ins Büro. Ich will die Akte noch einmal durchgehen. Doktor, ziehen Sie bitte die Tür hinter sich zu. Gott sei Dank, dass meine Frau im Urlaub ist!«

Marcel folgte ihm wortlos. Der Verkehr hatte sich beruhigt. Es war noch warm, aber die Wärme war erträglich, fast angenehm.

Marcel sah sich um, ohne irgendetwas zu erkennen. Alles schien ihm neu. Die Häuser, die Ladenschilder, vor allem die Menschen, fremd, befremdlich, glückliche Bewohner einer friedlichen Welt. Und diese groteske Verwechslung um Madeleines Leiche … Eine Prise Vaudeville im Drama. Warum stritt Jean-Jean die Sache ab? Ob er glaubte, dass es Marcel Kummer bereiten würde? Oder … Der Gedanke durchzuckte ihn wie ein heimtückischer Blitz. Was wusste er schließlich von Jean-Jean? Die Vorstellung, dass er der Mörder sein könnte, war zwar verrückt, aber nicht völlig abwegig. Er musste auf der Hut sein. Er drückte sich heimlich an die Tür und beobachtete aus den Augenwinkeln Jean-Jean, der zügig und schweigend fuhr, eine Zigarette im Mundwinkel.

Auf dem Revier schien alles im Zeitlupentempo abzulaufen. Eine wütende Prostituierte, ein paar kleine Dealer, Formulare, die auszufüllen waren, müde Kommissare, Kaffeebecher, Zigarettenrauch. Die nächtliche Routine.

Ohne zu grüßen, ging Jean-Jean, gefolgt von Marcel, die Treppe hinauf.

»Gut, Sie müssen nicht bleiben, Blanc. Ich weiß, dass Sie einen schweren Schlag erlitten haben. Aber ich hab's im Gefühl, dass wir den Dreckskerl erwischen. Ich hab's im Gefühl.«

»Ich bleibe.«

Als er das sagte, hatte Marcel den Eindruck, in einem guten, alten Western mitzuspielen, und das war irgendwie tröstlich. In der vertrauten Atmosphäre der Büros erschien ihm die Vorstellung, dass Jean-Jean etwas mit dem Mord an Madeleine zu tun hätte, immer grotesker. Da war etwas anderes, jemand, der sie manipulierte, der sie zum Narren hielt.

Jean-Jean reichte ihm einen Teil der Akte, und sie machten sich daran, den Fall zu rekapitulieren.

Der kleine Mann hatte vor seinem Haus geparkt. Reglos, den Blick ins Leere gerichtet, dachte er nach. In der Nähe der Büsche bewegte sich eine Gestalt. Er blendete kurz die Scheinwerfer auf, und der Lichtkegel erfasste die alte Prostituierte mit ihrer Wollmütze. Sie schreckte zusammen und rannte davon wie ein aufgescheuchter Hase. Der kleine Mann lächelte. Dann verfiel er wieder in seine düsteren Träumereien.

Sein Raubtierinstinkt sagte ihm, dass die schönen Tage gezählt waren. Sie waren ihm auf den Fersen, die Jagd auf ihn hatte begonnen. Er spürte, dass er nicht die Aufmerksamkeit auf sich lenken durfte und sich für die Flucht bereithalten musste. Er zog seine Brieftasche aus der Jacke und vergewisserte sich, dass er seine Papiere, sein Scheckheft, die Kreditkarte und das Foto seiner Mutter hatte. Ihr schönes, unbeschadetes Gesicht lächelte ihn an. Zitternd fuhr er mit seinem blut- und ölverschmierten Finger darüber. Wie hübsch sie war, seine Maman.

Viel zu hübsch für ein Schwein wie Pierrot, viel zu hübsch, um mit ihm das Tier mit zwei Köpfen, mit zwei Rücken zu spielen, das böse Tier, das den kleinen Liebling nicht mehr liebte, das böse, hechelnde Tier mit den zwei schweißgebadeten Körpern, den zu tierischen Schreien geöffneten Mündern, der beruhigende Kontakt mit dem Beil, er konnte gut und schnell Holz hacken, er war klein, aber stark, und er würde nie die böse Stimme der Tier-Maman vergessen »Raus mit dir, lass uns in Ruhe! Ich stecke dich ins Internat, ich habe die Nase voll von dir!«, das hässliche Lächeln von Tier-Pierrot, befriedigt, Speichelfäden am Kinn.

O nein, nein, man würde ihn nicht zum Narren halten.

Der Griff des Beils, die langen, schrillen Schreie, übertönt vom ohrenbetäubenden Getöse des Donners, der Tier-Pierrot in Stücken auf dem Bett, die Tier-Maman auf der Flucht – nackt, wie der liebe Gott sie geschaffen hatte –, das Gewitter, der Blitz, die göttliche Strafe, die das Haus traf, die Feuersbrunst, dann die große Dunkelheit, das Dunkel voller schrecklicher Dinge.

Die Nacht schien in das Innere des Wagens einzudringen, drückte auf seine Brust, klebte an seinen Lippen wie feuchtes, schlaffes Fleisch. Ein Geruch der Verwesung streifte seine Nase, seinen Mund, seine verzweifelt aufgerissenen Augen, die nichts mehr wahrnahmen. Plötzlich bewegte sich etwas unter seinen Fingern. Ein Beben, ein unsichtbares Pulsieren, das seine Handflächen kitzelte. Er vernahm seltsame Seufzer, dann wuchsen Beulen unter seinen Fingern. Die Welt war nur noch Tasten und Gestank. Er zitterte vor Kälte und schmiegte sich an die feste und doch weiche Masse, von der keinerlei Wärme mehr ausging. Nur dieses Kitzeln, begleitet von einem saugenden Geräusch. Der kleine Mann hätte losbrüllen wollen. Seine Hände kratzten über die Windschutzscheibe, seine Beine zuckten unter dem Armaturenbrett.

Jemand riss die Wagentür auf, eine Gestalt beugte sich zu ihm herab.

»Monsieur, fehlt Ihnen etwas, Monsieur?«

Der Kopf des kleinen Mannes fuhr in Richtung Stimme herum, seine Sonnenbrille blitzte im Licht der Straßenlaterne, sein verzerrter Mund entblößte all seine Zähne.

Der Passant wollte zurückweichen, doch die Hand des kleinen Mannes beschrieb einen Bogen, und das Messer bohrte sich in seinen Leib und durchstieß das Bauchfell.

Das Letzte, was der Mann sah, war dieses grauenvolle Lächeln und die gelben Zähne, die sich seinem Hals näherten.

Von Blut gesättigt, richtete sich der kleine Mann auf. Er hatte die Kraft seiner Beute getrunken. Er fühlte sich jetzt wieder zum Angriff bereit. Seine Sinne waren geschärft, und so bemerkte er die flüchtige Bewegung zu seiner Linken. Jemand hatte ihn beobachtet, und dieser Jemand versuchte jetzt zu fliehen. Er ließ den Motor an, schlug die Tür zu und ließ die Leiche des Passanten auf dem Bürgersteig zurück.

Die Alte, die alte Hure, sie läuft zur Telefonzelle.

Er fuhr ihr nach. Sie wandte sich um, stieß sicherlich einen Schrei aus, denn er sah, wie sich ihr alter Mund weit öffnete, änderte die Richtung, vorbei an den schlafenden Häusern. Er gab Gas und versperrte ihr den Weg zur Grünanlage.

Ich erwische dich. Du kannst laufen, wie du willst, du entkommst mir nicht. Ich bin so wachsam wie der Tiger, so schnell wie der Wolf, so listig wie der Bär, ich bin der König der Raubtiere.

Die Alte lief mit unsicherem Schritt, sie hatte den Einkaufswagen und all ihre Habe zurückgelassen und hörte nicht auf zu schreien. Fensterläden wurden zugeschlagen. Er war auf ihrer Höhe angelangt, steckte den Kopf durch das geöffnete Fenster, lächelte und fuhr sich genießerisch mit der Zunge über die Lippen. Sie schlug ihm ihre Plastiktüte mit den angefaulten Äpfeln, die sie in der Hand hielt, auf den Kopf.

Sie traf ihn mitten ins Gesicht, für einen Augenblick sah er nichts mehr und verlor die Kontrolle über den Wagen. Sie hatte fest zugeschlagen, und er spürte, wie das Blut aus seiner Nase rann. Dieses alte Miststück! Das würde sie bereuen. Ehe er das Steuer herumreißen konnte, prallte der Lieferwagen gegen ein Halteverbotschild. Wütend legte er den Rückwärtsgang ein. Noch immer schreiend verschwand die Alte um die nächste Straßenecke. Er schaltete und gab Gas. Ein schepperndes Geräusch. Er trat das Gaspedal durch und bog in die Avenue ein: keine Menschenseele. Das alte Aas war verschwunden. Sie würde bestimmt die Polizei rufen. Das Scheppern war unerträglich.

Der kleine Mann hielt an und sprang aus dem Wagen: Die Stoßstange war völlig eingedrückt und hing halb herunter. Er riss sie mit einem kräftigen Ruck ab, schnitt sich dabei die Hand auf, und warf sie in den Wagen. Langsam fuhr er weiter und achtete auf jeden Schatten, jede Seitenstraße, jede Hoftür. Nichts. Die Alte konnte sich überall versteckt haben. Es sah ganz so aus, als wäre sie ihm entwischt …

Ein Lichtstrahl zu seiner Rechten. Laute Stimmen. Er

fuhr näher heran. Eine große Gestalt, die jemanden zur Tür hinauswarf… Durch das geöffnete Fenster drangen Wortfetzen zu ihm herein:

»Wenn ich dich noch mal erwische, dass du im Treppenhaus schläfst! Wir wollen hier keine Clochards, kapiert?!«

Der kleine Mann leckte sich die Lippen. Ein Stück entfernt rappelte sich die Alte auf, rückte ihre Mütze zurecht und versuchte vergeblich, dem großen Schwachkopf, der sie hinausgeworfen hatte, etwas zu erklären. Sie hörte den Lieferwagen. Sie drehte sich nach ihm um. Der große Schwachkopf ging achselzuckend die Stufen der Freitreppe hinauf. Sie stürzte ihm nach, krallte sich an seiner Taille fest. Fluchend versuchte er sie zu Boden zu werfen, doch ihre alten, mageren, knotigen Finger hielten ihn mit aller Kraft fest. Er zögerte, sie zu schlagen. Ein Fenster öffnete sich:

»Ist dieser Lärm nicht bald vorbei?«

»Sie ist verrückt, sie will mich nicht loslassen! Los, Oma, das reicht!«

»Warten Sie, ich hole die Polizei!«

»Na los, Oma, beruhig dich…«

Ohne Vorwarnung stieß sie ihm das Knie in die Weichteile, und er klappte zusammen wie ein Taschenmesser. Sie nutzte die Gelegenheit und rannte ins Haus. Hinter verschiedenen Fenstern ging Licht an. Gebückt setzte der Schwachkopf ihr nach.

Der kleine Mann wartete, mit laufendem Motor wie eine Katze, die auf den Teller ihres Herrn schielt. Der Schwachkopf kam zurück, schob die Alte mit ausgestreckten Armen vor sich her und stieß sie auf den Bürgersteig. Sie versuchte, das Gleichgewicht zu halten, er schubste sie weiter, sie taumelte laut fluchend über die Straße. Diese Gelegenheit durfte er sich nicht entgehen lassen. Der kleine Mann gab Vollgas und steuerte den Lieferwagen direkt auf sie zu. Die alte Frau flog durch die Luft, wie eine von einem launischen Kind weggeworfene Puppe, und schlug hart auf den Bürgersteig auf. Der große Schwachkopf gestikulierte wild, raufte sich die Haare. Der kleine Mann bog schnell nach rechts ab. In der Ferne hörte er eine Sirene.

Als er vor seinem Haus angekommen war, stellte er den Motor ab. Sie würden einen blauen Lieferwagen suchen. Es gab unzählige blaue Lieferwagen. Aber sie würden unweigerlich zu ihm vordringen, langsam wie besessene Würmer – die sie ja auch waren –, die sich durch das faulige Fleisch der »Wahrheit« fressen.

Marcel Blanc, Jeanneaux, die Ärzte, alle würden sie mit ihren Stirnlampen bis auf den Grund seiner Seele blicken wollen, um ihre Würze herauszureißen und sie zu verschlingen.

Er dachte wieder an seine Lieferung, an die Gesichter von Jeanneaux und Marcel. Wenn er sie nur hätte fotografieren, hätte filmen können, um auf dem Videorecorder noch einmal ihren überraschten, entsetzten und verzweifelten Ausdruck zu sehen ... Mord hatte seine Schattenseiten: Man musste das Inkognito wahren.

Etwas weiter auf dem dunklen Bürgersteig zeichnete sich ein heller Fleck ab – ein Körper in weißem Hemd und weißen Shorts, der in der Dunkelheit leuchtete wie ein auf die Erde gefallener Klacks Mondgelee. Er sah ihn nicht einmal. Ein Accessoire. Eine Leiche.

Die Gedanken des kleinen Mannes waren verwirrt. Alles war von Wut überflutet. Seine Finger verwandelten sich in scharfe Rasiermesser und verkrampften sich auf seinen Knien. Er musste sich zwingen, aus dem Lieferwagen auszusteigen und nach Hause zu gehen. Plötzlich kam ihm eine Idee, und er kehrte um.

KAPITEL 14

Marcel legte die dicke Akte auf Jean-Jeans Schreibtisch zurück und trank einen Schluck lauwarmen Kaffee. Madeleine war tot, er trank Kaffee und fand, dass er nicht süß genug war. Das Leben war schon zynisch.

Er richtete den Zeigefinger auf Jeanneaux.

»Der Mörder kennt Sie.«

»Das ist auch meine Meinung«, stimmte dieser zu.

»Er weiß, was wir tun«, fuhr Marcel fort. »Er macht sich über uns lustig, er provoziert uns. Warum? Er weiß genug über Sie, um Ihren Wagen, Ihre Telefonnummer, Ihre Adresse zu kennen …«

»Genau. Und was folgern wir daraus?«

»Ich versuche zu verstehen. Wenn wir der Spur Labore/Lieferwagen folgen, stoßen wir auf zwei Männer, die als Mörder nicht in Frage kommen.«

»Der Kleine von Ihrer Freundin hat Sie vielleicht in die Irre geführt …«

»Vielleicht. Mein Gott, habe ich Kopfschmerzen.«

»Wollen Sie eine Tablette? In Mélanies Schreibtischschublade müsste Aspirin sein.«

»Was soll ich bloß den Kindern sagen?«, murmelte Marcel, während er gedankenverloren die im Kaffeerest aufgelöste Aspirintablette schluckte.

Jean-Jean tat so, als hätte er nichts gehört. Er hatte keine Lust, einen trauernden Witwer zu trösten. Verzweiflungsausbrüche waren ihm immer schon zuwider gewesen.

Das Telefon klingelte und befreite ihn vorübergehend vom Kummer des armen Blanc.

»Hallo? … Wann denn? … Warte!« Er riss ein Blatt von seinem Notizblock ab. »So, noch mal … okay!«

Er legte auf.

»Eine alte Frau ist von einem blauen Renault Express überfahren worden. Der Mann, der uns verständigt hat, behauptet, der Wagen wäre absichtlich und geradewegs auf die Alte zugesteuert. Wir müssen hinfahren.«

Er schnallte seine Pistolentasche um und schlüpfte in eine leichte Windjacke. Marcel folgte ihm. An einem anderen Abend wäre er außer sich vor Freude gewesen, bei einer Ermittlung dabei zu sein. Jetzt kam ihm das ganz normal vor. Er dachte an Nadja, die nicht wusste, dass Madeleine …

Sie waren schnell vor Ort. Eine alte Frau lag auf der Straße, ihr Schädel war zertrümmert. Ein Hüne mit einem dümmlichen Gesichtsausdruck entschuldigte sich immer wieder:

»Wenn ich das geahnt hätte, hätte ich sie nicht rausgeworfen, mein Gott, wenn ich das geahnt hätte …«

Jean-Jean klopfte ihm auf die Schulter:

»Capitaine Jeanneaux. Können Sie mir sagen, was passiert ist?«

Marcel ging zu der Leiche. Die zweite – oder besser gesagt, die dritte? – an diesem Tag … Aber die Kriminaltechniker, die die Wagenspuren aufnahmen, baten ihn, zur Seite zu treten. Er konnte nur einen kurzen Blick auf ein weißes Laken werfen, das über eine eigenartig eckige Gestalt geworfen war, und ging zu Jeanneaux zurück.

»Die Sache ist mir ein Rätsel«, meinte dieser. »Die Alte hat versucht, im Treppenhaus zu schlafen. Der Concierge hat sie rausgeworfen, sie haben sich fast geprügelt, und plötzlich ist ein Lieferwagen auf sie zugefahren und hat sie überfahren. Sie war sofort tot! Das sagen alle Zeugen übereinstimmend aus.«

»Wenn das unser Mann war, ist er verrückt geworden«, murmelte Marcel besorgt.

»Glauben Sie nicht, dass er das sowieso schon ist?«, knurrte Jean-Jean und zündete sich seine letzte Zigarette an.

Die Sanitäter schoben die Leiche in einen grauen Plastiksack. Das zuckende Blaulicht verlieh dem Geschehen etwas Gespenstisches.

Marcel und Jean-Jean gingen langsam nebeneinander her. Jean-Jean rauchte. Plötzlich blieb Marcel stehen.

»Wenn er Georges umgebracht hat, dann deshalb, weil dieser etwas herausgefunden hatte.«

»Georges? Der war nicht mal in der Lage, das Schlüsselloch zu finden.«

»Hören Sie, wir haben es mit einem Burschen zu tun, der höchstwahrscheinlich in einem Labor gearbeitet hat, und zwar in einem Labor, in dem Vivisektionen durchgeführt wurden. Dieser Typ hatte Kontakt zu Martin. Er hat Martin umgebracht, weil er uns zu ihm hätte führen können. Und Georges hat er aus demselben Grund umgebracht. Weil Georges herausgefunden hat, dass er Madeleine ermordet hat.«

»Und warum sollte er Madeleine ermordet haben?«

»Weil er vielleicht ihr Liebhaber war?« Diese Frage hatte sich Marcel gerade gestellt.

»Blanc, Sie sprechen von Ihrer Frau!«, protestierte Jean-Jean wenig überzeugend.

Marcel verzog das Gesicht.

»Sparen Sie sich Ihr Theater!«

»Blanc, Sie gehen mir langsam auf die Nerven«, schrie Jeanneaux.

»Ich sollte Ihnen eins in die Fresse geben«, entgegnete Marcel, als würde er eine Tatsache feststellen.

»Sie sind ja total verrückt!«

In diesem Augenblick kam ein Polizist zu ihnen. Er rollte etwas in den Händen. Jean-Jean brüllte ihn an:

»Was?«

»Der Krankenwagen ist fertig, mon Capitaine. Können wir dann auch gehen?«

»Ja.«

Der Polizist reichte Jean-Jean eine gestreifte Wollmütze.

»Die lag auf der Straße.«

Marcel stieß Jean-Jean zur Seite und rannte zum Wagen.

»Schnell, Chef, schnell!«

»Was ist denn mit Ihnen los?«

»Schnell, ich glaube, wir haben ihn!«

Jean-Jean zögerte kurz, lief dann aber hinter Marcel her, der sich ans Steuer des Wagens gesetzt hatte.

»Die Schlüssel!«

Jean-Jean warf sie ihm zu. Marcel ließ den Wagen an und fuhr, kaum dass Jean-Jean eingestiegen war, mit Vollgas an.

Gedankenfetzen jagten durch seinen Kopf, während er mit durchgetretenem Gaspedal zur Grünanlage raste. Die gestreifte Mütze der Alten, die ihm erzählt hatte, dass sie Madeleine in Paulos Haus hatte einsteigen sehen! Paulo, dieses Monster! Paulo mit seinem Fuchslächeln und seinen Raubtieraugen. Paulo, du Hurensohn, wenn das stimmt, werde ich es dir austreiben … Ja, was denn eigentlich? Menschen zu töten, um sie anders zusammenzunähen? Marcel bremste scharf. Sie waren da.

Gleichgültig gegenüber den Stößen des Wagens, hatte Jean-Jean, den Ellenbogen im geöffneten Fenster, schweigend geraucht. Er schnippte den Zigarettenstummel aus dem Fenster und wandte sich an Marcel.

»Also, Blanc? Ich erwarte eine Erklärung.«

»Er wohnt gleich dahinten.«

»Etwas genauer, bitte.«

»Das ist ein bisschen schwierig.«

Etwa zehn Meter vom Zaun entfernt hielt Marcel vorsichtig und mit ausgeschalteten Scheinwerfern an. Der Lieferwagen war nicht zu sehen.

»Haben Sie eine Pistole für mich?«, fragte er Jean-Jean.

»Im Handschuhfach, aber ich …«

»Okay, gehen wir.«

Ehe Jean-Jean protestieren konnte, öffnete er lautlos seine Tür und stieg aus. Dieser hatte keine andere Wahl, als ihm zu folgen. Marcel wollte das alte Tor aufstoßen: abgeschlossen. Sie kletterten darüber und schlichen gebückt zur Eingangstür. Jean-Jean sah schon, wie man ihm seine Dienstmarke abnehmen würde. Marcel beugte sich zu ihm und flüsterte:

»Ich gehe auf die Rückseite. Wir zählen bis zehn, dann gehen wir rein.«

»Blanc, wenn das schief geht …«

»Vertrauen Sie mir doch ein einziges Mal, verdammt!«

Ohne Jean-Jeans Antwort abzuwarten, lief Marcel zum Küchenfenster. Sein Herz schlug zum Zerspringen. Im ganzen Haus war es dunkel. Er zählte bis zehn, schob die Hand durch die zerbrochene Scheibe und drehte den Griff des Fensters. Es öffnete sich. Jean-Jeans Stimme ertönte:

»Polizei! Sofort aufmachen!«

Keine Antwort. Marcel bewegte sich lautlos über den klebrigen Küchenboden. Klebrig? Der Schweiß rann ihm in die Augen, doch er wagte nicht, sich die Stirn abzuwischen. Das Geräusch einer auffliegenden Tür. Marcel zuckte zusammen. Im Strahl der Taschenlampe tanzten Staubflocken. Marcel ging zur Tür. Ein Geräusch im Wohnzimmer. Halblaut rief er:

»Chef?«

»Ja.«

Jean-Jean ließ den Strahl seiner Taschenlampe durch das Wohnzimmer gleiten. Es war leer. Marcel und Jeanneaux schlichen zum Bad. Die Tür war weit geöffnet, doch es war niemand drin. Blieb das Schlafzimmer. Marcel gab Jean-Jean Deckung, während dieser die Tür mit dem Fuß auftrat. Nichts. Das Haus war leer.

Jean-Jean steckte seine Waffe wieder ein.

»Gut, und wenn Sie jetzt mal deutlicher würden? Wo sind wir hier?«

»Er hat sich aus dem Staub gemacht. Wir müssen ihn finden, er hat Madeleine getötet.«

»Woher wissen Sie das?«

Marcel stieß einen tiefen Seufzer aus.

»Er ist ein Freund von mir. Heute Nachmittag war ich bei ihm, um zu fragen, ob er Madeleine gesehen hätte. Er hat Nein gesagt. Wir sind aneinander geraten. Als ich gegangen bin, hat mich eine alte Pennerin angesprochen. Sie hat mir erzählt, dass Madeleine gestern hier war und durchs Küchenfenster eingestiegen ist. Ich bin zurückgegangen. Er hat mir gesagt, er hätte gelogen, um Madeleine zu decken. Dass sie ohne sein Wissen hier war, um Fotos zu holen.«

»Welche Art Fotos?«

»Was glauben Sie? Fotos von ihr und ihrem Liebhaber.«

»Kennen Sie den Liebhaber?«

»Ja.«

»Wer ist es?«

»Sie.«

Jean-Jean erstarrte.

»Dieser Kerl hat Ihnen erzählt, dass ich und Ihre Frau …«

»Ja.«

»Und Sie haben ihm geglaubt?«

»Ja.«

»Und was hat Sie Ihre Meinung ändern lassen?«

»Die Alte. Sie war es, die überfahren worden ist.«

»Verdammt!«

»Sie hat sich heute Nachmittag hier in der Nähe aufgehalten, und jetzt ist sie tot. Madeleine ist hier gewesen, und sie ist tot. Georges war in der Werkstatt, und er ist tot.«

»In der Werkstatt? Wollen Sie damit sagen, dass wir hier bei einem Mechaniker der Autowerkstatt Palace sind?«

»Genau.«

»Darum wusste unser Mörder so gut über mich Bescheid!«

»Und er hat einen blauen Renault Express.«

»Sein Name?«

»Paulo, Paul Contadini.«

»Die Automarke!«, rief Jean-Jean und schlug sich an die Stirn.

»Was?«

»Der Clochard, den Costello gestern mitgebracht hat, hat erzählt, er hätte früher mit einem Sadisten zusammengearbeitet, der einen Namen wie eine Automarke hatte: Contadini! Ich lasse ihn zur Fahndung durchgeben.«

Jean-Jean zog auf der Stelle sein Funkgerät aus der Tasche und übermittelte die Personenbeschreibung von Paulo und die Anweisung, Sperren an den Ausgangsstraßen der Stadt zu errichten.

»Wir wissen nicht, wie viel Vorsprung er hat. Was meinen Sie, Blanc?«

»Die Alte ist gegen ein Uhr gestorben ... Jetzt ist es fast zwei Uhr ...«

»Sie kennen ihn. Wohin könnte er gegangen sein?«

»Ich weiß nicht.«

Plötzlich erfasste ein dumpfes Angstgefühl Marcel. Nadjas Bild tauchte vor ihm auf, dann das von Momo. Momo in der Röhre eingesperrt. Von dem Typen mit dem Lieferwagen. Von Paulo. Eilig wählte er eine Nummer.

»Was machen Sie da?«

»Ich muss jemanden anrufen.«

Nadjas Anschluss klingelte unendlich lange, ohne dass jemand antwortete. Marcel legte mit zitternden Händen auf.

Er setzte Jean-Jean mit knappen Worten in Kenntnis. Der nickte und lief, gefolgt von Marcel, zum Wagen und fuhr los. Marcel schloss die Augen und ließ sich mit zusammengebissenen Zähnen den lauen Wind ins Gesicht wehen.

Jean-Jean bremste vor Nadjas Haus. Marcel sprang mit gezogener Waffe aus dem Auto. Zwei Stufen auf einmal nehmend, rannte er die Treppe hinauf. Er klingelte. Keine Antwort. Dann bemerkte er, dass die Tür nur angelehnt war. Ein Schauder lief ihm über den Rücken. Er erinnerte sich an die angelehnte Wohnungstür des Übergewichtigen. Das blutbesudelte Zimmer.

Außer Atem hatte Jean-Jean ihn eingeholt. Marcel deutete mit dem Kinn auf die Tür. Jean-Jean drückte ihm kurz die Schulter. Dann stellte er sich, die Beine leicht gespreizt, in Schießposition und stieß die Tür auf. Das Zimmer war leer. Die Teegläser auf dem niedrigen Tisch waren umgefallen.

Kein Laut war zu hören. Kein Atemgeräusch. Kein Schnarchen. Marcel trat in den zweiten Raum. Der Tod, der Tod war da. Das Schlafzimmer einer Frau. Das Bett war zerwühlt, aber leer. Marcels Finger krampften sich um den Kolben seiner Waffe. Irgendwo im Haus hörte jemand Rap. Im Hof sprang knatternd ein Moped an.

Eine weiße, angelehnte Tür, an der ein Foto des schlafenden Momo hing. Jean-Jean wollte sie aufdrücken. Sie gab nicht nach. Er versuchte es noch einmal. Langsam, so wie ein Blatt vom Baum fällt, sank eine Hand in den Türspalt. Eine alte, braune Hand mit schwieligen Fingern und kurz geschnittenen Nägeln.

Marcel stürzte hin. Der Körper des alten Arabers blockierte die Tür. Aus seiner durchschnittenen Kehle war das Blut gespritzt. Ein fast schon vertrauter Anblick. Das Kinderbett war leer. Das Zimmer war verwüstet, die Metallkugeln eines Boule-Spiels waren in alle Richtungen gerollt. Marcel drehte sich um. Sein Herzschlag stockte. Am Fuß des Bettes lag Nadja auf dem Bauch. Bevor Jean-Jean eingreifen konnte, hatte er sie umgedreht. Geschlossene Augen, leicht geöffnete Lippen, ein großes Hämatom an der Schläfe, Blut an den Händen. Er legte die Hand auf ihr Herz.

»Sie lebt.«

Seine Finger tasteten nach dem Ursprung des Bluts. Eine Wunde am Hinterkopf.

Jean-Jean war schon am Telefon. Marcel hörte ihn sprechen, kurze Sätze, die er schon hundert Mal gehört hatte.

Nadja öffnete die Augen. Ihr Blick schien über die Gegenstände zu irren, ohne sie zu erkennen, wurde dann langsam klarer. Marcel!

»Marcel!«

»Der Krankenwagen ist gleich da.«

»Er hat Momo mitgenommen.«

»Wir kümmern uns darum. Mach dir keine Sorgen.«

Nadja versuchte sich aufzurichten.

»Bleib liegen.«

»Ich habe nichts«, protestierte sie. »Er hat … er hat Ahmad getötet! Er hat ihn getötet und Momo mitgenommen!«

Marcel hob eine der blutverklebten Boule-Kugeln auf; die weit geöffneten Augen des Alten starrten ihn an, er drückte sie sanft zu. Nadja, die sich hingesetzt und an das Bett gelehnt hatte, versuchte aufzustehen.

Marcel half ihr und nahm sie in die Arme. Jean-Jean sah sie schweigend an. Dann deutete er auf den Alten und fragte:

»Was ist geschehen?«

»Ich bin aufgewacht, weil ich Lärm gehört habe, dann einen Schrei. Ich bin in Momos Zimmer gelaufen. Da war dieser Mann, er hatte Momo am Hals gepackt, und Ahmad versuchte, ihn wegzureißen; dann hat er den Arm gehoben, und Ahmad ist zusammengebrochen, das Blut ist durchs Zimmer gespritzt, ich habe mich auf ihn gestürzt, auf ihn eingeschlagen, dabei hat er sein Rasiermesser losgelassen. Ich habe mich über meinen Schwiegervater gebeugt und einen Schlag auf den Hinterkopf bekommen, dann weiß ich nichts mehr. Der arme Ahmad, er hat geschrien: ›Lass mein Kind, lass ihn!‹. Er wird ihn umbringen, nicht wahr? Er wird Momo umbringen …«

Marcel dachte an Ahmad, der sich mit durchgeschnittener Kehle zur Tür geschleppt hatte, um den Mann zurückzuhalten, der seinen Enkel mitnahm. Doch die Tür hatte sich für immer hinter seiner Verzweiflung geschlossen.

»Warum hat er nicht mich getötet?«, schrie Nadja.

»Damit du leidest«, antwortete Marcel, »damit du daran krepierst.«

Jean-Jean kratzte sich am Kopf.

»Georges hat etwas über diesen Paulo herausgefunden.

Er hat mit Marron darüber gesprochen. Wir müssen ins Archiv.«

»Vor allem müssen wir ihn finden.«

»Vielleicht gibt es dort etwas, das uns auf die richtige Spur bringt. Wenn er den Jungen entführt hat, dann, um ihn als Faustpfand zu benutzen.«

»Er weiß, dass er erledigt ist. Er hat nichts mehr zu verlieren«, gab Marcel zu bedenken.

»Niemand gibt sich gern geschlagen. Kommen Sie dann nach.«

Um diese Zeit war das Archiv wie ausgestorben. Jean-Jean konnte in aller Seelenruhe die Tür aufbrechen.

C ... Compaux, Consigli, Constand, Contadini ... Die Akte bestand aus einem dünnen blassblauen Hängeordner. Er öffnete sie, las die vergilbten Seiten und schloss sie wieder. Jetzt hatte er verstanden. Der arme Georges war Opfer seines allzu guten Gedächtnisses geworden.

Ein Geräusch auf der Treppe. Marcel erschien, gefolgt von Nadja, die einen provisorischen Kopfverband hatte.

»Und?«

Wortlos reichte ihm Jean-Jean die Akte. Marcel und Nadja überflogen sie. Es war schwer gewesen, die Aussage des Jungen zu bekommen, er hatte unter Schock gestanden, geknurrt und versucht, jeden zu beißen, der sich ihm näherte. Man hatte ihn in die Psychiatrie eingewiesen, und der Therapeut hatte Wahnzustände diagnostiziert.

»Der Liebhaber der Mutter wurde vom Blitz erschlagen?«, wunderte sich Nadja.

»So was kommt vor«, bemerkte Jean-Jean, »aber es war sicher nicht der Blitz, der die Axt ins Zimmer gebracht hat! Mein Gott, welcher Idiot hat sich bloß mit diesem Fall beschäftigt?«

Marcel überflog das Protokoll: Man hatte tatsächlich die Reste eines halb geschmolzenen Beils neben dem Skelett des Mannes gefunden. Er gab Jean-Jean die Akte zurück.

»Glauben Sie, dass …?«

»Ich weiß nicht. Ein Mann, eine Frau, ein Kind. Der Mann stirbt, die Frau stirbt, das Kind überlebt, indem es seine eigene Mutter frisst … Und es liegt ein Beil neben dem Bett. Eine Gewitternacht.«

»Wie in einem Horrorfilm«, sagte Nadja.

»Der Vorteil eines Horrorfilms ist, dass er von begrenzter Dauer ist.«

»Dieses abgebrannte Haus, steht davon noch irgendwas?«, fragte Marcel plötzlich.

»La Palombière? Ich weiß nicht. Am besten fahren wir hin und sehen nach. Ich habe die Adresse aufgeschrieben. Bis jetzt wurde unser Mann noch nirgendwo gesehen.«

»Er hat sich abgesetzt, bevor die Straßensperren errichtet wurden.«

»Ich weiß nicht, ob es nicht besser wäre, wenn Sie hier blieben«, meinte Jean-Jean an Nadja gewandt.

»Lassen Sie mich mitkommen. Wenn Momo sterben muss, will ich da sein. Geben Sie mir eine Chance, ihn zu retten.«

Jean-Jean zuckte die Achseln. Er nahm den Telefonhörer ab.

»Schick mir Costello und Ramirez. Sie sollen zum Tanneron kommen. 65, Chemin des Grenouillers, Villa La Palombière. Nein, kein Mannschaftswagen. Sie sollen diskret vorgehen. Keine Scheinwerfer, hundert Meter vorher anhalten.«

Er legte auf und drehte sich zu Marcel und Nadja um.

»Also, gehen wir?«

KAPITEL 15

Die Nacht war lau und duftend wie eine Rosenblüte, heiß und zart wie eine Liebkosung.

Für Momo aber war die Nacht eine brennende Wunde. Der kleine Mann hielt ihn fest an sich gepresst. Er hatte den Arm um seinen Hals gelegt und erstickte ihn fast. Momos Füße berührten kaum den Boden. Sein kleines Herz pochte unter seiner Pyjamajacke. Er musste schrecklich nötig Pipi machen und fürchtete, sich nicht mehr lange beherrschen zu können.

Der Mann hatte ihn aufs Land gebracht. Dort war es dunkel, kein Mond, keine Vögel, ganz anders als im Fernsehen. Das unablässige Zirpen der Zikaden machte ihm Angst, es klang, als hielte sich ein Heer von Menschenfressern in den Bäumen verborgen und wetzte die langen Messer.

Der Irre hatte ihn aus dem Lieferwagen gezerrt, und das Gras war gegen seine Waden geschlagen. Jetzt hielten sie sich hinter der verfallenen Mauer einer Ruine versteckt. Die raue Stimme einer Kröte ertönte ganz nah an seinem Ohr, und Momo fröstelte bei der Vorstellung, dass die schleimige Zunge seine Füße leckte.

Der kleine Mann brummte etwas Unverständliches. Obwohl es stockfinster war, hatte er seine Sonnenbrille nicht abgenommen. In seiner rechten Hand blitzte die Klinge des Rasiermessers, das seinem Großvater die Kehle durchgeschnitten hatte. Beim Gedanken an ihn wäre er fast in Tränen ausgebrochen. Er war gestorben wie in einer Fernsehserie – laut schreiend und mit verdrehten Augen.

Jetzt musste er aber wirklich Pipi machen.

»Ich muss mal«, sagte er deutlich.

Der Mann verstärkte den Druck um seinen Hals.

»Sei still!«

»Aber ich kann nicht mehr.«

»Ich muss auch Pipi machen«, sagte der kleine Mann plötzlich mit einer sonderbar kindlichen Stimme.

Er ließ Momo los, der sich den Hals rieb. Der kleine Mann hockte sich hin und fing an, wie eine Ente zu watscheln.

»Paolo muss auch Pipi machen, aber er hat Angst im Dunkeln.«

»Ich habe auch Angst im Dunkeln«, sagte Momo freundlich.

Vielleicht war der Monsieur verrückt wie die Verrückten in den Videofilmen bei seinem Freund Eric. Momo wusste, dass man ganz nett mit ihnen reden und so tun musste, als merke man nicht, dass sie verrückt waren.

»Du bist noch nie im Dunkeln, im wirklichen Dunkeln gewesen«, entgegnete der kleine Mann zornig, und das Rasiermesser blitzte in seiner Hand.

»Nein, nie. Bin ich nie gewesen. Das muss Angst machen … Man soll nie ins Dunkel gehen.«

»Schnauze, kleiner Schwachkopf! Das Dunkel ist voller Zähne, Zähne, die an dir kauen, die dich fressen, die deine Knochen abnagen …«

Momo fühlte, dass er kraftlos wurde. Er musste auf der

Stelle Pipi machen. Zu spät. Schon lief es warm seine dunklen Beine hinunter. Der kleine Mann hatte seine Jeans aufgeknöpft und erleichterte sich an der Mauer. Ganz in der Ferne war ein Auto zu hören. Der kleine Mann knöpfte seine Hose rasch wieder zu, packte Momo am Hals, zog ihn an sich.

»Du hast dich voll gepinkelt, kleines Schwein.«

»Pardon, Monsieur, Pardon.«

»Das nächste Mal schneide ich ihn dir ab, hörst du?«

»Ich tu's nie wieder … ganz bestimmt nie wieder!«

»Sei still, verdammt!«

Der kleine Mann schlug ihm mit der Faust auf den Kopf. Ungewollt kamen Momo die Tränen. Er sah die traurigen Augen von seinem Großvater und das rote Blut, das überall floss. Wenn er groß war, würde er ein Gewehr nehmen und den kleinen Mann erschießen. Ja, er würde ihn mit aller Kraft tot machen.

Der Wagen kam näher. Der kleine Mann fing an, mit den Zähnen zu knirschen, das machte ein komisches Geräusch im Dunkeln, ein Geräusch, das gar nicht lustig war.

Jean-Jean stellte den Motor ab und schaltete die Scheinwerfer aus. Ein Windstoß bewegte die Zweige der Olivenbäume am Straßenrand. Der Gesang der Zikaden erinnerte Marcel an das Picknick vom letzten Sonntag. Wie lang das schon zurücklag! Nadja saß auf dem Rücksitz und sagte nichts. Marcel drehte sich zu Jean-Jean um.

»Was machen wir?«

»Erst mal sehen wir nach, ob sein Wagen da ist. Wir müssen sehr, sehr behutsam vorgehen. Er hat den Kleinen dabei.«

»Das wissen wir, danke!«, unterbrach ihn Nadja.

Jean-Jean sah sie verwundert an. War es etwa sein Sohn, der so blöd gewesen war, sich von einem Irren entführen zu lassen?

»Warum fordern Sie keine Verstärkung an?«, fragte sie. »Eine Spezialeinheit, oder so was.«

»Wenn der Bursche in Panik gerät, ist Ihr Sohn tot, verstanden? Also lassen Sie uns die Sache auf unsere Weise regeln.«

Marcel war lautlos aus dem Wagen gestiegen, den Revolver in der Hand. Jean-Jean folgte ihm.

»Rühren Sie sich nicht von der Stelle«, flüsterte er Nadja zu.

Sie nickte stumm, das Gesicht angespannt.

Vorsichtig schlichen sie vorwärts, passten auf, nicht auf knackende Äste zu treten, und lauschten auf die nächtlichen Geräusche.

Hinter ihnen hielt ein Fahrzeug an.

»Ramirez und Costello«, murmelte Jean-Jean.

Sie blieben unter einer Zypresse stehen. Marcel lauschte ins Dunkel. Rasche Schritte. Der keuchende Ramirez, gefolgt vom schmächtigen Costello, tauchte ganz in der Nähe auf.

»Was ist los?«, fragte Ramirez.

»Pst!«, machte Jean-Jean und fasste die Situation kurz zusammen.

»Wir hätten die Gendarmerie einschalten sollen«, meinte Costello.

»Ramirez, du passt auf die Wagen auf«, befahl Jeanneaux, ohne zu antworten. »Du rührst dich nicht von der Stelle. Blanc, Sie kommen mit. Costello, du gibst uns aus zwanzig Schritt Entfernung Deckung. Wenn wir an der Ruine angekommen sind, nimmst du das Megafon. Und bringst dich in Sicherheit. Blanc, wir gehen.«

Ramirez bedachte Marcel mit einem missgünstigen Blick. Seit wann liefen die Uniformierten mit gezückter Knarre neben den oberen Dienstgraden her? Und er, was sollte er tun? Den Verkehr regeln auf dieser gottverlassenen Straße?

Die Lichter der Stadt glänzten unter den sich türmenden Wolken. Donnerdröhnen hinter den Bergen. Der Wind wurde stärker. Blätter wurden über den Boden gefegt. Marcel und Jean-Jean schlichen an der Umfriedungsmauer des Anwesens entlang. Erneutes Donnerdröhnen, diesmal näher, und ein gewaltiger Blitz zerteilte den Himmel über dem Meer. Die Luft roch nach Regen. Das Gewitter war nah.

In wenigen Metern Entfernung erhob sich die Ruine der abgebrannten Villa. Unter einer großen Platane stand ein blauer Lieferwagen. Marcel sah ihn erst, als er schon dagegengelaufen war. Er war leer.

Costello war unruhig. Er fühlte sich nicht wohl auf dem Land. Viel zu ruhig. Er brauchte den Lärm der Großstadt, starken Espresso, Auspuffgase. Für ihn war das Land wie ein Versteck auf einem Friedhof. Fast rechnete er damit, einen Vampir aus dem Dunkel auftauchen zu sehen, gefolgt von einer Horde bleicher und gieriger Gestalten. Außerdem hatte er solchen Durst, dass ihm der Hals beim Schlucken wehtat. Er trat auf einen kleinen Zweig, der ein unheimliches Knacken von sich gab. Sehnsüchtig beschwor er den Geruch von Asphalt herauf, der in der Mittagshitze schmolz.

Der kleine Mann schwitzte fürchterlich. Momo ekelte sich vor dem starken, säuerlichen Schweißgeruch. Er hatte Durst, hatte Hunger, hatte Angst. Der kleine Mann knirschte nicht mehr mit den Zähnen, dafür atmete er schwer und schnell, und Momo fühlte, wie sein Herz unter der Haut schlug. Und er wünschte mit aller Macht: Der Polizist wird kommen und ihn töten. Der Polizist wird kommen und ihn töten … Er stellte sich den kleinen Mann vor, zertrampelt unter Marcels riesigem Schuh, geschmolzen wie ein Ungeheuer in einem Comic, verwandelt in giftgrünes Gelee. Und dieser Gedanke tröstete ihn ein wenig.

Der kleine Mann bewegte sich einen halben Meter weiter und zog Momo mit. Eine Öffnung in der verfallenen Mauer gewährte einen Ausblick auf die Umgebung des Anwesens. Der Wind wehte in kurzen Böen, heulte auf und schüttelte die Baumkronen.

Was für ein Glück, dass Wind aufgekommen war, dachte Marcel und schlich gebeugt, Schritt für Schritt, voran. Bei dem Lärm, den er macht, kann Paulo uns nicht hören. Jean-Jean war hinter einer Mauerecke verschwunden. Marcel kam an einem halb verkohlten Briefkasten vorbei, auf dem noch *La Palom …* zu erkennen war. Die nächsten Häuser waren mindestens fünfhundert Meter entfernt. Ein Blitz erleuchtete für Sekunden die Bucht weiter unten. Marcel war schweißgebadet, als käme er eben aus der Sauna. Er war sicher, dass Paulo irgendwo in der Ruine war. Mit Momo. Momo als Faustpfand für seine Freiheit. Wie lange aber würde sein Verstand noch logisch funktionieren? Das Monster in ihm konnte jeden Moment die Oberhand gewinnen, und Momo wäre verloren.

Wieder ein greller Blitz. Jean-Jean blieb stehen. Er fürchtete, seine Gestalt könnte sich gegen das Licht abheben. Die Schwüle wurde immer drückender. Der Wind wirbelte trockenen, brennenden Staub auf. Südwind, dachte Jean-Jean, Südwind trägt Sand mit sich. Ein schwerer Tropfen zerplatzte auf seinem nackten Arm. Er wünschte sich sehnlichst Sturzbäche von Regen herbei, eine Sintflut, damit er unbemerkt in die Ruine eindringen könnte.

Ein schwerer Tropfen zerplatzte auf dem Gesicht des kleinen Mannes, lief seine Wange hinunter bis zu seinem verzerrten Mund. Er blinzelte verwirrt.

Es wird regnen, dachte Momo irgendwie erleichtert, es wird ein kräftiges Gewitter geben. Er liebte Gewitter. Dem Gewitter lauschen, im warmen Bett an seine Maman gekuschelt. Maman. Tränen stiegen ihm in die Augen. Er schluchzte auf. Der kleine Mann beugte sich zu ihm herab, presste den Mund an sein Ohr.

»Hörst du sie, hörst du sie, die klebrigen Würmer, die kriechenden Würmer, sie kommen näher, du wirst sehen, sie werden deine Beine hochkriechen, sich an deine Lippen kleben, in ganzen Scharen in deinen Mund dringen, pst, sei ruhig, sonst verschlingen sie dich. Riechst du nicht, wie es stinkt? Siehst du nicht, wie dunkel es ist? Das Blut läuft über unsere Köpfe, spürst du, wie es läuft?«

Momo blinzelte, halb erwürgt von der kräftigen Hand. Vergebens strampelte er mit den Beinen, um sich zu befreien. Dann, mit einem Schlag, entlud sich das Gewitter, und der Himmel öffnete seine Schleusen.

Endlich! Marcel rannte los, die Windböen peitschten ihm den Regen ins Gesicht. Er bog um eine Ecke der Umfriedungsmauer. Blieb stehen. Von der Ruine waren noch etwa ein Meter hohe Mauern übrig, die eine Art Labyrinth bildeten. Hinter jeder von ihnen konnte sich der Tod verbergen.

Im Schutz eines Steinmäuerchens kauernd, versuchte Marcel, sich in dem dichten Regen zu orientieren. Ein Geräusch zu seiner Rechten. Er fuhr herum, bereit zu schießen. Die gebeugte Gestalt von Jean-Jean zeichnete sich gegen den Lichtschein eines Blitzes ab, kam näher, den Zeigefinger auf den Lippen.

»Wir müssen das Haus in die Zange nehmen«, flüsterte

er. »Ich von links. Sie von rechts. Costello wird über Megafon zu ihm sprechen. Fertig?«

»Fertig.«

»Also los!«

Mit einem geschmeidigen Satz landete Jean-Jean im hohen Gras und lief geduckt unter den Bäumen vorwärts. Marcel folgte seinem Beispiel. Der Boden verwandelte sich bald in schwammigen Morast. Er hatte den Eindruck, in einem Kriegsfilm mitzuspielen. Er stellte sich einen Augenblick vor, die Luftwaffe würde eingreifen, während die Scheinwerfer der Flugabwehr den Himmel erleuchteten. Doch es waren nur Blitze und der lauwarme prasselnde Regen.

Plötzlich ertönte Costellos Stimme, getragen vom Wind, verzerrt vom Megafon, lächerlich menschlich in den entfesselten Elementen.

»Contadini, lass das Kind los und komm mit erhobenen Händen raus. Du bist umzingelt. Mach keinen Blödsinn.«

Der kleine Mann zuckte zusammen, als wäre er gebissen worden. Zorn verhärtete seine Züge, gab ihm das Gefühl, Marmor würde unter seine Haut dringen. Ein Speichelfaden lief von seinem allzu roten Mund herunter. Er hob das Rasiermesser. Momo schloss die Augen.

Der Regen rann über das Gesicht des kleinen Mannes, und er konnte nichts mehr sehen.

Er durfte sie nicht so nahe herankommen lassen, dass sie ihn abknallen konnten. Aber er hatte einen Vorteil; er kannte das Terrain wie seine Westentasche.

Hier, genau hier, wo ich stehe, war der große Salon. Hinter mir, der Kamin, der große Fernseher rechts neben dem grünen Skaisofa. In den Salon gelangte man über einen breiten Flur, von dem zu beiden Seiten die Schlafzimmer abgingen. Rechts neben dem Salon war Papas Arbeitszim-

mer, das seit seinem Tod im Algerienkrieg verschlossen war. Links das Badezimmer. Mein Haus. Meine Maman. Das Schlafzimmer von Maman. Und darin das Tier. Das Lachen von dem Ungeheuer, der Geruch von dem Tier, Maman, die auf Pierrot hockt, verschweißt mit ihm, wie zusammengenäht.

Die Stimme, die im Dunkeln geschrien hatte, war verstummt. Der kleine Mann drehte den Kopf nach allen Seiten. Die plötzliche Stille behagte ihm nicht. Statt nachzulassen, nahm der Regen noch an Heftigkeit zu. Eines dieser schweren Sommergewitter, unvermittelt wie ein Wahnsinnsanfall und ebenso zerstörerisch. Panik stieg in ihm auf, nahm mit jedem neuen Blitz zu. Der Blitz …

Plötzlich spürte er die Hitze des Feuers so heftig, als hätte die Mauer zu brennen begonnen. Der Blitz hatte eingeschlagen, als er eben mit dem Tier-Pierrot abgerechnet hatte. Der verzweifelte Lauf durchs Haus. Die Vorhänge, brennende Fackeln an den Fenstern. Die Tür war nicht zu erreichen, der Flur durch die hübschen Wandbehänge in eine Feuerzunge verwandelt. Die rustikale Holzküche, lodernd wie ein Scheit. Der Keller! Die schwere Falltür hochklappen, mit aller Kraft ziehen, dass die Muskeln reißen.

Maman! Maman, die wegen der Ereignisse im Schlafzimmer immer noch schrie, Maman, Schlange mit der gespaltenen Zunge, niedergestreckt von dem großen Schrank, der umgekippt war und mit dem Gestank von brennendem Fleisch auf ihrem Gesicht verglühte. Er hatte sie an den Füßen gezogen und bis zur Falltür geschleift, die Treppe hinuntergestoßen. *Der Rauch. Nicht atmen. Hustenanfall. Blasen an den Händen, an den Beinen, im Gesicht.* Unheimliche Stille im Keller. Die Zementplatte war über seinem Kopf zugefallen, als die Wände der Küche zusammenbrachen. *Die eiskalte Treppe. So kalt nach dem Glutofen. Dunkel. Totale Dunkelheit. Auf allen vieren die Treppe hinab, unten ist etwas. Brennende Haut. Maman, Maman, wach auf! Er wird uns nie mehr stören. Ich werde immer bei dir bleiben. Werde dein kleiner Mann sein, wie vorher. Hörst du?! Hörst du?* Das Gesicht ganz klebrig, Hautfetzen lösen sich. Maman. Die sich nicht mehr rührt, nie mehr.

Er zitterte wie Espenlaub, und Momo fragte sich, ob der kleine Mann fror. Dabei war der Regen doch lauwarm. Ein heller Fleck im Gras. Momo blinzelte. Der Fleck bewegte sich, kroch im Gras vorwärts und verschwand dann hinter einem Steinhaufen. Ein Gespenst?

Die Stimme aus dem Megafon. Sie kam aus einer anderen Richtung, und der kleine Mann schnellte herum.

»Contadini, komm heraus. Wir tun dir nichts. Ehrenwort. Lass den Kleinen los und komm mit erhobenen Händen heraus.«

Während Costello sprach, pirschten sich Marcel und Jean-Jean näher heran. Plötzlich hatte Marcel eine Idee. Er könnte das Tosen von Wind und Regen nutzen und auf einen Olivenbaum klettern. Von dort aus hätte er die Situation im Blick. Er wusste nicht, ob Paulo bewaffnet war. Den Namen Paulo auszusprechen, auch nur zu denken, fiel ihm schwer. Er konnte nicht glauben, nicht wirklich glauben, dass es derselbe Paulo war, mit dem er täglich seine Späßchen machte.

Als er den nassen Stamm hinaufzuklettern begann, fühlte er sich wie eine Zielscheibe und rechnete jeden Augenblick mit einem Schuss oder einem Schrei von Momo. Aber nichts geschah, und so konnte er, verborgen im silbrigen Laub, seinen Hochsitz einnehmen.

Der kleine Mann dachte blitzschnell.

Sie stürmen die Ruine nicht, weil sie wissen, dass ich den Jungen habe. Sie werden die Ruine nicht stürmen, solange ich den Jungen habe. Aber sie werden versuchen, mich in die Enge zu treiben, Schritt für Schritt, und mir, peng, eine Kugel in den Schädel jagen. Das wollten sie von Anfang an, mir den Schädel öffnen, um ihre Drecksfinger hineinzustecken. Aber das lasse ich nicht zu!

Er drängte sich an die Mauer, Momo als Schutzschild vor sich.

»Noch einen Schritt, und ich schneide ihm die Kehle durch!«, schrie der kleine Mann aus vollem Hals.

Seine Stimme drang schwach durch das Dröhnen des Donners. Jean-Jean rührte sich nicht von der Stelle. Costello griff zu seiner Waffe. Marcel spähte in die Richtung, aus der die Stimme gekommen war. Der blasse Fleck dort an der Mauer?

Momo wehrte sich mit allen Kräften. Die Finger des kleinen Mannes legten sich auf seine Lippen. Mit einem Ruck stieß er seine kleinen Zähne in das Fleisch, fest entschlossen, ein Stück herauszubeißen. Paulo versuchte, seine Hand zu befreien, aber Momo hielt durch. Sein erster Impuls war, den Jungen mit dem Rasiermesser zu erledigen, aber er beherrschte sich mühsam. Er brauchte ihn noch. Ein Blitz, ganz nah, der die Szene erleuchtete. Marcel hatte sie gesehen. Er ging in Position. Er zog die Waffe. Unmöglich, bei diesem dichten Regen zu zielen. Und der Junge war zu nah, aber am Leben. Unleugbar am Leben.

Costello wartete, an einen Baum gelehnt, die Waffe gezogen, das Megafon in der anderen Hand. Er war schweißgebadet, kalter Schweiß. Ihm graute vor Blitz und Donner, vor diesem kosmischen Spektakel. Und wenn der Blitz in den Baum einschlüge? Er trat einen Schritt vor in den Regen. Und wenn der Psychopath plötzlich hinter ihm auftauchte? Er wich zwei Schritte zurück unter den Baum. Dieser Glückspilz von Ramirez war zu beneiden. Er saß im Wagen, im Trockenen.

Ramirez war nicht im Trockenen. Barhäuptig stand er im Regen und starrte ängstlich in die Dunkelheit.

Wieder ein Blitz. Marcel riss die Augen auf. Niemand mehr da! Er ließ sich vom Baum herunter, rannte im Zickzack bis zur Mauer. Jean-Jean sprang hervor, die Waffe auf seinen Kopf gerichtet: »Halt! Polizei!« Dann erkannte er Marcel und ließ den Arm sinken.

»Er ist abgehauen!«, schrie ihm Marcel zu. Sie stürzten los, sprangen über die Mauer. Fast hätte Costello auf sie geschossen.

»Gebt euch doch zu erkennen, verdammt! Es hätte nicht viel gefehlt, und ihr wärt tot!«

»Er ist uns entwischt!«

Marcel rannte über die Auffahrt, große schnelle Schritte. Er hörte den keuchenden Atem von Jean-Jean und weiter hinten die Schritte von Costello. Der Lieferwagen stand noch da.

Als es nach dem Blitz wieder dunkel geworden war, stürzte der kleine Mann los, zog Momo mit sich. Er spürte den Schmerz nicht, achtete nicht auf den Schmerz. Aber vor Wut schleuderte er den Jungen mit aller Kraft gegen die Mauer. Momo wimmerte ein wenig, verstummte dann, war ganz weich geworden. Der kleine Mann trug Momo tief gebeugt wie ein Affe, behindert von seiner Last.

Er tauchte in der Auffahrt auf, die von hohem Brombeergestrüpp und Gräben gesäumt war. Ein rascher Blick nach rechts, dann nach links. Zwanzig Meter entfernt zwei parkende Wagen, ein roter und ein weißer. Die Wagen der Polizisten. Gut. Er sprang in den Graben und kroch Momo hinter sich herziehend vorwärts. An den Wagen vorbei.

Kletterte auf den Weg. Kam langsam zu den Wagen zurück. Ramirez lief nervös, bis auf die Haut durchnässt, die Straße auf und ab. Nadja hatte sich auf den Beifahrersitz gesetzt und starrte durch das geöffnete Fenster auf die Ruine, gleichgültig gegen den Regen.

Der kleine Mann lud Momo auf seine Schulter und setzte sich lautlos in Bewegung. Ramirez hatte ihm den Rücken zugekehrt. Er hockte sich hinter das Heck des Wagens. Ramirez drehte sich nicht um: Er hatte in der Ferne vage huschende Schatten ausgemacht. Eine unverständliche Stimme drang zu ihm herüber.

Ramirez wandte sich zu Nadja um, eine Gestalt sprang hinter dem Auto hervor, und etwas Hartes, Schmerzhaftes bohrte sich in seinen Bauch, schien bis zu seinem Herzen hinaufzusteigen. Nadja wollte die Scheibe hochdrehen, doch schon packte sie eine kräftige Hand bei den Haaren und schlug ihren Kopf gegen den Türrahmen. Aus der kaum geschlossenen Wunde quoll erneut das Blut hervor und sickerte durch den Verband.

Der kleine Mann hielt ihr Momos reglosen Körper hin.

»Setz dich ans Steuer, oder ich mache ihn kalt. Los!«

Halb betäubt schob sich Nadja mühsam auf den Fahrersitz. Sie hatte Schwierigkeiten, den Zündschlüssel umzudrehen. Neben ihr saß der kleine Mann und drückte das Rasiermesser an die Kehle des Jungen, der noch immer reglos, mit geschlossenen Augen und blutender Stirn dalag. Die hellen Flecken näherten sich schreiend.

»Du sollst fahren, habe ich gesagt – oder ich schneide ihm die Kehle durch …«

Momos kleine Brust hob sich zu einem Stöhnen. Nadja wischte sich das Blut ab, das ihr in die Augen lief, und fuhr an. Der Wagen machte einen Satz. Das Rasiermesser bohrte sich in Momos Haut.

»Nein!«, schrie Nadja entsetzt.

»Dann pass auf. Los, gib Gas.«

»Ich kann nicht Auto fahren.«

»Gib Gas, verdammt noch mal!«

»Ich kann nicht fahren. Das ist reiner Selbstmord!«

Der kleine Mann verstärkte den Druck auf die Klinge. Nadja gab Gas. Der Wagen fuhr mit heulendem Motor an. Sie versuchte, sich an die wenigen Male zu erinnern, als ihr Moussa zum Spaß das Fahren hatte beibringen wollen. Der Regen behinderte die Sicht. Sie wusste nicht, wie man die Scheibenwischer betätigte, und wagte nicht, das Lenkrad loszulassen, um den Knopf zu suchen. Der kleine Mann brüllte:

»Der Schalter links ist für die Scheinwerfer. Der Scheibenwischer ist der erste Knopf rechts. Nein, nicht der, der daneben. Los, fahr jetzt!«

Hinter ihnen zerriss ein Schuss die Nacht. Dann das Heulen einer Sirene.

»Schneller! Los, in den Dritten schalten, verdammt, stell dich nicht so blöd an!«

Nadja trat auf die Kupplung und legte, mehr schlecht als recht, den dritten Gang ein. Der Motor stotterte, und der Wagen fuhr holpernd weiter. Die Sirene hinter ihnen kam näher.

»Nach der Brücke rechts!«

Die Tachonadel zeigte siebzig Stundenkilometer. Nadja dachte, dass das auf einer kurvigen, nassen Straße wie dieser heller Wahnsinn war – noch dazu ohne jegliche Sicht und mit jemandem, der nicht fahren konnte, am Steuer. Aber auch nicht wahnsinniger als die ganze Geschichte.

Marcel hatte verschwommene Bewegungen um den Wagen herum gesehen, dann, wie dieser holpernd anfuhr. Er war hingerannt. Ramirez lag blutüberströmt am Boden, der Bauch war bis zum Brustbein aufgerissen, die Augen starr auf den sternenlosen Himmel gerichtet. Costello kam angelaufen und fiel neben ihm auf die Knie.

»Ramirez!«

Er tätschelte ihm die Wangen.

»Raymond! Raymond, hörst du mich? Chef, wir müssen einen Krankenwagen rufen, schnell ...«

Jean-Jean hatte schon die Tür des anderen Wagens aufgerissen.

»Siehst du nicht, dass er tot ist? Los, steig ein!«

Er schlug die Tür zu.

»Aber ...«, stammelte Costello, seine Hand lag auf der reglosen Brust von Ramirez.

»Steig ein!«, fauchte Jean-Jean und ließ den Wagen an.

Costello gehorchte benommen. Marcel rannte über die Straße und zielte auf das weiße Fluchtauto. Die Detonation wurde vom Wind verschluckt. Jean-Jean bremste neben Marcel. Bleich vor Sorge sprang Marcel in den Wagen. Ramirez' Leiche blieb dem Gewitter ausgeliefert zurück.

Nadja raste über die Brücke und riss dann das Steuer nach rechts. Wir werden sterben! Der Gedanke schoss ihr kurz durch den Kopf. Der Wagen geriet ins Schleudern, drehte sich einmal um die eigene Achse, streifte eine Mauer und stand dann wieder in Fahrtrichtung. Der kleine Mann saß starr da, das Rasiermesser hatte sich nicht einen Millimeter von seinem Opfer entfernt. Nadja fuhr weiter, ihr Kopf glühte, der Schmerz pochte im Rhythmus ihrer Angst.

Jean-Jean fuhr unter der Eisenbahnbrücke durch und bremste. Rechts oder links? Dieser verdammte Regen machte die Sache nicht einfacher. Seine schlammverschmierten Hände hielten das Lenkrad umklammert: kurzes Zögern. Er entschied sich für rechts – es war das reinste Roulettespiel. Doch die Götter der Nacht sind manchmal gnädiger als die Croupiers.

Da! Zwei rote Schlusslichter weit vor ihnen. Marcel reckte den Hals.

»Da sind sie! Sie rasen wie die Verrückten …«

»An seiner Stelle würde ich das auch tun. Costello«, befahl Jean-Jean, »nimm Kontakt mit Ruggeri auf, das ist sein Bezirk, er soll Straßensperren errichten lassen, dann rufst du auf dem Revier an.«

Costello gehorchte mürrisch. Die Stimmen seiner Gesprächspartner erfüllten den Wagen mit Knistern. Als er schließlich Ruggeri erreicht hatte, bestätigte der Chef der Gendarmerie, dass sie sich darum kümmern würden. Marcels Blick fiel auf die Leuchtziffern der im Armaturenbrett eingelassenen Uhr. 4.10 Uhr. In knapp einer Stunde würde der Tag anbrechen. Er dachte an seine Kinder. Madeleine … Wie weit das alles zurücklag. Er war in eine andere Zeit, in ein anderes Leben übergewechselt.

Der Wagen raste durch den Regen. Nadja kniff die Augen zusammen, um die Straße besser erkennen zu können. Im Rückspiegel tauchten immer wieder die Scheinwerfer ihrer Verfolger auf.

Der kleine Mann kannte die Gegend gut, da er sie als Kind durchstreift hatte. Er ließ sie verlassene Landstraßen nehmen, voller nasser, rutschiger Blätter. Wäre Momo nicht bei ihnen gewesen, hätte sie das Auto absichtlich gegen einen Baum gefahren. Aber – absichtlich oder nicht – bei diesem Tempo würden sie sich sowieso umbringen, das war sicher.

Im strömenden Regen errichteten die Gendarmen Straßensperren, ihre Plastik-Regenmäntel klatschten im böigen

Wind. Jean-Jean gab seine Position durch. Sie waren nicht weit.

Der kleine Mann entdeckte die Blinklichter weiter vorn.

»Die nächste links.«

Nadja gehorchte, resigniert und unbeeindruckt vom Quietschen der Reifen. Wenn es nicht jetzt geschehen würde, dann in der nächsten Kurve, an der nächsten Kreuzung … Sie fuhr fast blind. Die Kopfschmerzen quälten sie wie spitze Zähne, die sich unablässig in ihren Schädel schlugen.

Der kleine Mann versuchte, sich an den Straßenverlauf zu erinnern. Er wandte sich um: Die Dreckskerle hinter ihnen hatten nicht aufgegeben, sie kamen immer näher.

»Gib Gas.«

»Wenn ich Gas gebe, bringen wir uns um.«

»Wenn du nicht Gas gibst, bringe ich ihn um.«

Nadja gab Gas. Gottes Wille geschehe. Aber wenn man bedachte, wie Er sich der Lebenden annahm, war das nicht eben ermutigend …

Momo öffnete die Augen. Der Schmerz pochte in seiner Stirn, hinter seinen Augen. Es regnete: Es roch nach Regen und nach … Maman! Er wollte sich zu ihr hinüberwerfen, doch die eiserne Hand drückte ihn auf den Sitz. Er war in einem Auto, mit Maman und dem Irren, Maman saß am Steuer, sie hatten sich im Wald verirrt … War das alles ein Traum?

»Maman!«, stammelte Momo, seine Augen waren tränenverschleiert.

Nadja drehte schnell den Kopf zur Seite. Momo! Er lebte, er redete!

»Momo, mein Liebling!«

Der kleine Mann brüllte:

»Vorsicht!«

Nadja richtete die Augen wieder auf die Straße. Der Lastwagen, der zu ihrer Rechten auftauchte, hupte. Sie trat auf die Bremse. In ihrer Erinnerung erschienen Bilder aus dem Film *Die Dinge des Lebens.* Dann Marcels Gesicht. Während sie mit ihrem ganzen Gewicht die Bremse durchtrat und das Lenkrad nach links riss, dachte sie intensiv und mit aller Kraft an Marcel.

Reflexartig hob der kleine Mann den Arm, um sein Gesicht zu schützen. Momo ließ sich unter das Armaturenbrett gleiten und rollte sich zusammen.

Der Fahrer des Lastwagens schloss die Augen.

Das Auto jagte mit achtzig Stundenkilometern auf den Seitenstreifen und riss einen Wegweiser um.

Der Kopf des kleinen Mannes schlug heftig gegen den Türrahmen, und durch den Aufprall fiel ihm das Rasiermesser aus der Hand. Momo stellte seinen kleinen Fuß in dem Mickymaus-Pantoffel darauf.

Der Wagen rutschte dem Steilhang entgegen, prallte an der Leitplanke ab, drohte, sich zu überschlagen, landete auf dem Kühlergrill, und für einen Moment sah es aus, als würde er den zerklüfteten Hang hinunterstürzen.

Schließlich kippte er schwerfällig in seine Ausgangsposition zurück.

Kurze Stille. Dann eine Wagentür, die zugeschlagen wurde. Zitternd und mit unsicherem Schritt kam der Lastwagenfahrer auf sie zu.

Das Geräusch eines heulenden Motors riss den kleinen Mann aus seiner Benommenheit. Seine Augenbraue war aufgeplatzt, und das Blut, das ihm ins Auge lief, machte ihn blind. Nadja hielt erstarrt das Lenkrad umklammert. Sie hörte den näher kommenden Wagen und wandte langsam den Kopf um. Hoffentlich war das Marcel!

Der kleine Mann öffnete die Tür und riss Momo an sich. Er rannte durch den Regen. Momo begann zu schreien. Nadja sprang aus dem Wagen und verstauchte sich den Knöchel.

Der LKW-Fahrer kam mit ausgestreckten Armen auf den kleinen Mann zu.

»Warten Sie, ich helfe Ihnen!«

Ohne stehen zu bleiben, versetzte ihm der kleine Mann einen Stoß. Der andere sah ihn verblüfft vorbeirennen.

»Halten Sie ihn auf, er nimmt Ihren Laster!«, brüllte Nadja und war selbst erstaunt, wie kräftig ihre Stimme war.

Ein im Regen dampfender Lastwagen, ein Auto mit zerbrochener Windschutzscheibe, Glassplitter, der Geruch nach verbranntem Gummi, die strauchelnde Nadja, Contadini, der mit dem Kind im Arm weglief, der LKW-Fahrer mit hängenden Schultern – Jean-Jean machte eine Vollbremsung.

Marcel und Costello sprangen mit gezogener Waffe auf die Straße.

»Stehen bleiben!«, brüllte Costello.

»Nicht schießen, er hat Momo!«, schrie Nadja zurück.

Der kleine Mann klammerte sich mit einer Hand an den Türgriff des Lasters und zerrte Momo auf das Trittbrett.

Sie erwischen mich nicht, nie, nie! Lieber krepiere ich mit dem Gör. Lieber fahre ich mit dem Laster die Böschung hinunter. Explodieren wie ein Stern. Den Himmel erleuchten wie einer dieser verdammten Blitze. Verbrennen, endlich in der Hölle verbrennen, wo es nur noch Glut, Asche und dunkles Schwirren gibt.

Er zog Momo fester an sich. Marcel trat einen Schritt vor. Jean-Jean hielt ihn zurück. Nadja biss sich in die Hand.

Der verblüffte Lastwagenfahrer fröstelte im strömenden Regen.

Hinter den Baumkronen dämmerte der Morgen.

Als der kleine Mann ihn unter dem Armaturenbrett hervorgezerrt hatte, hatte Momo das Rasiermesser genommen und gegen seinen Oberschenkel gedrückt. Er überlegte nicht, er dachte gar nichts, stellte sich keine Fragen: Seine Hand schnellte vor, und die Klinge stieß in den Unterleib des kleinen Mannes wie ein Messer in die Frühstücksbutter.

Den Kopf zurückgeworfen, schrie der kleine Mann wie ein wütender Wolf. Momo landete auf dem Boden und rannte zu seiner Mutter.

Noch ehe Jean-Jean etwas sagen konnte, drückte Costello ab. Er leerte sein ganzes Magazin auf den taumelnden Körper des kleinen Mannes, den die Wucht der Schüsse gegen die Tür des Führerhauses schlug.

Das Blut spritzte aus seinem Körper wie aus einem aufgeschlitzten Plastiksack. Nadja war erstaunt über ihre Gefühlskälte, sie empfand keinerlei Entsetzen beim Anblick dieses sterbenden Mannes.

Costello zielte noch weiter, als seine Waffe schon leer war. Er seufzte tief, bevor er sie einsteckte. Jean-Jean lief zu dem reglosen Körper, der vor dem Trittbrett zusammengebrochen war. Nadja drückte Momo an sich, streichelte hingebungsvoll sein Haar und flüsterte ihm beruhigende Worte zu. Marcel kam zu ihnen. Sein roter Schnauzbart troff vom Regen und verlieh ihm das Aussehen einer nassen Katze. Nadja lächelte ihn an, ein kleines, blutverschmiertes Gesicht.

Der Lastwagenfahrer machte einen Bogen um Costello, der mit hängenden Armen dastand, und ging zu Jean-Jean.

Der Regen hörte plötzlich auf, so als kündige die Morgendämmerung einen Szenenwechsel an.

Gleich würden die Zikaden wieder zu zirpen und die Fliegen zu surren beginnen.

In der Ferne heulte eine Polizeisirene.

Marcel ging zu dem kleinen Mann und beugte sich über ihn.

Die Augen waren weit geöffnet, die hochgezogenen Lippen entblößten die spitzen Zähne, die noch immer bereit zum Zubeißen schienen.

Marcel. Über mich gebeugt. Das Letzte, was ich von dieser Welt sehe. Sein Idiotenkopf, der mich anschaut. Und darüber der Morgenstern.

Marcel zuckte die Achseln und kehrte zu Nadja zurück. Er hob Momo hoch und setzte ihn auf seine Schultern. Der Kopf des Kindes schwankte vor Erschöpfung hin und her.

Nadja legte ihre Hand auf Marcels Brust.

»Ich muss dir etwas sagen …«

»Weiß ich schon.«

Sie sah ihn überrascht an.

»Niemand weiß es.«

»Ich schon. Hast du vergessen, dass du demnächst mit einem Polizisten leben wirst?«

»Du weißt es, und es ist dir egal?«

»Ja, es ist mir egal. Ich will nichts mehr davon hören, das ist alles.«

»Ich habe Geld gebraucht.«

»Deine Entschuldigungen sind mir auch egal. Ich liebe dich.«

In der Nähe hielt ein Mannschaftswagen, gefolgt von einer Motorradstreife. Ein hoch gewachsener Kerl sprang aus dem Auto und lief zu Jean-Jean. Costello rauchte, langsam, Zug für Zug, andächtig. Er fragte sich, ob die kleinen Nagetiere schon Ramirez' Körper angefressen hätten.

Der Krankenwagen kam. Ein Sanitäter gab dem unter

Schock stehenden LKW-Fahrer eine Tablette. Ein anderer tastete Nadjas Kopf ab, untersuchte kurz Momo, der in den Armen seiner Mutter lag, und ließ sie versprechen, am nächsten Tag ins Krankenhaus zu kommen.

In einem Anfall von männlicher Kameradschaftlichkeit drückte Jean-Jean Marcel die Hand. Der arme Blanc, seine erste Frau war gerade ermordet worden, und schon will er eine farbige Nutte heiraten. Es gab doch tatsächlich Typen, die vom Pech verfolgt waren. Aber er war ein guter Polizist. Er würde ihn für eine Beförderung vorschlagen.

Marcel schüttelte Jean-Jean die Hand. Ein widerlicher Kerl, dieser Jean-Jean, aber ein guter Polizist. Im Leben gab es eben nicht nur Schwarz oder Weiß. Das galt auch für Nadja. Sie war nicht perfekt, aber genau die, die er wollte.

Nadja fröstelte vor Kälte, Müdigkeit und nervöser Anspannung. Marcel und Jean-Jean schüttelten sich mit jener bedeutungsvollen Miene die Hand, die selbstzufriedene Männer an den Tag legen. Marcels Schnauzbart hing herunter wie nasses Katzenfell. Sie hätte ihn gerne gestreichelt, doch sie hielt sich zurück. Jean-Jean war ein richtiger Macho, Marcel war ein guter Kerl – und ein guter Polizist. Die graue Nacht wich den leuchtenden Farben des Morgens, und ihr Sohn lebte.

Momo war eingeschlafen.

Am Dienstag, den 24. August, um 6.05 Uhr wurde mein Körper ins Leichenschauhaus gebracht.

EPILOG

Zwei Stunden später war das Urteil gesprochen: Ich, der König der Raubtiere, der Puppendoktor, muss in der Gestalt einer einfältigen Polizistin auf die Erde zurückkehren und in der Abteilung dieses Idioten von Jean-Jean arbeiten!

Seither ist mein Tod die Hölle.